Jina Bacarr

Die blonde Geisha

Roman

Aus dem Amerikanischen von
Gina Marr

MIRA®

MIRA® TASCHENBUCH
Band 95018
1. Auflage Juni 2009

MIRA® TASCHENBÜCHER
erscheinen in der Cora Verlag GmbH & Co. KG,
Axel-Springer-Platz 1, 20350 Hamburg

Titel der nordamerikanischen Originalausgabe:
The Blonde Geisha

Erschienen bei: SPICE Books
Published by arrangement with
Harlequin Enterprises II B. V., Amsterdam

Konzeption/Reihengestaltung: fredebold&partner gmbh, Köln
Umschlaggestaltung: pecher und soiron, Köln
Redaktion: Claudia Wuttke, Stefanie Kruschandl
Titelabbildung: Getty Images, München; pecher und soiron, Köln
Autorenfoto: © by Harlequin Enterprise S.A., Schweiz
Satz: Buch-Werkstatt GmbH, Bad Aibling
Druck und Bindearbeiten: CPI – Ebner & Spiegel, Ulm
Printed in Germany
ISBN 978-3-89941-623-7

www.mira-taschenbuch.de

Warum ich meine Geisha-Memoiren geschrieben habe

Der Frühsommer 1892 bescherte Japan eine heftige Regenzeit. Pflaumenregen nennen ihn die Japaner, weil er kommt, wenn die Früchte reif, prall, voller Verheißung sind. Wie ein junges Mädchen, das allmählich zur Frau wird.

Die Luft war warm und feucht, und wie alles in diesem Land, belebte dieser einzigartige Regen meine Sinne und Sehnsüchte. Ich kämpfte mit Trauer und Freude gleichermaßen, entdeckte, dass mein Körper sich veränderte, sich nach Erfüllung verzehrte. Ich wollte lieben und geliebt werden.

Und ich wollte eine Geisha sein.

Den Geist dieser Frauen, ihren Wagemut und ihre Schönheit bewunderte ich sehr. Sie erfüllten Träume und lebten in einer märchenhaften Welt voller Romantik. Jeden Tag, wenn ich mich auf den Weg zur Missionarsschule machte, starrte ich die jungen Geisha-Anwärterinnen an, die in ihren hohen Holzschuhen mit den kleinen Glocken an mir vorbeiliefen und mit ihren weiß geschminkten Gesichtern unter rosafarbenen Papierschirmen hervorschauten.

Abends, wenn ich mit meinem Vater unterwegs zum Kabuki-Theater war, beäugte ich die Geishas, die in Rikschas fuhren und den formellen schwarzen Kimono mit Blumen und Vögeln trugen. Nachmittags kicherte ich, wenn ich an der Mama-san vorbeilief, die auf ihrer blank polierten Veranda saß und an ihrer Pfeife aus Elfenbein zog.

Von Fantasievorstellungen überwältigt, fühlte ich

mich zu ihnen hingezogen, getrieben – ich musste einfach dieser faszinierenden, erotischen Welt der Geishas angehören. Ich wollte wissen, wie diese Welt der Blumen und Weidenbäume in einem Land existieren konnte, in dem Mädchen in den ersten drei Tagen nach der Geburt auf den kalten Boden gelegt wurden, damit sie ihren Platz in der Gesellschaft kennen lernten.

Warum die Frauen in diesem Land der Shôguns und Samurais den Blick gesenkt hielten, ihre Herzen und Tränen verbargen oder höchstens auf die harten Kopfkissen aus Holz weinten, konnte ich nicht begreifen.

Ich sehnte mich so danach, meinen erotischen Fantasien nachzugeben, dass ich einen Weg finden musste, diesen aufgestauten Empfindungen freien Lauf zu lassen. Und so betete ich jeden Tag zu den Göttern, mir den Mut zu schenken, meine Seele von dieser unbarmherzigen Qual zu befreien.

Noch hatte ich nicht die süße Wonne einer männlichen Berührung erfahren und auch nicht die Leiden der unglücklichen Liebe. Meine jungen Brüste waren klein und hart wie rote Kirschen, meine Hüften schmal wie die eines Jungen. Ich konnte nur erahnen, was mich in einem Land erwartete, in dem Frauen kein Genuss vergönnt war, in dem es für sie nur Pflichten gab.

Allerdings nicht immer.

Wie man hörte, besaßen die Frauen in den Geisha-Vierteln ein Wissen, das seit zweihundert Jahren streng geheim gehalten und nur mit anderen Geishas geteilt wurde. Mittel, die die Haut ewig jung hielten. Zaubertränke, die Männer dazu brachten, sie bis zum

Wahnsinn zu lieben. Fremdartige Spielzeuge, die ihnen und ihren Liebhabern unendlichen Genuss bereiteten.

Angeregt durch diese Geschichten schlich ich mich in die Geisha-Viertel von Shinbashi, wo Gelächter und rastloses Seufzen durch die hohen Mauern drangen. Konnte ich, eine Fremde, hinter die Maske des Anstandes dringen und lernen, wie man einem Mann Vergnügen bereitete?

Oder mir selbst?

War das möglich?

Die seltsamen Wege der Götter, die mir in jungen Jahren bereits viel Trauer und Leid bereitet hatten, erlaubten es mir, in diesem Sommer ein Geisha-Haus zu betreten. Obgleich ich langes, blondes Haar hatte, golden wie Sonnenstrahlen, die durch die Morgendämmerung brechen, und Augen so grün wie der Seidenbrokatmantel eines Händlers, wurde ich in Kioto zur Maiko, zur Geisha-Anwärterin. Und nach drei Jahren Ausbildung wurde ich eine Geisha.

Jetzt, so viele Jahre später, habe ich ein Alter erreicht, in dem ich das Schweigen brechen kann, ohne den Geisha-Kodex zu verletzen. Ich kann mit der Außenwelt die Schönheit und Anmut teilen, die erotischen Fantasien und die verborgenen Geheimnisse.

Während ich hier im Garten des Teehauses sitze, wo sich Schmetterlinge auf meinen Schultern niederlassen, und ich den Glocken im Wind lausche, werde ich all das auf feinstem Reispapier, das so durchscheinend ist wie die Flügel einer Motte, niederschreiben: Ich werde von den Männern erzählen, die ich liebte, von meiner Geisha-Schwester, die ihr Leben für mich riskierte, von der Mama-san, die mich wie eine eigene Tochter aufzog, von Berührungen, Gelächter und intimen Momenten.

Und nun ist der Augenblick gekommen: Ich tauche die Feder in die Tinte und erzähle die außergewöhnliche Geschichte der blonden Geisha.

Kathlene Mallory,
Kioto, Japan 1931

ERSTER TEIL

Kathlene, 1892

Ich erinnere mich, als ich zum ersten Mal die Lichter des Geisha-Viertels in Gion sah, blass und gelb wie der Mond über uns.
Rote Laternen mit schwarzen japanischen Figuren schwangen im Abendwind und winkten mich in das Teehaus.
Aber es ist der Klang der Gion-Glocke in der Ferne, an den ich mich am lebhaftesten erinnere und der mir sagt, dass alles im Leben vergänglich ist.
Sogar die Liebe.

(Tagebuch eines amerikanischen Mädchens
in Kioto, 1892)

1. KAPITEL

Kioto, Japan 1892

Ich konnte mit niemandem darüber sprechen, nicht einmal mit den Göttern, aber ich hatte Angst ... schreckliche Angst. Bevor ich überhaupt das Nonnenkloster sah, beschloss ich, dass ich irgendwie entkommen musste. Zwar respektierte ich Nonnen wegen ihrer Frömmigkeit und Hingabe, aber ich wollte doch eine Geisha werden. *Musste* eine Geisha werden. Rasierten sich Nonnen nicht die Köpfe und Augenbrauen, sodass ihre Augen unnatürlich hervortraten? Ich schwor, mir mein langes Haar niemals abschneiden zu lassen. Und noch beunruhigender war: Die Nonnen trugen schlichte weiße Kimonos. Weiß war die Farbe des Todes. Warum brachte mich mein Vater in ein Nonnenkloster? Warum?

Sollte ich bestraft werden?

Aber ich hatte doch nichts Falsches getan. Mich zu streicheln war nicht falsch, auch wenn mich dabei eine immer größer werdende Lust überkam, eine Gier, die drohte, in mir zu explodieren. Ich wollte lieben und geliebt werden. Meine Sehnsucht musste irgendwie gestillt werden.

Aber nicht in einem Nonnenkloster.

Da kann ich nicht hingehen. Bitte.

Ich wollte meinem Vater sagen, dass die Welt der Blumen und Weidenbäume meine Bestimmung ist, nichts anderes. Vereinte die Geisha nicht in hohem Maße Herzensgüte und Klugheit in sich? Hatte Vater nicht gesagt, ich sei meiner Heimaterde entwurzelt worden wie eine wunderschöne Blume, die in unsicherer Erde neu gepflanzt wird? Verließ eine Geisha nicht auch ihr Heim, um ihrem Schicksal zu folgen?

„Trödel nicht herum, Kathlene!“ zischte mein Vater mir ins Ohr, während er mich durch die Bahnstation zerrte. Mein kleiner Koffer schlug schwer gegen meinen Schenkel. Es tat weh, aber ich beklagte mich nicht. Am nächsten Tag würde ich bestimmt einen blauen Fleck haben, der aber unter den weißen Strümpfen unsichtbar bleiben würde.

Morgen. Wo würde ich dann sein? Warum waren wir jetzt hier? Was war aus meiner friedvollen Welt geworden? Der Mädchenschule in Tokio?

Was war geschehen?

Regen benetzte mein Gesicht. Kein Lärm, keine hastenden Menschen, als ob alles im Nebel verschwunden wäre. Das war seltsam. Regenwetter hielt die Japaner nie davon ab, wie neugierige Mäuse durch die Stadt zu huschen, alles anzuschauen, alles zu kosten. Regen betrachteten sie nicht als schlechtes Wetter, sondern vielmehr als einen Segen der Götter, weil er dafür sorgte, dass ihre Reiskörbe gefüllt blieben.

Während ich mit meinen viel zu engen Schuhen durch die leere Bahnstation trottete, pochte in meinem ganzen Körper der Rhythmus der zeremoniellen Trommeln. Oder nein, es war eher ein sinnlicher Blitz, der mich in den seltsamsten Momenten traf. Wenn ich in der großen Zypressenholzwanne badete und entzückt spürte, wie das warme, nach Zitrone und Mandarine duftende Wasser in und um meine Mondgrotte glitt und mir wohlige Schauer bereitete.

Oder nachts, wenn ich nackt auf meinem Futon lag

und der glatte Seidenstoff an meinen geöffneten Schenkeln rieb und mich feucht werden ließ. Ich sehnte mich nach einem Mann, der mich so tief ausfüllte, dass meine Lust niemals enden würde und träumte von dem Tag, an dem ich seine starken Arme um mich spürte, seine harten Muskeln, seine Hände, die meine Brüste drückten und die Rosenknospen mit den Fingerspitzen streichelten. Ich lächelte und hatte das sichere Gefühl, dass die Nonnen solche Gedanken nicht gutheißen würden.

„Wo ist dieses Kloster, Vater?“ fragte ich.

„Im Jakkôin Tempel, nicht weit von hier.“

„Warum verlassen wir Tokio so eilig?“

„Frag nicht so viel, Kathlene“, sagte Vater und spannte seinen großen schwarzen Schirm auf. „Noch sind wir nicht außer Gefahr.“

„Gefahr?“ flüsterte ich sehr leise, wusste aber, dass mein Vater mich verstand.

„Ja, meine Tochter. Ich konnte es dir vorher nicht sagen, aber ich habe einen mächtigen Feind in Japan, der mir großen Schaden zufügen will.“

„Warum sollte dir irgendjemand Schaden zufügen wollen?“

Ich spielte mit dem löchrigen Finger meines Handschuhs und zerriss ihn vollends, konnte nicht anders. Ich machte mir Sorgen um meinen Vater, furchtbare Sorgen. Der nagende Schmerz machte mir deutlich, dass es Schlimmeres gab, als ins Kloster geschickt zu werden.

„Wenn du es unbedingt wissen willst, Kathlene, eine schreckliche Tragödie hat sich ereignet“, sagte mein Vater, seine Stimme war vom Regen gedämpft.

Die Worte trafen direkt in mein Herz, ich konnte die Pein aus seiner Stimme heraushören.

„Was meinst du damit?“ wagte ich zu fragen.

„Ein Mann hat das verloren, was ihm am liebsten ist und glaubt, ich hätte daran Schuld.“ Mein Vater sah sich im Bahnhof um, sein Blick erfasste jeden Winkel. „Das ist alles, was ich dir sagen kann.“

„Was könntest *du* denn getan haben ...“

„Sprich nicht über Dinge, die dich nichts angehen, Kathlene. Für die du zu jung bist.“ Mein Vater blickte mich nicht an, sondern suchte nach dem verborgenen Feind. Er hielt meine Hand so fest, dass ich fürchtete, meine Knochen würden brechen.

„Du tust mir weh, Vater. Bitte ...“ Meine Augen füllten sich mit Tränen. Nicht aus Schmerz, sondern aus Angst um die Sicherheit meines Vaters.

„Tut mir leid, Kathlene.“ Er lockerte seinen Griff. „Das war nicht meine Absicht.“

„Ich weiß“, sagte ich verzagt, doch der Schmerz in meinem Herzen ließ nicht nach.

Vater fuhr fort, sich umzublicken, und als er sicher war, dass außer dem alten Stationsvorsteher niemand auf dem Bahnsteig war, ging er schnell weiter.

Ich machte einen großen Satz, um mit den Schritten meines Vaters mithalten zu können. Er glich einem trauernden Samurai. Während er hastig über den Bahnsteig lief, hielt er den Kopf gesenkt, damit niemand sein Gesicht erblicken konnte.

Das sah meinem Vater gar nicht ähnlich. Edward Mallory war ein Riese, der alle anderen überragte. Er hatte eine dröhnende, tragende Stimme – und dies in einem Land, in dem die Stimmen so sanft wie in Seidenstrümpfe gehüllte Füße waren.

Außerdem war mein Vater starrsinnig und streng, und er verstand mich nicht. Wie sollte er auch? Ich sah ihn nicht so oft, wie ich es mir gewünscht hätte. Er arbeitete für eine amerikanische Bank, was er stolz jedem erzählte, der danach fragte. Die Engländer hatten die erste Eisenbahnstrecke gebaut, und mein Vater musste hart schuften, um mit der Konkurrenz Schritt zu halten. Jeden Tag eröffneten ausländische Banken neue Filialen, um in die Eisenbahnstrecken zu investieren, die sich über die Insel ausbreiteten. Tagelang war er unterwegs, um Beamte der japanischen Regierung zu treffen und eine Tasse Tee nach der anderen mit ihnen zu trinken. Manchmal trank er mit mir diesen schäumenden grünen Tee, der in meinem Mund kitzelte und mich kichern ließ. Doch mein Vater blieb ernst. Ich bezweifelte, dass er jemals lachte.

„Bleib dicht hinter mir, Kathlene“, befahl Vater mit strenger Stimme. „Der Prinz hat seine teuflischen Helfer überall.“

„Der *Prinz?*“ Meine Neugier war nun geweckt. Ich wusste zwar, dass mein Vater viele Gespräche mit ausländischen Ministern und anderen Würdenträgern führte, aber mit einem Prinzen? Mein Herz schlug schneller, meine Augen glühten auf, trübten sich aber wieder, als ich spürte, wie der Köper meines Vaters sich versteifte, seine Hand den Regenschirm fester packte.

„Vergiss, was ich über den Prinz gesagt habe, Kathlene. Je weniger du weißt, desto besser.“

Ich hatte keine Zeit, mich zu fragen, wovon er sprach. Mein Magen hüpfte, als ich sah, wie ein junger Mann, der eine Rikscha zog, aus der schimmernden

Dunkelheit einer engen Straße gerannt kam.

Mein Vater schien erfreut, sehr erfreut, ihn zu sehen.

Ich war es auch.

Im Gegensatz zu den anderen Rikschafahrern, die bei Regen einen Umhang aus geöltem Papier trugen, war dieser hier fast nackt. Er entblößte sein muskulöses Fleisch auf erfreuliche Weise, als ob es ihm gefiele, seinen kräftigen Körper den Regengöttinnen zu zeigen. Ich stellte mir vor, ein Regentropfen zu sein, der auf seinen Lippen landete und die Süße seines Kusses spürte. Ich kicherte. Küssen war für Japaner *sehr* ungezogen, eine Vertraulichkeit, die selten ausgetauscht wurde und deren Freuden ich nicht nur deshalb unbedingt kennen lernen wollte.

Interessiert betrachtete ich die angespannten Muskeln seiner Arme, nackt und angenehm für meine Augen, genauso wie seine kräftig aussehenden Beine. Was mich am meisten faszinierte, war aber das dunkelblaue Leinentuch, das er um seinen Köper geschlungen hatte.

Meistens sei der Bahnhof voller Rikschafahrer, die auf die Reisenden warteten, erklärte Vater, als er mein Interesse an dem jungen Mann bemerkte. Sie wären gut informiert und wüssten genau, wann welche Reisende ankämen, welche Häuser auf dem Weg lägen, welche Theaterstücke gespielt würden und sogar, wann die Kirschblüten aufbrechen würden.

Abgesehen von diesem Jungen, war der Bahnhof heute allerdings verwaist, nur er war mutig genug, durch diesen Regen zu laufen.

Er hielt vor uns und verbeugte sich tief.

Ich hatte oft gehört, wie englische Damen die Rikschafahrer als schmutzige, barfüßige Kulis bezeichnet hatten. Wie konnte das sein? Doch nicht dieser Junge! Ich schloss die Augen und ließ meine Gedanken durch die flüsternde Dunkelheit streifen. Ein unwiderstehliches Verlangen wuchs in mir, ich sehnte mich nach etwas, irgendetwas, wusste aber nicht genau, was. Als ob ein unsichtbarer Geist mit kühlen Fingern eisige Tautropfen auf meinen nackten Bauch fallen und mich vor Wonne zusammenzucken ließe.

Meine Neugier ließ mich die Augen rasch wieder öffnen. Gespannt reckte ich den Hals, um diesen Jungen, der den großen zweirädrigen Wagen zog, besser sehen zu können. Aber sein Gesicht war unter einem Strohhut mit breiter Krempe verborgen.

Doch der Junge sollte nicht die einzige Überraschung des heutigen Tages sein. Ohne ein Wort schob mich mein Vater plötzlich in den schwarz überdachten Wagen. Ich hielt ehrfürchtig die Luft an. Erregung ergriff mich. Nur Geishas war es erlaubt, in einer Rikscha zu fahren. Ich hätte schwören können, dass ich den Duft ihres Kamelienöls noch riechen konnte.

Ich stellte mir vor, eine schöne Geisha zu sein, schloss die Augen und lehnte den Kopf nach hinten. Was würde ich tun, wenn ich einen gut aussehenden jungen Mann träfe, mein Gesicht gerötet, meine Brüste prall, die Spitzen aufgerichtet, mein Hals trocken?

Würde ich mich hinlegen und meine Beine spreizen, während mein Liebhaber sich zwischen meine Schenkel kniete, die Hände auf die Strohmatte gestützt?

Oder würde er sich auf den Rücken legen und mich auf sich ziehen?

In tiefen Zügen atmete ich den frischen Duft des Regens ein. Ich fand diese Vorstellung romantisch und höchst erfreulich, doch mein Lächeln verblasste, als ich sah, wie mein Vater mich anstarrte.

„Ich bin beunruhigt, Kathlene. Irgendetwas stimmt nicht. Niemand vom Tempel ist gekommen, um uns zu begrüßen." Er rieb sich das Kinn. „Ich habe keine andere Wahl, als mich darauf zu verlassen, dass dieser Junge uns zu unserem Ziel bringt."

„Ich vertraue ihm, Vater." Ich grinste, als der Rikschafahrer sich umdrehte, seinen Kopf ein wenig hob und mir zulächelte. Dann lehnte ich mich erleichtert im Sitz zurück. Er war nicht viel älter als ich. Und tatsächlich hübsch.

Mein Vater konnte mich doch ganz sicher nicht für immer in einem Nonnenkloster verstecken? Ich war beunruhigt, Angst kroch meine Haut hinauf und hinab wie winzige goldgrüne Käfer.

Wie sollte ich jemals eine Geisha werden, wenn ich in einem Kloster eingesperrt war? Nonnen wurden von den Besuchern ferngehalten und verbrachten ihre Zeit mit Meditieren und den Arrangements von Blumen, nicht damit, die Muskeln eines Rikscha-Jungen zu begaffen. Als ob die Götter mich daran erinnern wollten, dass ich keine Wahl hatte, grollte Donner über uns.

Ich hörte, wie mein Vater dem Fahrer Anweisungen gab, wohin er uns bringen sollte. Der Junge nickte, verneigte sich dann tief, bevor er das Verdeck aus Wachstuch zuzog, um uns vor dem Regen zu schützen.

„Schnell, schnell!" rief Vater drängend und sprang in den Wagen.

Der Junge hob die Achse, das Vehikel kippte nach hinten, dann trabte er los.

Die gefährlich schnelle Fahrt durch die schmalen Gassen, lenkte mich von den Grübeleien über mein Schicksal ab. Ich fand es ungewöhnlich, dass der Junge die wenigen Passanten nicht anschrie, aus dem Weg zu gehen, wie die meisten Fahrer es taten. Stattdessen rannte er schweigend, und sein schwerer Atem entzückte meine Ohren. Ich versuchte weiterhin, sein Gesicht zu sehen, aber immer wenn ich den kleinen Vorhang nur ein winziges Stück zur Seite zog, drückte mich mein Vater zurück in den Sitz.

„Konzentriere dich auf deine Aufgabe, Kathlene."

„Ich versuche mein Bestes, Vater, aber du sagst mir ja nichts", platzte ich heraus.

„Das kann ich nicht. Alles was du wissen musst ist, dass du meine Tochter bist und dich entsprechend zu benehmen hast."

Verärgert überkreuzte ich die Beine, meine schwarzen Stiefel versanken in der weichen Bodenmatte. Um es mir in den nassen Kleidern einigermaßen bequem zu machen, zappelte ich in dem mit rotem Samt bezogenen Sitz hin und her. Ich wollte meinem Vater gegenüber nicht respektlos sein, aber ich fürchtete mich.

Fragend blickte ich zu ihm hinüber, ging im Geiste noch einmal die Ereignisse des vergangenen Tages durch und versuchte zu verstehen, warum er mich aufgefordert hatte, meine Sachen zu packen, um Tokio umgehend zu verlassen. Dann hatte er die Haushälterin angewiesen, Reis, eingelegten Rettich und winzige Streifen rohen Fischs in Proviantbüchsen zu verstauen, damit wir für unsere lange Reise etwas zu essen hatten.

Ich wünschte, er würde sich mir anvertrauen, wie er es sonst auch tat. Aber diesmal sagte er nichts, befahl mir nur, mit niemandem zu sprechen.

„Mein Leben hängt davon ab, Kathlene“, sagte er und steckte die rechte Hand unter seine Jacke, als ob dort eine Pistole verborgen wäre.

Mein Vater war ein gut aussehender Mann, doch jetzt, wie er nach vorne gebeugt in der Rikscha saß, sah er merkwürdig aus, fast fremd. Sein ordentlich rasiertes Gesicht war vom Regen nass, er trug keinen Hut, sein Haar war verfilzt. Auf seinem schwarzen Mantel glitzerten Tropfen. Selbst seine schwarzen Lederhandschuhe glänzten nass und spielten meiner Fantasie einen Streich, wie hypnotisiert stellte ich mir vor, dass diese ganze Flucht nur ein Spiel war. Dass alles in Ordnung war.

Was sollte denn auch nicht in Ordnung sein in diesem wunderschönen, lebhaft grünen Land der zarten Pflaumenblüten? Wo das bezaubernde Lied der Glocken bei jedem Windhauch erklang und hellrote Ahornblätter zu ihrer Melodie tanzten?

Für mich war dies ein sanftes Land mit sanften Bewohnern. Und die einzige Heimat, die ich kannte, seit mein Vater mich als kleines Mädchen mit meiner Mutter nach Japan gebracht hatte. Er hatte gewusst, dass meine Mutter kränklich war und die Überseereise von San Francisco nach Japan sie noch mehr schwächen würde. Aber Mutter hatte sich geweigert, ohne ihn zurückbleiben.

Also fuhr sie mit. Und ich auch.

Mein Herz schmerzte vor ungeweinten Tränen als ich versuchte, mich an meine Mutter zu erinnern. Das war nicht leicht. Sie starb bereits im ersten Jahr. Meine Trauer hatte ich nie mit jemandem geteilt. Schon gar nicht mit meinem Vater. Er schien mir gegenüber seine

Gefühle zurückzuhalten, und doch wusste ich, dass er mich liebte. Deswegen begriff ich auch nicht, warum er sich so merkwürdig verhielt.

Was hast du getan, Papa? Ich wollte ihn so gerne fragen, traute mich aber nicht. Auch hätte ich ihn niemals Papa genannt, denn das war ein Begriff, den er nicht verstand. Er war mein Vater. Nicht mehr. Nicht weniger.

Ich krallte mich im Sitz fest, als die dünnen Räder über eine kleine Brücke ratterten. Wieder schielte ich hinter dem Vorhang hervor, und diesmal zog mein Vater mich nicht zurück. Ich seufzte entzückt. Bald würde die Sonne untergehen, und ich staunte über die Berge, die violette Schatten auf ihre eigenen Hänge warfen und über die ausgedehnten Weizenfelder, die der Regen in einen See aus purem Gold verwandelt hatte.

Ein Wasserspritzer traf meine Nase. Ich wischte ihn weg, schimpfte halb auf Japanisch, halb auf Englisch vor mich hin. Es fiel mir nicht schwer, zwischen den beiden Sprachen hin- und herwechseln, weil ich beide gleichzeitig gelernt hatte. Japan war die längste Zeit meines Lebens meine Heimat gewesen, auch wenn ich mich mit meinem blonden Haar oft fremd fühlte. Mein Vater hatte mir versichert, dass ich so hübsch wie meine Mutter werden würde. Allerdings ahnte er nicht, dass mich dieses Kompliment so sehr entzückte, weil ich eine Geisha werden wollte. Meine Mutter hätte meinen Plan bestimmt gebilligt. Geishas wurden von jedermann verehrt, für ihre Schönheit, ihre Anmut, ihren Stil, ihren Geist.

Unglücklich seufzte ich. Solange ich in dem Kloster blieb, würde ich niemals eine Geisha werden. Ich wäre zu einem Leben freudlosen Gehorsams verdammt, die Tage mit Gebeten und die Nächte mit Einsamkeit erfüllt. Die prachtvolle Schönheit der Welt der Blumen und Weidenbäume versprachen so viel mehr. Bis jetzt war mein Traum, eine Geisha zu sein, genau das. Ein Traum.

Wir fuhren etwa eine Stunde, die Schatten wurden länger. Ich konnte das Krächzen der Raben in den alten Kiefern hören. Nein, halt, das waren keine Vögel sondern ein lauter, lang gezogener Gongschlag. Während der Junge die Rikscha weiter über die schmalen von Bäumen gesäumten Wege zog, hielt ich die Luft an. Und dann, wie von Götterhand bestimmt, hörte es auf zu regnen. Ich lauschte dem Plätschern des Wassers, das durch kleine, von Farnen verborgene Rohre lief, während wir weiter hinein in die Berge fuhren.

Etwas später endete die Straße. Ich spürte, wie die Rikscha auf den Boden gesetzt wurde.

„Wir sind da, Kathlene", sagte Vater.

„Beim Kloster?"

„Ja."

Am liebsten wäre ich weglaufen. Weit weg.

Ich war mir der Stille um mich herum bewusst, als ich hinter meinem Vater aus der Rikscha kletterte, die Beine steif und die Füße nass. Neugierig blickte ich mich um. Wo waren die Menschen? Normalerweise liefen doch Mönche und Nonnen mit ihren merkwürdigen wie Körbe geformten Strohhüten herum, die Hände nach Almosen ausgestreckt, mit leisen, flehenden Stimmen.

Doch ich sah nur ein Tor vor einer Treppe mit steilen Stufen, die zu einem kleinen Tempel mit zinnoberroten

Säulen und einem schweren, grauen Eisendach führte. Hunderte Laternen tüpfelten den Boden neben den Statuen himmlischer Wachhunde auf Steinsockeln.

Beinahe rechnete ich schon damit, ihr Gebell zu hören, als mein Vater mit düsterem Gesicht die Stufen hinaufeilte. Ich folgte ihm und entdeckte wunderschöne scharlachrote Wildblumen, die in Büscheln um die Stufen wuchsen. Die Blumen zogen mich an, ihre langen, weichen Blütenblätter erinnerten mich an die feine Seide, die Geishas trugen. Von ihrer Schönheit geblendet bückte ich mich, um einige von ihnen zu pflücken als …

Wuuuuuusch! Etwas flog so nah an meinen Gesicht vorbei, dass ich den Luftzug spüren konnte. Ich berührte überrascht meine Haut und drehte den Kopf gerade rechzeitig, um zu sehen, wie der Kopf eines Steinhundes von seinem Körper kippte und auf dem Boden landete, wo er in große, hässliche Teile zersprang. Dann hörte ich eine Stimme rufen: „Rühr die Blumen nicht an!“

Zu Tode erschrocken machte ich einen Sprung nach hinten, sah mich um und entdeckte überrascht den Rikscha-Jungen. *Er* hatte mich angeschrien.

„Wieso?“ fragte ich verständnislos. „Was ist denn los?“

„Diese Blumen sind giftig“, erklärte der Junge und verneigte sich.

„Giftig?“ Ein Tumult in der Luft zog meine Aufmerksamkeit auf sich. Als ich aufsah erblickte ich Hunderte von Tauben über meinem Kopf, das Schwirren ihrer Flügel vermischte sich mit dem Wiehern von Pferden. *Pferde?* Nonnen mieden jede Form von Luxus und machten alle Wege zu Fuß. Wo kamen diese Pferde her?

„Die Blumen verbrennen deine Hände“, sagte der Junge. „Sie würden ganz rot werden.“ Dann beugte er sich tiefer und flüsterte heiser in mein Ohr: „ Deine Wangen würde ich allerdings gern von der Hitze der Leidenschaft erröten sehen.“

„Oh!“ Ich wandte mich ab, mein Gesicht färbte sich dunkelrot. Ein silbriger Hauch von Erregung glitt über die zarte Öffnung zwischen meinen Beinen. Dann schoss ein kochender Strahl durch meinen Bauch. Die geschmacklose Bemerkung des Jungen verstörte mich, aber noch mehr verstörte mich meine eigene Reaktion. Etwas Fremdes erwachte in mir, ich hatte den überwältigenden Wunsch, mich der rohen, sexuellen Energie dieser neuen Entdeckung hinzugeben. Zugleich hatte ich Angst vor diesem dunklen Gefühl, das ich nicht so recht bestimmen konnte. Angst, dass ich die Kontrolle verlieren, verruchte Dinge tun könnte, Dinge, an die ich bisher noch nie gedacht hatte und von denen ich nur immer noch mehr wollen würde.

Ich nahm all meinen Mut zusammen und blickte auf die große Ausbuchtung zwischen den Beinen des Jungen, mein Herz klopfte schneller, als …

„Steig in die Rikscha!“ hörte ich meinen Vater auf Englisch rufen. Er klang verzweifelt. „Wir fahren wieder.“

Ich sah, wie er die Treppe hinunter rannte, zwei Stufen auf einmal nahm, irgendetwas musste schiefgelaufen sein.

„Was ist los?“ fragte ich. Der Wind frischte auf und trug den Geruch von schwitzenden Pferden mit sich, der mir scharf in die Nase drang. Also hatte ich mir das Wiehern doch nicht eingebildet.

Mein Vater packte mich am Arm und schob mich in die Rikscha. „Sie haben auf uns gewartet, diese Teufel. Steig sofort ein!“

Rasch tat ich, was er sagte und mein Vater schrie dem Jungen zu, er solle losfahren. Neugierig wagte ich einen kurzen Blick hinter den Wachstuchvorhängen hervor, bis mein Vater mich wieder nach hinten drückte. Ich sah noch Staub aufwirbeln. Irgendjemand folgte uns.

Der Junge rannte und rannte. Ich konnte seinen schweren Atem hören, der schneller und schneller wurde.

„Wer hat auf uns im Tempel gewartet, Vater?“

Der Junge rannte noch schneller. Er musste über göttliche Kräfte verfügen.

„Ich bin sicher, dass es die Teufel des Prinzen waren. Ich will gar nicht daran denken, was geschehen wäre, wenn dieser Junge nicht geschrien und die Vögel aufgescheucht hätte.“ Er legte den Arm um mich, zog mich fest an sich, ich spürte, wie er zitterte. „Woher wussten sie, dass wir kommen würden?“

Heftiges Atmen. Dröhnende nackte Füße. Der Junge hörte nicht auf, zu rennen.

„Ogi-san.“ Die alte Frau musste gelauscht haben, als mein Vater mir den Namen des Klosters genannt hatte.

Er nickte. „Sie ist keine schlechte Frau, aber schwach. Die Leute des Prinzen würden alles tun, um uns zu finden. Sogar eine alte Frau mit einem großen Schwert bedrohen.“

„Was geschieht, wenn sie uns schnappen?“

Er wich zurück, als könnte er es nicht ertragen, auch

nur darüber nachzudenken. „Ich werde dich beschützen, und wenn es mein Leben kostet, meine Tochter."

„Sie werden uns nicht erwischen", sagte ich. „Der Rikschafahrer wird ihnen davonlaufen."

„Du hast großes Vertrauen in diesen Jungen." Er warf einen Blick nach draußen. „Ich glaube nicht, dass seine Füße uns retten werden, aber sein Verstand."

„Wie meinst du das?"

„Sieh selbst."

Während ich hinter dem Stoff hervorspähte, entdeckte ich überrascht, dass wir unter einer bogenförmigen Brücke gehalten hatten. Die tiefen Schatten der Bäume und die grüne Abenddämmerung schützten uns.

„Wir sind unter einer Brü..."

„Warte!" befahl mein Vater. „Hör doch."

Sekunden später hörten wir Hufgetrappel über uns, galoppierende Pferde, unsere Verfolger rasten über uns hinweg.

Ich zählte drei, vielleicht vier Pferde, die Reiter trieben sie brüllend an. Ganz ruhig blieb ich in der Umarmung meines Vaters sitzen, hier fühlte ich mich geborgen und war überzeugt, dass er uns in Sicherheit bringen würde.

Doch die Ereignisse der letzten vierundzwanzig Stunden wogen schwer auf meinen Schultern und ich wurde schläfrig. Die Gefahr war vorüber, wenn auch nur für kurze Zeit. Ich erlaubte meinem müden Körper, zu entspannen, aber fand keine Ruhe und fragte mich ständig, warum diese Männer uns verfolgten. Warum?

Was verheimlichte mein Vater mir?

2. *KAPITEL*

Sanftes Atmen, das in der Nachtluft nachklingt, der Duft verbotener Liebe, stickige Hitze, die Liebenden unter ihrem Moskitonetz Schweiß auf die Haut treibt. All das legte sich wie ein sinnlicher Zauber über mich, als wir nach Kioto zurückkamen.

Dicke Regentropfen landeten auf grauen Ziegeldächern. Raupen schlängelten sich über die Straßen. Eine Nacht voll Angst, aber auch voller Magie.

„Noch sind wir nicht außer Gefahr, Kathlene."

„Ich weiß, Vater."

„Du hast mir immer vertraut, meine Tochter."

„Ja, Vater."

„Und du weißt, dass ich alles nur aus Liebe zu dir tue?"

„Ja."

„Auch wenn ich dich an einen Ort bringe, der unziemlich für ein junges Mädchen scheint?"

„Ja." Ich drückte eine Hand an meine Brust, um mein wild klopfendes Herz zu besänftigen. Ich spürte, dass gleich etwas Wundervolles und Seltsames geschehen würde. Etwas Geheimnisvolles, aber was konnte das nur sein?

„Ich habe nachgedacht, meine Tochter, und mir Fragen gestellt. Ich würde niemals zulassen, dass dir weh getan wird, und doch muss ich die schwerste Entscheidung meines Lebens treffen."

„Was für eine Entscheidung?"

„Wo wir uns verstecken können. Kein Ort ist vor den Teufeln des Prinzen sicher. Es sei denn …"

Ich nahm seine Hand. Sie war kalt. „Ja, Vater?"

„Es sei denn, wir verstecken uns an einem Ort, an dem niemand nach uns suchen würde, einem Ort voller geheimer, männlicher Sehnsüchte, einem Ort, der allein dem Vergnügen gewidmet ist, einem Ort, von dem ich mir niemals hätte vorstellen können, dass ich ihn meiner Tochter zeigen würde. Aber ich habe keine Wahl. Wenn die Teufel des Prinzen uns finden, werden sie uns unaussprechliches Leid ..."

„Nein! Sie werden uns nicht finden. Das werden sie nicht!"

Er drückte mich fester an sich bis ich kaum noch Luft bekam. Ich begriff nicht, warum er so aufgewühlt war. Wovon sprach er? Wohin wollte er mich bringen?

„Verurteile mich nicht, Kathlene. Du musst wissen, dass ich sehr lange darüber nachgedacht habe, was ich tun soll, und auch wenn du dadurch ein Leben kennen lernst, das mir nicht gefällt, habe ich keine andere Wahl."

„Wohin gehen wir?"

„Zum Teehaus von Mikaeri Yanagi."

„Mikaeri Yanagi", wiederholte ich. „Was bedeutet das. Den Namen habe ich noch nie gehört."

„Das Teehaus des Sehnsuchtsbaumes."

Sehnsuchtsbaum? Sehnsucht wonach?

„Simouyé wird dich verstecken", fuhr er fort. „Da bin ich mir sicher."

„Simouyé?" Ich bemerkte mit Interesse, dass mein Vater nicht das traditionelle ehrende san dem Namen hinzufügte. Ein Name, der mir nichts sagte, aber sehr angenehm in meinen Ohren klang, so wie Vater ihn aussprach.

Mein Vater drückte meine Hand. „Simouyé ist eine wunderbare Freundin, Kathlene, eine Frau, der ich mein teuerstes Gut anvertrauen kann.“ Er sah mit Zärtlichkeit auf mich hinunter.

„Vater …?“ begann ich. Wer war diese Simouyé? Eine Lehrerin? Eine Freundin? Oder sogar mehr als eine Freundin? Etwas Geheimnisvolles?

Eine Geisha? Oh …

„Ja, Kathlene?“

Ich holte tief Luft, dann fand ich den Mut, die Frage zu stellen: „Hast du schon jemals ein Geisha-Haus besucht?“

Verblüfft über meine Frage schluckte er schwer, zögerte, und antwortete dann mit einem nüchternen Satz: „Eine Geisha ist eine Frau von größter Vornehmheit und untadeliger Moral.“

„Ich möchte eine Geisha werden“, sagte ich mit der Zuversicht meiner Jugend.

Angesichts dieser Worte schien er schockiert. „Du? Meine Tochter eine Geisha? Das ist unmöglich. Du bist eine Gaijin, eine Ausländerin. Nach der Tradition kann eine Gaijin niemals Geisha werden“, sagte er und zog mich an meinem blonden Haar.

Eine Traurigkeit, die mein Vater nicht bemerkte, überkam mich, meine Schultern sanken nach unten, mein Lächeln verblasste. Meinen Vater hingegen schien mein Wunsch, Geisha zu werden, zu amüsieren, er sank zurück in den Sitz und atmete tief durch.

Seine Worte klangen in meinen Ohren nach.

Eine Gaijin kann niemals Geisha werden, hatte er gesagt.

Doch ich glaubte ihm nicht. Wenn wir all diese

Schwierigkeiten hinter uns hatten, würde ich es ihm beweisen. Wenn ich endlich erwachsen war …

Moment mal!

Irgendetwas Außergewöhnliches geschah da draußen. Ich lugte wieder hinter dem Vorhang hervor, fasziniert von den elegant aussehenden, getäfelten Häusern entlang des Kanals. Die roten Papierlaternen auf den Veranden schwangen vor und zurück. Große, japanische Schriftzeichen tanzten auf den Laternen. Der Regen verwischte die Worte, man konnte sie aber noch immer entziffern. Es waren Namen. Mädchennamen. Ich erinnerte mich an ähnliche Laternen in dem Geisha-Viertel Shinbashi in Tokio.

Aus Büchern wusste ich, wo wir uns befanden und lächelte. Nahe Gion in Ponto-chô, dem Geisha-Viertel in der Nähe des Flusses Kamo. Ein Schauer durchfuhr mich, wir befanden uns also an einem magischen Ort.

Aufgeregt rutschte ich auf dem Sitz ganz nach vorne und streckte den Kopf aus dem Fenster. Dicke Regentropfen platschten auf meine Nase, meine Augenlider und meine Lippen, ich schmeckte die Fremdartigkeit dieses Ortes. Ich ließ meinen Blick von einem Haus zum nächsten schweifen. Alles an der Welt der Geishas faszinierte mich. Ich fragte mich, welches wohl das Teehaus des Sehnsuchtsbaumes war. Der Junge rannte noch immer, und mehr als einmal warf er mir einen Blick zu.

Sein Anblick vergrößerte meine Begeisterung darüber, mich in dem Teehaus zu verstecken, nur noch mehr. Wenn dieser Junge rennen und rennen und rennen konnte, welche Freuden konnte er einem dann erst auf einem seidigen Futon bereiten …

Was, wenn ich Geisha wäre und er mein Liebhaber?

Welche Wonnen verbargen sich unter diesem winzigen Stück Stoff, das seine Männlichkeit kaum verhüllte?

Ich lehnte mich zurück, Donner grollte über uns. Ich hatte keine Angst. Der Klang des Regens, der aus zerrissenen Wolken fiel, ließ mich an einen Samurai-Krieger denken, der sein männliches Schwert in eine seufzende Jungfrau stieß.

Mit geschlossenen Augen wünschte ich mir, mein Aussehen ändern zu können, stellte mir vor, der Regen könnte mir das Gesicht einer Geisha formen mit den geschwungenen Augenbrauen, den hohen Wangenknochen und den karminroten Lippen. Geishas waren wie Regen, glaubte ich, ihre Haut ebenso transparent und schön, farblos und doch durchwirkt von einem Hauch Blau, Rot und Gelb. Wie sehr ich mir wünschte, eine von ihnen zu sein. Wie eine Märchenprinzessin, rein und unberührt bis der gut aussehende Prinz sie zu seiner Braut erwählte. Dann brachte er sie zu seinem von einem Festungsgraben umgebenen Schloss, das so aussah wie der Palast zu der Zeit, als Tokio noch Yeddo hieß, einem Palast, der so viele Räume hatte, dass kein Mensch lange genug lebte, um sie alle sehen zu können. Ich würde goldgesponnene Kimonos besitzen und Haarschmuck aus reinsten weißen Diamanten und schwärzesten Perlen.

Der Mann, den ich liebte, legte sich neben mich, wir waren beide nackt und erkundeten unsere Körper. Ich erfuhr das grenzenlose Vergnügen, dass ein Mann in mich eintauchte, dieses unglaubliche Gefühl, nach dem ich mich aus tiefstem Herzen sehnte, ein Sehnen, das niemals aufhören würde.

Der Rikscha-Junge lief eine winzige Kanalstraße hinunter auf eine Allee, bog in eine Gasse, überquerte eine kleine Brücke und hielt vor einem hinter hohen Mauern verborgenen Teehaus. Eine große Weide schwang in der Abendluft. Rosa und gelbe Lichter leuchteten hinter den Papierfenstern.

Aus Angst, der Traum würde verblassen, hielt ich den Atem an. Ich fühlte mich, als wäre ich direkt in ein Märchen hineingestolpert.

„Das Kind kann nicht hier bleiben, Edward-san", sagte die Frau kurz angebunden, ihre Hände flatterten um sie herum.

„Ich habe keine Wahl, Simouyé-san", entgegnete mein Vater ruppig. Dann fügte er etwas freundlicher hinzu: „Ich muss dich bitten, mir diesen Gefallen zu tun."

„Das kann ich nicht. Wenn die Männer des Prinzen überall in der Stadt suchen, dann werden sie sie hier finden."

„Nicht wenn wir sie mit einer schwarzen Perücke und einem Kimono verkleiden."

Eine schwarze Perücke? Ich versuchte, mich in einer dunklen Ecke des Zimmers zu verbergen, doch die Frau namens Simouyé hörte nicht auf, mich zu betrachten. Das überraschte mich, weil es überhaupt nicht typisch für Japaner war. Aber ich konnte in diesem Moment auch nicht anders, als mindestens ebenso intensiv zurückzustarren.

Sie war eine schöne Frau, ihr schwarzes Haar trug

sie zu einem strengen Knoten auf ihrem Kopf, ich konnte ihren Mund nicht sehen, hätte aber schwören können, dass ihre Lippen dunkelrot waren. Der malvenfarbene Kimono mit Ärmeln bis zu den Hüften unterstrich ihre noch immer mädchenhafte Figur. Obwohl ihre kleinen Füße nur in weißen Strümpfen steckten, schien sie mir größer als die meisten japanischen Frauen.

Oder lag es daran, wie sie sich hielt? Stolz und aufrecht. Als hätte sie ihren Platz im Leben gefunden, einen Platz in der Nähe der Götter.

Sie kam auf mich zu und ich erschrak. War es eine optische Täuschung, lag es an den gestickten Vögeln auf ihrer Schärpe, dass es mir vorkam, als ob sie durch die Luft schwebte?

„Wenn deine Tochter hier bleibt, Edward-san, dann glaubst du doch nicht im Ernst, dass ich sie als Maiko aufnehme?“ fragte Simouyé, ihre Hände flogen an ihre Brust. Überrascht riss ich die Augen auf. Ich wusste, dass Maiko der Ausdruck für eine in der Ausbildung befindlichen Geisha war. Bei dem Gedanken blieb mir vor Freude fast die Luft weg, doch die Frau war alles andere als begeistert.

Keine Sorge, dachte ich. Mein Vater würde mir niemals erlauben, eine Geisha zu werden.

„Doch, genau das glaube ich, Simouyé-san“, entgegnete mein Vater.

Mein Mund klappte auf, ich konnte nicht fassen, dass mein Vater diese Worte gesprochen hatte.

Er fuhr fort: „Als eine Maiko würde sie ja in keine ...“, er zögerte, wählte seine nächsten Worte mit Bedacht, „... unangenehmen oder merkwürdigen Situationen mit euren Kunden geraten.“

Ich hatte mich so auf die Wendung der Ereignisse konzentriert, dass ich erst jetzt bemerkte, wie seine Hände den Hals der Frau liebkosten als Auftakt zu einem innigen Moment, den sie wohl schon öfter miteinander geteilt hatten. Dann strich er hinab zu der V-förmigen Öffnung ihres Kimonos, verharrte dort und fuhr sanft mit den Fingerspitzen über ihre Brüste. Ich wollte wegsehen. *Mein Vater* tat so etwas?

Doch ich starrte die Frau weiter an, sah die Rundung ihrer Brüste, sah, wie ihre Brustwarzen sich aufrichteten. Sie erschauerte wohlig.

„Selbst wenn ich es gern tun würde, Edward-san“, flüsterte Simouyé. „Ich kann dem Kind nicht erlauben, hier zu bleiben. Sie versteht unsere Lebensart nicht.“

„Sie wird es lernen. Diese hohen Mauern verbergen so manches Geheimnis.“

„Ja, Edward-san. Viele Geheimnisse. Eine Geisha zeigt dem Kunden niemals ihr wahres Ich, dafür verbeugt sie sich und erfreut solche Männer, die es eigentlich nicht verdienen. Ist das das Leben, das du dir für deine Tochter wünschst?“

Mein Vater schwieg, sein Körper versteifte sich, er ballte die Hände zu Fäusten.

Sag ja, Papa, bitte sag ja.

„Ich bin verzweifelt, Simouyé-san“, sagte er. „Es gibt keinen anderen Ort, an dem sie sicher ist. Ich werde sie so schnell wie möglich wieder abholen. Bis dahin musst du mir helfen.“

„Was ist mit dem Rikscha-Jungen?“

„Hisa-don wird kein Wort über den heutigen Abend verlieren. Er weiß, was er zu tun hat.“

„Das stimmt, aber …“

„Bitte, Simouyé-san, ich flehe dich an, meine Tochter zu retten.“

Die Frau war noch nicht überzeugt. „Unser Leben innerhalb dieser Mauern ist sehr streng, Edward-san. Wenn ich deinen Wunsch erfülle, wird deine Tochter alle Regeln befolgen müssen, um keinen Verdacht zu erregen. Sie muss zunächst als Dienstmädchen viele Stunden arbeiten, doch das wird sie zu einer starken Frau machen. Sie muss lernen, die Laute und die Harfe zu spielen und zu tanzen. Sie muss die höfliche Sprache der Geishas studieren, in der alles nur angedeutet und nichts direkt gesagt wird, sie muss sich den Älteren gegenüber voller Respekt zeigen. Auch wird sie lernen müssen, wie man einen Kimono trägt.“

Aufgeregt dachte ich über diese neue Situation nach. Wenn Simouyé einwilligte, konnte ich in dem Teehaus bleiben und das Leben einer Geisha kennen lernen. Das war wunderbar und zugleich beängstigend.

Es klopfte. Die Papiertür wurde leise aufgeschoben. Eine junge Frau kam auf Knien durch die Tür und verneigte sich drei Mal, wobei ihre Stirn den Boden berührte. Sie trug einen dunkelblauen Seidenkimono mit einer weiß-rosa gestreiften Schärpe. Ihre Anmut zog meiner Aufmerksamkeit auf sich. Sie wirkte schlicht, geradezu unschuldig und kindlich.

Das Mädchen stellte winzige Teetassen auf den niedrigen schwarzen Lacktisch, dazu Süßigkeiten, die wie kleine Goldfische geformt waren. Zucker glitzerte darauf und mir lief das Wasser im Mund zusammen.

Das Mädchen reichte mir eine Tasse, dann eine Serviette und schließlich eine Süßigkeit.

„Danke", wisperte ich und verneigte mich.

Das Mädchen blinzelte überrascht, verneigte sich dann auch und sagte: „Es ist mir ein Vergnügen."

Nun begann ich, mich erneut zu verbeugen, bis ich einen Blick auf meinen Vater warf und nicht fassen konnte, was ich da sah. Mein Vater und Simouyé standen in einer dunklen Ecke ganz eng beieinander. Die Frau schien meine Anwesenheit nicht zu interessieren, sie wehrte sich auch nicht gegen die vertraulichen Berührungen des großen Amerikaners. Er streichelte ihr Gesicht, nahm ihr Kinn in die Hände. Sie wich nicht zurück, als er mit den Händen zu ihren Hüften glitt, ihre festen Schenkel massierte, ihren Hintern. Dann verschwand eine Hand unter dem Kimono, er berührte ihre Brüste, spielte mit ihnen. Ich ahnte, dass es für sie nicht leicht war, ihre Gefühle wie gewohnt zu unterdrücken. Ich spürte, dass sie nicht mehr lange die Fassung bewahren würde, und doch sprach sie weiterhin mit sanfter Stimme, betonte jedes einzelne Wort.

„Wie viel hast du dem Mädchen erzählt?" fragte Simouyé, als er die Hände auf ihre Schultern legte und seine Lippen auf ihren Hals drückte.

Gerade wollte ich meinen Vater fragen, was er vor mir geheim hielt, als das Mädchen neben mir sich räusperte und einen Finger an die Lippen legte.

„Was ist denn?" fragte ich sie verwirrt. Hatte ich eine Geisha-Regel gebrochen?

„Es tut mir sehr leid und ich bitte um Entschuldigung", flüsterte das Mädchen. „Ich wollte dich nicht verärgern."

Stumm verneigte ich mich. Wie hatte ich über meine Aufgeregtheit nur meine Manieren vergessen können?

Das Mädchen hatte mich davor bewahrt, mein Gesicht zu verlieren, indem ich meinen Vater in einer Situation ansprach, in der ich unter allen Umständen unsichtbar zu bleiben hatte.

Doch mein Vater hatte es bemerkt. Er heftete seinen Blick auf mich, mein Herz begann wild zu klopfen, es flatterte wie ein in einem Glas gefangener Schmetterling. Er wandte sich wieder an Simouyé. „Sie weiß, dass mein Leben in Gefahr ist."

„Weiß sie, dass du zurück nach Amerika gehst?" fragte Simouyé mit erstickter Stimme.

Dieses Mal konnte ich die Angst nicht unterdrücken. Meine grünen Augen verdunkelten sich.

„Das ist nicht wahr, Vater, oder?" rief ich aus, sprang auf die Beine, es war mir egal, ob ich damit eine Regel brach. Mein Vater war mir wichtiger als alle Regeln. Ich rannte in seine Arme und presste schluchzend mein Gesicht an seine Brust. „Du gehst nicht weg, oder? Das darfst du nicht!"

„Solltest du ihr nicht die Wahrheit sagen?" fragte Simouyé. Dieses Mal klang ihre Stimme streng und fordernd.

„Nein, sie wäre in großer Gefahr, wenn sie es wüsste. Sie muss hier bei dir bleiben, Simouyé-san, und lernen, eine Maiko zu werden. Nur wenn ich sie hier lasse, kann ich den Teufeln des Prinzen entkommen."

Die Frau verneigte sich, ich sah, wie viel Anstrengung sie die nächsten Worte kosteten: „Wie du wünschst, Edward-san."

Ich wollte nicht glauben, was hier geschah. Konnte es nicht glauben.

„Ich möchte mit dir gehen, Papa", platzte ich heraus. Ohne nachzudenken, schob ich meinen Traum, eine Geisha zu werden, zur Seite und umklammerte den Ärmel seines Mantels. Mein Ausbruch an Zärtlichkeit erschreckte ihn. Ich dachte schon, er würde seine Meinung ändern. Stattdessen nahm er mein Gesicht in beide Hände und sah mir in die Augen. Ich war blind vor Tränen, die so schnell flossen wie die Regentropfen, die auf das hölzerne Teehaus prasselten, aber seine Worte konnte ich verstehen.

„Ich muss nach Amerika zurück, Kathlene, bis ich einen Weg gefunden haben, das, was ich falsch gemacht habe, wieder in Ordnung zu bringen."

„Du hast nichts falsch gemacht, Vater. Du bist gütig und nett."

„Ich wünschte, du hättest Recht, Kathlene, aber dieses Mal habe ich dich im Stich gelassen. Und deswegen muss ich gehen."

„Warum kann ich nicht mitkommen?" schrie ich, meine Stimme schallte durch das Teehaus. Junge, neugierige Mädchen drängten sich vor der halb geöffneten Tür, starrten mich an, die blonde Gaijin, aber ich achtete nicht auf sie. Ja, ich wollte Geisha werden, aber mein Vater war mir wichtiger.

„Das Risiko ist zu groß, Kathlene. Ich muss so schnell wie möglich reisen und werde nicht immer durch die sichersten Gegenden kommen. Du bleibst hier mit Simouyé-san. Sie ist eine gute Frau und wird dich wie eine Tochter behandeln. Du musst tun, was sie dir sagt, Kathlene, selbst wenn du nicht immer verstehen solltest, wieso. Mein Leben hängt davon ab."

„Gibt es keinen anderen Weg, Vater?"

„Nein. Ich habe dich nie um etwas gebeten, Kathlene." Die Stimme meines Vaters war dunkler, als ich sie je gehört hatte. „Du kennst die Sitten dieses Landes und wie wichtig es ist, dass Kinder ihre Pflichten erfüllen." Er streichelte mein Haar, schob es mir aus dem Gesicht und zwang mich, ihm in die Augen zu sehen. „Bitte mach mir keine Schande. Gehorche ab jetzt den Regeln von Simouyé-san."

Seine strenge Stimme ängstigte mich. Ja, ich wusste, wie wichtig Pflichterfüllung in diesem Land war. Die ganze Gesellschaft war auf der Treue gegenüber der Familie aufgebaut.

Ich musste also tun, worum mein Vater mich bat. Um meinen Traum, Geisha zu werden, zu verwirklichen, musste ich den Menschen, den ich am meisten liebte, aufgeben. Meinen Vater. Was für ein unseliges Spiel trieben die Götter mit mir?

Mit bebender Stimme sagte ich: „Ich verstehe." Ich spürte die Last zahlreicher Blicke aus dunkeln Augenpaaren, die auf mich geheftet waren.

„Bist du sicher, dass du verstehst, was von dir erwartet wird, Kathlene?" fragte mein Vater.

„Ich werde tun, was du wünschst, Vater", entgegnete ich voller Ehrfurcht. Vielleicht war mir der Ernst der Situation bewusst, vielleicht aber lag es auch an den schwarzhaarigen jungen Mädchen, die mich flüsternd beobachteten. Ich konnte nicht leugnen, dass mir der Gedanke gefiel, mich ihnen, die ihre Neugier so offen zeigten, anzuschließen.

Sie glaubten nicht, dass ich bliebe. Amerikaner sind wie Schmetterlinge, die von Blüte zu Blüte fliegen, hatte ein japanischer Dichter einmal geschrieben, und so rastlos wie das Meer. Ich musste meine eigenen rastlosen Gefühle zurückhalten und warten. Warten, dass mein Vater zurückkam und warten auf den Tag, an dem ich eine Geisha werden würde.

Ich ließ seinen Ärmel los.

Wieder schossen mir Tränen in die Augen, als mein Vater mich auf die Wange küsste. Dann, ohne ein weiteres Wort, verschwand er durch den geheimen Eingang des Teehauses in die regnerischen Nacht, auf dem Weg in eine andere Welt, in die ich ihn nicht begleiten durfte. Die Reise zurück nach Amerika könnte achtzehn Tage dauern, wenn es kalt und stürmisch war, hatte Vater mir erklärt. Auch wenn durch das flache Wasser der Beringstraße keine Eisberge trieben, so bliesen doch grimmige Winde über die Aleuten-Inseln, und viele Schiffe gingen in der rauen See verloren. Ich betete, dass dem Schiff meines Vaters dieses Schicksal erspart bliebe und er sein Ziel sicher erreichen würde.

Ich hob das Kinn und streckte die Schultern. In diesem Land zeigte man seine Gefühle nicht, und so zwang ich mich, tapfer zu sein, damit mein Vater stolz auf mich wäre.

Zu dieser späten Stunde in dieser Sommernacht würde also meine Ausbildung zur Geisha beginnen. Oder zur Geiko, wie die Geishas im Dialekt von Kioto genannt wurden. Ich würde lernen, die perfekte Frau in einer künstlichen Welt zu sein, mit sinnlichen Lippen, auf denen ein gewinnendes aber zurückhaltendes Lächeln lag, mit funkelnden Augen, bereit zu verführen oder zu unterhalten.

Mir würden bessere Manieren beigebracht werden, ein ansprechendes Lachen und die Fähigkeit, kokett zu sein. Jede elegante Geste würde peinlich genau einstudiert werden – sei es das Senken des Blickes, das Beugen des Kopfes, um meinen entblößten Nacken zu zeigen oder die Bewegungen meiner langen Finger. Männer mussten sich bei mir wohlfühlen, nur darum ging es. Ich würde lernen, sie mit den Rundungen meines Körpers zu locken und sexuell zu erregen.

Ich drehte mich zu Simouyé um und verneigte mich.

„Ich bin bereit, meine Ausbildung zur Geisha zu beginnen."

3. KAPITEL

Schnipp-schnipp. Was war das für ein Geräusch? Es klang wie eine Schere. Mein Magen zog sich zusammen. Ich versuchte, die Augen zu öffnen. Es ging nicht. Hilflos lag ich da, unfähig, mich zu rühren, als wäre ich verhext.

Dann hörte ich etwas anderes. Ein Seufzen, noch ein Seufzen, gefolgt von weiterem *Schnipp-schnipp*, die Papiertür wurde aufgeschoben und ein Mädchen fragte: „Was tust du da, Youki-san?"

„Ich schneide ihr goldenes Haar ab."

Mein *Haar?* Ich wollte mich wehren, konnte aber den Arm nicht heben.

„Warum, Youki-san? Es ist so schön."

„Verstehst du nicht, Mariko-san? Sie wird alles verderben mit ihrem seidig goldenen Haar."

Was verderben? Ich bemühte mich weiter, die Augen zu öffnen, meine Arme zu bewegen, meine Beine. Es ging nicht. Meine Lider lagen schwer auf den Augen, mein Körper war reglos wie die kalten, schleimigen Fische, die ich auf dem Landungssteg gesehen hatte, als mein Vater mir die ankommenden Schiffe zeigte.

So sehr ich es auch versuchte, ich konnte mich nicht rühren. Ich lag auf dem Rücken auf einer kratzigen Matratze in einem einfachen Kimono. Eine kühle Brise glitt über meinen Körper, als jemand neben mich trat. Ich hörte das Rascheln eines langen Gewandes auf der Tatamimatte und leise Schritte. Salzige Schweißtropfen benetzten meine Lippen und mein Kinn. Ich atmete tief durch und entspannte mich. Die Mädchen waren verschwunden.

Wo bin ich? Was ist geschehen?

Ich erinnerte mich daran, wie ich Simouyé die Treppe hinauf folgte in einen langen, niedrigen Raum, der durch goldene Wandschirme in drei Teile getrennt war. Bevor sie mich daran hindern konnte, rannte ich auf den Balkon und schaute in die Nacht, in der Hoffnung, meinen Vater zu sehen. Aber er war verschwunden.

Mein Herz schmerzte so, dass ich auf die Knie sank, die Finger in den mit zarten Ästen bemalten Wandschirm krallte und zu weinen begann. Ich betete zu den Göttern, hatte aber das Gefühl, meinen Vater nie mehr wieder zu sehen. Dieser Verlust ließ mich so wütend und traurig werden, dass ich alles vergaß, was die Missionare mir beigebracht hatten. In meiner Seelenqual packte ich eine Blumenvase und warf sie quer durch den Raum. Simouyé beobachtete mich mit ausdruckslosem Gesicht, wie es Geishas nun einmal tun. Keuchend, atemlos stand ich da und sah sie an wie sie mich ansah. Das war bis zu diesem Augenblick der spirituellste Moment meines Lebens. Es war seltsam, aber ihre Gefühllosigkeit besänftigte mich, ließ meine Tränen innerhalb kurzer Zeit trocknen.

Ich zitterte, als eine kühle Brise über meine nackten Brüste fuhr und meine Brustwarzen hart werden ließ wie die Knospen eines Kirschbaumes. Ein angenehmes Gefühl durchfuhr mich, als ich begann, meine Finger zu bewegen, dann die Zehen. Ich musste es schaffen, bevor die beiden Mädchen zurückkamen. Ich wackelte mit den Hüften, der Kimono öffnete sich. Mein ganzer Körper bebte, als ob eine forschende Hand mich berührte. Ich drückte die Handfläche zwischen meine Beine, um mich zu bedecken, spürte die zarte Haut unter meinen Fingern, dann …

Ich schnappte nach Luft. Ich hatte kein Höschen an, war völlig nackt unter dem Kimono!

Wo waren meine Kleider? Jetzt fiel es mir ein. Simouyé hatte ihr Dienstmädchen Ai gerufen, um mir die nassen Kleider auszuziehen. Ai sprach nicht viel, sie ließ nur meine Kleider verschwinden. Es war mir furchtbar peinlich, nackt in diesem kalten Raum zu stehen.

Ich wickelte mich in eine Decke, rannte in den Korridor und prallte direkt gegen das alte Dienstmädchen. Sie grummelte „stinkige Ausländer", reichte mir eine weiße Seidenrobe und eine Tasse Tee, der seltsam schmeckte und meine Lippen verbrannte. Sie beobachtete mich, wie ich den Tee – in dem ich glaubte, einen Schuss Reiswein zu schmecken – leer trank und dann in tiefen Schlaf fiel. Ich erwachte erst, als ich das Schnippen der Schere hörte.

Verwirrt versuchte ich, mich aufzusetzen, aber meine Muskeln waren steif. Ich verfluchte die Götter, die mich mit unsichtbaren Fesseln auf dem Futon festhielten. Es musste der Tee gewesen sein. Dann hörte ich Stimmen. Mädchenstimmen.

Sie kamen zurück.

„Sie hat uns nichts getan, Youki-san. Warum willst du, dass sie ihr Gesicht verliert?"

„Dein Hirn ist so weich wie Entenfedern, Mariko-san", schimpfte Youki. „Weißt du denn nicht, was der Kaiser erlassen hat?"

Mariko entgegnete mit kleiner Stimme: „Nein."

„Er hat großen Respekt vor den Abendländern und drückte seinen Wunsch aus, dass unsere Männer weiße Frauen heiraten."

Ich hörte, wie Youki fortfuhr, dass alles sich wegen dieser Abendländer ändern würde, diese Englisch sprechenden Menschen, die bei Festen nur über Politik redeten und die Kunstfertigkeiten der Geishas völlig ignorierten. Gerne hätte ich ihr gesagt, was ich davon hielt, aber der Reiswein hatte mich zu träge gemacht.

„Was können wir schon tun, wenn der Kaiser diese Ehen befürwortet?“ fragte Mariko. „Wir sind nur kleine Bedienstete.“

„Ich werde bald eine Maiko sein. Und falls die Götter in dein ehrliches Gesicht lächeln, Mariko-san, dann du vielleicht auch.“

„Ich möchte aus ganzem Herzen Maiko werden.“

„Also, wieso soll dann dieses Mädchen alle Aufmerksamkeit bekommen, Mariko-san? Was wird dann aus uns?“

„Keine Sorge, Youki-san. So lange Männer sexuelle Wünsche haben, wird es Geishas geben.“ Ihre Stimme klang jung und sanft. Ich entdeckte eine Sehnsucht nach Erfüllung in diesem jungen Mädchen, die meiner Sehnsucht gleichkam. Und so presste ich die Augen zu und betete, dass dieses Mädchen mir helfen würde.

„Okâsan, Mama-san, sagt, dass dieses Mädchen auch Maiko werden wird. Das bedeutet, sie wird irgendwann eine Geisha sein.“ Youkis Worte klangen zornerfüllt.

„Bist du sicher, dass das stimmt, Youki-san?“

„Warte nur ab, Mariko-san. Sie wird die Herzen aller Männer, die ins Teehaus kommen, erobern, und uns beiden wird nichts bleiben.“

„Nichts?“ fragte Mariko ungläubig. Ich verlor die Hoffnung, dass dieses Mädchen mir helfen würde.

„Nichts. Kein Wohltäter, der uns unser eigenes Teehaus kauft, wenn wir alt sind. Wir werden arm bleiben und nicht mehr wert sein, als ein Sack voller Knochen, der den Hunden zum Fraß vorgeworfen wird. Ist es das, was du willst, Mariko-san?"

Mariko schwieg einen langen Augenblick, dann sagte sie: „Diese blonde Gaijin wird uns das nicht antun, Youki-san. Das fühle ich einfach."

„Ich warne dich, Mariko-san. Wir müssen dieses Mädchen loswerden, oder wir alle werden den Göttern, die unser Glück bestimmen, einen hohen Preis bezahlen müssen."

„Nein, Youki-san, ich werde nicht zulassen, dass du ihr so etwas Schreckliches antust."

„Du kannst mich nicht daran hindern."

„Doch, das werde ich!"

Darauf folgte lautes Gepolter, es klang, als würde das ganze Teehaus von wilden Tieren auseinander genommen. Mit größter Anstrengung zwang ich mich, die Augen zu öffnen.

Es stimmte.

Zwei Mädchen.

Die miteinander kämpften.

Trotz meiner Benommenheit konnte ich ihre Umrisse sehen, wie sie miteinander rangen, ihr langes Haar löste sich und floss über ihren Rücken. Der blassgelbe Kimono der einen wirbelte um die pinkfarbene Seide der anderen als sie aneinander zerrten. Nackte Haut blitzte auf, erschreckte mich. Nie hatte ich Mädchen meines Alters nackt gesehen. Mein Vater erlaubte mir nicht, ins Schwimmbad zu gehen. Nackte junge Brüste, schmale Schenkel, seidig dunkle Haarbüschel zwischen ihren Beinen.

Ich zuckte zusammen als ich sah, wie das eine Mädchen dem anderen die kleine Schere aus der Hand riss und wegwarf. Ich versuchte, sie zu erwischen, aber sie schlitterte über den Boden an mir vorbei. Die beiden Mädchen achteten nicht darauf, zogen und zerrten aneinander, mir fuhr es kalt den Rücken hinunter, als ob ich gerade aus einem schlechten Traum erwachte.

Ich muss diese Schere an mich nehmen.

Meine Knie zitterten als ich aufzustehen versuchte, und knickten dann ein. Daher kroch ich über den Boden dorthin, wo mein Haar lag. Ich nahm es in die Hand. Eines der Mädchen schnappte nach Luft, rutschte mit ihren bestrumpften Füßen auf der Matte aus und schlug hin. Das andere Mädchen floh aus dem Zimmer und schob die Tür zu. Dann hörte ich, wie sie davonrannte.

„Es tut mir sehr leid, ich muss mich dafür entschuldigen, was Youki-san getan hat, Kathlene-san", sagte das Mädchen schwer atmend, wobei es sich so tief verbeugte, dass es mit der Stirn die Bodenmatte berührte. Es war dasselbe Mädchen, das mich Stunden zuvor davor bewahrt hatte, vor meinem Vater das Gesicht zu verlieren.

„Du kennst meinen Namen?" fragte ich.

„Ja." Ein kurzes Schweigen, dann sagte sie: „Ich heiße Mariko."

„Danke, Mariko-san." Ich verbeugte mich ebenfalls, allerdings nicht so tief, weil ich sie nicht aus den Augen lassen wollte. In dem schummrigen Licht erkannte ich rote Male an ihren Handgelenken und Armen.

„Du sprichst unsere komplizierte Sprache schon sehr gut, Kathlene-san."

Ich lächelte, das Kompliment freute mich. „Ich habe eure Sprache in einer Missionarsschule gelernt."

Das Mädchen seufzte. „Ich habe mir oft gewünscht, ein Junge zu sein und die Tokio School of English besuchen zu dürfen." Sie glaubte offenbar, zu viel gesagt zu haben, neigte sich wieder tief zur Erde und flüsterte mit unterwürfiger Stimme. „Aber einer solchen Ehre bin ich nicht würdig. Ich bin ein Mädchen und habe nicht genug Verstand dafür."

„Warum sagst du so etwas? Du bist genauso klug wie jeder Junge."

Mariko dachte einen Moment lang nach, dann sagte sie mit gesenktem Blick. „Die Shinto-Religion glaubt, dass Frauen unrein sind."

„Bist du sicher?" Ich wollte sie nicht beleidigen, war aber neugierig.

Sie nickte. „Die buddhistische Lehre besagt, dass eine pflichtgetreue Frau darauf hoffen kann, als Mann wiedergeboren zu werden."

„Pflichtgetreu? Was bedeutet das?"

„Ich muss alle Dinge tun, die meine Vorgesetzten mir befehlen."

„Und was ist das?"

„Ich bin dazu geboren, Männern gefällig zu sein, ihnen Freude zu bereiten, wenn sie mich besteigen wie ein Weißer Tiger", sagte sie ohne Scham. „Um meinen Honig mit ihrer Milch zu vermischen."

Ihre offenen Worte waren mir unangenehm und ich senkte den Blick. Ich wusste nicht, wie ich darauf reagieren sollte, deshalb sagte ich: „Ich werde die High School für Mädchen besuchen, wenn mein Vater zu mir zurückkommt."

„Bitte, ich will dich nicht beleidigen, Kathlene-san, aber du bist hier, um deinen Vater zufrieden zu stellen. Also bist du Männern nicht genauso gefällig wie alle anderen?"

Am liebsten hätte ich ihr eine harsche Antwort gegeben, aber ich war zu müde. Viel zu müde. Außerdem war mir eine andere Frage viel wichtiger. „Warum hast du mir geholfen, Mariko-san?"

Mariko ließ die Schultern sinken. „Ich weiß, wie es ist, wenn man von seiner Familie getrennt wird. Das unterscheidet einen von den anderen."

„Wo ist deine Familie?"

„Das Leben in meinem Land ist nicht leicht für Menschen, die ... anders sind." Mariko beantwortete meine Frage nicht, was mich nur noch neugieriger machte. Sie erklärte nicht, was sie damit meinte, aber ich konnte es mir vorstellen. Selbst in meiner kleinen Klasse in der Missionarsschule wurde jeder, der anders war, aus dem innersten Kreis ausgeschlossen. Anders zu sein war ein schlimmer Verstoß gegen die Reglen der Gemeinschaft.

„Ich weiß, was du meinst, Mariko-san, und auch, was du *wirklich* fühlst." Ich drehte eine Haarsträhne zwischen meinen Fingern. Sie hatten mir nicht alles abgeschnitten.

„Um uns zu verstehen, musst du deinen Geist öffnen. Und dein Herz."

Ich kniete mich auf den Boden und dachte darüber nach, dass außer diesem Mädchen niemand hier im Teehaus wollte, dass ich blieb. Zwar war man höflich zu mir, ganz nach japanischer Art, aber ich hätte mich nicht gewundert, wenn ich später Knoten in meinen Kleidern und lauwarme Asche unter meinem Bett gefunden hätte, altbekannte Hinweise darauf, dass ein Gast verschwinden sollte. Doch wenn ich schon von meinem Vater getrennt sein musste, bis er zurückkam, dann wollte ich zumindest hierbleiben und eine Geisha werden.

„Okâsan sagt, Mallory-san wird lange Zeit nicht zurückkehren."

„Das ist nicht wahr, Mariko-san", protestierte ich. „Mein Vater wird bald zurückkommen, um mich zu holen. Das weiß ich einfach." Verzweifelt drückte ich den Haarbüschel an meine Brust, meine Augen füllten sich mit Tränen. Sollten die Mädchen doch glauben, was sie wollten. Ich weinte nicht wegen der abgeschnittenen Haare, die würden nachwachsen, sondern um den Verlust meines Vaters.

„Okâsan sagt, Mallory-san hätte dich niemals in der schwebenden Welt gelassen, wenn er nicht in größter Gefahr wäre."

Ich zuckte zusammen. Schon wieder dieses Wort „Gefahr". Mariko saß ganz still, was mich noch mehr aus der Fassung brachte. Es war nicht länger zu ertragen.

„Warum nennst du das hier die ‚schwebende Welt'?" Würde ich jemals lernen, so ruhig zu sitzen wie sie?

„Ganz einfach, Kathlene-san. Unsere Geisha-Welt gleicht den Wolken in der Dämmerung, schwebend zwischen dem Nichts, aus dem sie entstehen, und der Wärme des bevorstehenden Tages."

Was wollte sie mir damit sagen, ich verstand sie nicht.

„Okâsan sagt, von heute Abend an dürfen wir nicht mehr über Mallory-san sprechen."

Nie mehr über ihn sprechen? Ich konnte doch nicht so tun, als ob mein Vater nicht existierte. Ich konnte die Gefühle, die mein Innerstes aufwühlten, nicht ignorieren, deswegen fragte ich stattdessen: „Wie lange bist du schon im Teehaus des Sehnsuchtsbaumes?"

„Seit ich fünf bin."

„Und wie alt bist du jetzt?"

„Vierzehn."

„Vierzehn?" fragte ich überrascht. „Du siehst viel jünger aus."

„Okâsan sagt, ich bin wie eine Wildblume, die aus einem Dunghaufen hervorsprießt."

Ich schüttelte den Kopf. Diese seltsame Art, zu sprechen, verwirrte mich. „Was bedeutet das?"

„Dass ich weder das Gesicht noch die Figur habe, um in die Welt der Blumen und Weidenbäume zu gehören, aber es mir mit Geduld doch gelingen kann, Geisha zu werden.

Ungläubig musterte ich ihr zartes Gesicht, die runden Wangen, den winzigen rosafarbenen Mund. Dieses Mädchen würde einmal eine Geisha werden? Sie war so jung und schlicht. Ich dachte immer, Geishas wären geheimnisvolle, wunderschöne Kreaturen, die in Liedern besungen und Gedichten unsterblich gemacht wurden.

Schockiert über ihre Offenheit, starrte ich sie weiter an. Mariko zog den Kimono fester um ihren blanken Oberkörper. Ich empfand Respekt gegenüber diesem jungen Mädchen, es erinnerte mich an Bambusrohre, die sich im Wind bogen. Stark aber elastisch.

„Ich bin neugierig, Mariko-san. Warum nennst du die Frau namens Simouyé-san Okâsan?"

„Viele Mädchen, die hierher gekommen sind, um Geisha zu werden, haben ihre Familien verloren, als sie sehr jung waren. Oft haben sie ihre Mütter nie kennen gelernt. Simouyé-san kümmert sich um uns wie eine Mutter." Ich konnte an ihren wehmütigen Augen ablesen, dass sie zu diesen Mädchen gehörte.

„Simouyé-san ist nicht leicht zu verstehen", sagte ich. „Und sie ist *sehr* schön." Wieso glaubte ich, das hinzufügen zu müssen? Weil mein Vater ihre Brüste berührt und sie so innig umarmt hatte? Als ob das sein Handeln rechtfertigen würde?

„Ja, sie ist streng mit uns, Kathlene-san, aber alle Geishas im Teehaus zollen Simouyé-san viel Respekt und erkennen ihre Autorität an, so wie man es bei seiner eigenen Mutter tun würde." Ihre Lippen bebten, als sie versuchte, ihre Gefühle zu unterdrücken. „Ich freue mich, dass Okâsan sagt, ich würde bald Maiko werden, und in drei Jahren Geisha."

„Du wirst in drei Jahren Geisha sein?"

Mariko schien meine Verblüffung zu spüren. „Ich muss zuvor noch viel lernen."

Ich beugte mich näher zu ihr. „Erzähl mir davon, Mariko-san, ich will alles darüber wissen, wie man Geisha wird."

Sie erklärte, dass eine Geisha in ihrer Ausbildung beobachten und lernen müsse, dass Worte nicht dieselbe Macht hätten wie ein Blick oder das Neigen des Kopfes.

„Eine Geisha muss lernen, wie man eine Tür auf korrekte Art und Weise öffnet", fuhr Mariko fort. „Wie man sich verneigt, kniet, singt, tanzt, anmutig ist, aber das Wichtigste ist, sich mit Männern unterhalten zu können, ihnen Witze zu erzählen und klug genug sein, sie nie spüren zu lassen, wie klug eine Geisha ist."

„Und wie macht sie das?"

Ohne jegliche Scheu entgegnete Mariko: „Eine Geisha erlernt viele Arten, einem Mann zu Gefallen zu sein, Kathlene-san. Sie drückt ihren Körper an seinen und sagt etwas Unerhörtes, dann erlaubt sie ihm, seine Hand unter ihren Kimono zu schieben und ihre nackten Brüste zu berühren, während sie ihm Saké einschenkt."

Mit offenem Mund und aufgerissenen Augen saß ich da, niemals hätte ich erwartet, so etwas zu hören.

„Was tun Geishas noch?" fragte ich.

„Eine Geisha muss auch kunstfertig sein, sie muss Blumen arrangieren und die Teezeremonie richtig durchführen können. Okâsan sagt, diese Fähigkeiten sind der wichtigste Schatz im Leben einer Geisha."

„Wichtiger, als zu lieben?" Ich hörte selbst, wie klagend meine Stimme klang, konnte aber nichts dagegen tun. Meine märchenhafte Vorstellung von einer Geisha verflüchtigte sich nach und nach wie ein brennendes Räucherstäbchen.

„Ja, Kathlene-san. Okâsan sagt, Geishas verlieben sich nicht in Männer. Sie verlieben sich in ihre Traditionen, ihre Kunst."

„Meinst du, ich könnte eine Geisha werden?"

„Das wäre bestimmt schwierig, Kathlene-san. Okâsan ist sehr streng mit uns."

„Sie kann nicht schlimmer sein als die Lehrer in der Missionsschule."

„Je strenger die Lehrer sind, sagt Okâsan, desto

mehr lernt man und eine umso bessere Geisha wird man und ..." Mariko zögerte.

„Und was?" hakte ich nach.

„Du musst unseren Regeln folgen."

„Den Regeln?" Ich verzog das Gesicht.

Sie dachte einen Moment nach, dann ratterte sie eine Liste herunter, die mich ganz schwindlig werden ließ. „Die Geisha darf morgens nie später als zehn Uhr aufstehen, dann richtet sie ihre Kleider, säubert das Zimmer, wäscht sich, wobei sie sich besonders um ihre Zähne und den teuren kleinen Spalt kümmert ..."

„Ihren was?" Nie zuvor hatte ich diesen Ausdruck gehört, er entsetzte mich einerseits, weckte aber auch mein Interesse.

„Du weißt schon ... da unten." Sie deutete auf ihren Schoß. Als ich nickte, fuhr sie fort: „Sie muss sich darum kümmern, dass ihr Schamhaar ordentlich geschnitten ist." Ich schnappte nach Luft, verblüfft über diese Regel, aber Mariko fuhr leise fort: „Eine Geisha muss jeden Morgen ihr Haar richten, zu den Göttern beten, Okâsan und ihre Geisha-Schwestern begrüßen, dann Frühstück aus Bambussprossen und -wurzeln ..."

„Ist das *alles*, was ihr frühstückt?"

Mariko zögerte, dann schüttelte sie den Kopf. Ich lächelte. Sie machte sich über mich lustig. Mit ihr an meiner Seite würde ich meinen Spaß haben.

„Eine Geisha muss auch darauf achten, nie Gesichtsschminke unter den Fingernägeln zu haben oder auf ihren Ohrläppchen. Ihr Haar darf nicht riechen, das wäre eine Schande, und sie muss um drei Uhr nachmittags ein Bad im öffentlichen Badehaus nehmen. Sie darf keine Vertraulichkeiten mit den männlichen Bediensteten austauschen, die ihre Laute tragen, damit kein schlechter Eindruck entsteht."

„Ich fürchte, ich habe bereits einen schlechten Eindruck auf Okâsan gemacht", platzte ich heraus und stand auf, schnell und nicht sonderlich anmutig. Würde ich jemals lernen, mich wie eine Geisha zu bewegen? „Und dieses Mädchen, Youki-san, die mag mich auch nicht." Ich rollte mein abgeschnittenes Haar zu einem Ball und schlang das Band meines Kimonos darum. Nun hielt nichts mehr meinen Kimono zusammen, doch ohne mein Haar fühlte ich mich noch viel nackter.

„Youki-san will dir doch nichts Böses", behauptete Mariko.

„Wie kannst du das sagen? Sieh doch, was sie mit meinem Haar gemacht hat." Warum verteidigte sie dieses Mädchen?

„Sie hat große Angst, Kathlene-san. Wenn sie keine Geisha wird, kann sie ihre Schulden nicht abarbeiten."

„Ihre Schulden?"

„Youki-san wurde von ihren Eltern für viel Geld an einen Mann verkauft. Sie muss es ihm zurückzahlen."

„Aber das entschuldigt nicht, was sie mir angetan hat, Mariko-san", unterbrach ich sie.

Mariko beugte den Kopf. „Ja, Kathlene-san, aber wenn sie keine Geisha wird und keinen Wohltäter findet, dann wird sie als Prostituierte in die unerlaubten Viertel von Shimabara geschickt."

„Und was geschieht dort?"

„Sie wird in einen Bambuskäfig gesperrt, muss ihre Zähne schwarz anmalen, ihr Schamhaar rasieren und viele Männer in einer Nacht zufriedenstellen."

„Bist du dir sicher?"

Mariko nickte. „Es ist wahr. Und das dürfen wir nicht zulassen, obwohl es in diesem Teehaus Leute gibt, die alles sofort Okâsan berichten." Ich war mir sicher, sie sprach von Ai, der Dienstmagd. „Youki-san wird große Probleme bekommen, wenn Okâsan erfährt, was heute Nacht geschehen ist."

„Was kann ich da tun?"

„Geh zu Okâsan und sag ihr, dass du Youki-sans Entschuldigung annimmst."

„Was für eine Entschuldigung?"

Mariko lächelte. „Die, die Youki-san dir geben wird, wenn sie herausfindet, dass du ihr geholfen hast."

Ich schüttelte den Kopf. „Ich verstehe das nicht, Mariko-san. Du willst, dass ich eine Entschuldigung annehme, die mir noch gar nicht angeboten wurde? Was soll das bloß bedeuten?"

„Du musst versuchen, uns zu verstehen, Kathlene-san. Das ist die Art der Geishas, sich wie Schwestern aneinander zu binden." Sie senkte den Blick. „Bei uns ist die erfahrene Geisha die große Schwester einer neuen Geisha, ganz unabhängig vom Alter."

Ich erschauerte. „Ich möchte Youki-san nicht als Schwester haben."

„Falls du in unserem Teehaus bleibst, werde ich zu den Göttern beten, dass Okâsan eine andere Maiko als deine Schwester wählt!"

„Ach ja? Und wen?"

Mariko verbeugte sich tief. „Ich bin zwar nicht würdig, aber ich werde bald eine Maiko werden, Kathlene-san. Es wäre mir eine große Ehre, deine ältere Schwester zu sein."

„Du, Mariko-san?"

„Ja, ich wäre zugleich Mentorin und Freundin, aber vor allem würde ich dir Treue schwören."

Mariko sah mich direkt an, etwas, was sie unter normalen Umständen niemals getan hätte. „Du gehst also zu Okâsan und folgst damit unserer Tradition?" Das klang mehr nach einer Aussage, die schon feststand, als nach einer Frage.

Auch wenn ich nicht erpicht darauf war, Simouyé diese unwahre Geschichte mit der Entschuldigung zu erzählen, wollte ich es tun, um ein Teil dieser Mädchenwelt zu werden.

Ich öffnete die Reispapiertür. „Du bekommst deinen Willen, Mariko-san. Ich werde zu Okâsan gehen", sagte ich, „und ihr sagen, dass ich Youki-sans Entschuldigung akzeptiere."

Mariko verneigte sich lächelnd und folgte mir. „Dann gehe ich mit."

Ich sagte nichts und hatte das Gefühl, es würde sowieso nichts ändern.

Rhythmisches Atmen. Sanft und leise. Jemand seufzte. Als ob eine Nachtigall über ihre gebrochenen Flügel weinte. Ich lief durch den Korridor des Teehauses und fragte mich, welcher Raum hinter den roten Wänden Okâsan gehörte.

„Ist es nicht etwas spät für eine Geisha, um einem Kunden Vergnügen zu bereiten?" fragte ich Mariko.

Mariko kicherte. „Das ist die Stunde, in der Frauen sich selbst Vergnügen bereiten."

Sich selbst Vergnügen bereiten? Meine Wangen färbten sich tiefrot. Also kannten auch andere die Magie ihrer Finger.

„Von was für einem Vergnügen sprichst du denn, Mariko-san?"

Sie wisperte: „Harigata."

Verständnislos schüttelte ich den Kopf. „Harigata?" Das Wort kannte ich nicht. Ich konzentrierte mich wieder auf dieses seltsame Geräusch hinter den geschlossenen Papiertüren. „Harigata", wiederholte ich. „Was bedeutet das?"

Mariko zögerte, die Geheimnisse hinter den hohen Wänden eines Geishahauses durften nicht einfach verraten werden, aber dann beugte sie sich mit blitzenden Augen nach vorn, ihre Wimpern flatterten wie schwarze Schmetterlinge. „Ich sage es dir, weil Okâsan will, dass du nicht anders als der Rest von uns behandelt wirst."

Ich musste lächeln. „Erzähl es mir, Mariko-san."

„Es ist sehr ungewöhnlich für eine Maiko, so offen über diese Geheimnisse zu sprechen ...", begann sie.

„Dann sprich nicht, Mariko-san, sondern flüstere."

„Hast du je gesehen, wie ähnlich das Schwert eines Mannes einem Rettich oder einer Karotte oder ..." Mariko kicherte, „... einem Matsutakepilz ist?"

„Einem Matsutakepilz?" Ich hätte beinahe gelacht. „Willst du behaupten, sie benutzt einen Pilz?"

„Ja. Man sagt, ein großer Pilz würde eine Frau mehr befriedigen als ein Mann."

Ihre Worte erregten mich, bei der Vorstellung, mit so etwas zu experimentieren, schoss ein sanfter Schmerz in meine Leiste. „Bist du dir sicher?"

Mariko lächelte. „Am besten siehst du es dir selbst an, Kathlene-san. Komm, ich zeige dir die Shungas."

„Was ist das?“

„Shungas sind Tuschezeichnungen. Sie zeigen die Träume derer, die sinnliche Erfüllung finden wollen.“

Noch bevor ich protestieren konnte, bedeutete Mariko mir mit einem Wink, ihr zu folgen. Wir verließen das Teehaus, überquerten den Hof, drückten uns durch eine schmale Tür und betraten einen Raum, dessen Boden mit so weichen Matten bedeckt war, dass ich das Gefühl hatte, über seidig grünes Moos zu laufen.

„Wo sind wir?“ Ich blickte mich um. Der kleine Raum war leer, ruhig und kühl.

„In einem privaten Teeraum, wo uns niemand sehen kann.“

Selbst in dem gedämpften Licht fand Mariko sofort ein großes in rotem Brokat eingeschlagenes Buch, das auf einem niedrigen Lacktischchen lag. Sie ließ die Tür offen. Der blasse, gelbe Mond spendete uns Licht, während ich mir Seite um Seite ansehen konnte, wie ein Mann eine Frau liebte oder zwei Frauen oder viele Frauen.

Ihre auserlesenen gemusterten Kimonos standen offen, ihre Augen waren halb geschlossen, mit verzückten Gesichtern entblößten sie ihre intimsten Stellen jedem, der sie sehen wollte. Die Männer und Frauen schoben, zogen, streckten sich, kletterten aufeinander, umarmten einander, alle Positionen machten deutlich, dass sie ihr Tun unendlich genossen. Ihre Beine waren in die Luft gestreckt, über ihre Köpfe, während hübsche junge Mädchen hinter Wandschirmen hervorspähten und durchs Zusehen lernten.

Ich schaute. Und schaute. Und *schaute.*

Eine Wärme erfüllte mich, ein Zittern.

Meine Leidenschaft war entflammt, am liebsten wäre ich zwischen die Seiten des Buchs geglitten, hinein in die Bilder, um den Jadestab eines Mannes mit meinen Händen zu liebkosen, mit meinen Lippen, stellte mir vor, wie er sich in mir bewegen würde, langsam erst, dann schneller und schneller bis …

„Wie heißt diese Buch?" Ich versuchte, ruhig durchzuatmen, während ich den Zauberstab eines Mannes auf dem Bild anstarrte. Er war so groß wie ein Unterarm. Würde ich als Geisha einmal mit einem solchen Mann das Vergnügen haben?

Existierte ein solcher Mann überhaupt?

„Kopfkissenbuch", sagte Mariko ohne Verlegenheit. „Es ist sehr hilfreich, wenn man lernen will, einem Mann Freude zu bereiten, meinst du nicht?"

„Ja, aber ich habe kein Bild von Frauen mit diesem Pilz gesehen, von dem du gesprochen hast." Ich blätterte die restlichen Seiten durch.

„Das ist ein Geheimnis der Frauen, ein Mittel, um jeden Zentimeter ihrer Lotusblüten zu erforschen, bis sie ihre Perle der Lust finden", erklärte Mariko. „Ein Geschenk der Götter des Donners."

Ich nickte. Das ergab einen Sinn. Irgendwie. Und doch musste ich fragen: „Wie kann es ohne Blitz donnern?"

„Dafür ist der Pilz gedacht."

„Sag, Mariko-san, waren die Geräusche, die wir durch die Wände gehört haben, Geräusche der Lust, die durch diesen Pilz entsteht?"

Mariko nickte. „Ja, Frauen wie Okâsan, die viele Pflichten und selten die Gelegenheit haben, den Duft eines Lendenschurzes zu genießen, müssen auf andere

Weise Befriedigung finden.“

„Lendenschurz? Du meinst damit, mit einem Mann zu schlafen? Seinen Jadestabtief in deine Seerose tauchen zu lassen?“

„In früheren Zeiten lebten Frauen wie Okâsan ganz abgeschieden in parfümierten dunklen Räumen, versteckt hinter Bambusjalousien und Vorhängen. Sie sprachen durch Gitterfenster mit den Männern. Und sie entdeckten interessante Wege, sich ohne Männer Vergnügen zu verschaffen.“ Mariko hielt inne, dann flüsterte sie in mein Ohr. „Aber du musst vorsichtig sein, wenn der Kopf des Pilzes durch die Hitze deines Körpers anschwillt, damit er nicht ... stecken bleibt.“

Ich lachte. „In dem Blütenherz meinst du?“

Mariko senkte den Blick. „Ja, in dem geheimsten Ort einer Frau“, sage sie. „Komm, sieh es dir selbst an.“

Ich folgte dem Mädchen durch das Teehaus. Weiße Papierschmetterlinge hingen an seidenen Fäden von den Decken und flatterten im Windhauch, als wir die Türen aufschoben und dann über eine kleine im Haus befindliche Brücke liefen.

Das Gurgeln von Wasser besänftigte die seltsame Hitze in meinem Körper, wir schlüpften durch eine weitere mit Kranichen bemalte Tür. Ich vermutete, dass es sich um das Quartier von Okâsan handelte. Mariko legte einen Finger an die Lippen, als wollte sie mich davor warnen, zu sprechen, dann schlichen wir hinter einen Wandschirm.

Der Regen klopfte leise auf das Holzdach, wir hörten das klagende Seufzen einer Frau, das lauter und lauter wurde.

„Ich komme mir seltsam vor, Mariko-san, als ob ich

mich für eine Reise bereit machte, die ich noch nie angetreten habe", flüsterte ich. „Eine Reise, die einen tiefen Hunger in mir stillen wird."

„Alle Frauen haben Hunger", wisperte Mariko zurück. „Deswegen gibt es Engis."

„Engis?"

„Ja, die Nachbildung eines aufgerichteten Jadestabes aus Papier oder Ton, gefüllt mit Süßigkeiten." Sie leckte über ihre Lippen. „Schmeckt sehr gut."

Ich stellte mich auf die Zehenspitzen und blickte über den Schirm. Simouyé saß auf ihren Fersen auf der Bodenmatte und schaukelte vor und zurück. Vor und zurück. Vor und zurück. Sie sah so wunderschön aus. Ihr Kimono war blau und schlicht. Genauso wie die Schärpe, die sie hinter dem Rücken kunstfertig zusammengebunden hatte.

Der sinnliche Ausdruck ihres Gesichtes aber war es, der meinen eigenen Körper auf eigentümlichste Weise reagieren ließ. Ich konnte es nicht verhindern, leise aufzustöhnen. Mariko verschloss mir den Mund mit einer Hand, ihre dunklen Augen warnten mich, still zu sein.

Ich nickte. Mariko ließ mich los und flüsterte: „Schau."

Meine Augen weiteten sich. Okâsan änderte ihre Position und beugte ihren Körper nach vorne. Etwas schien mit einer Schleife an ihrer Ferse festgebunden zu sein. Etwas Langes und Schlankes, geformt wie ein ...

„Pilz", flüsterte ich. Dieser Pilz hatte, soweit ich erkennen konnte, nichts mit der Pflanze zu tun. Es handelte sich um ein braunes Lederobjekt, das geformt war wie ein Phallus. Groß und sehr realistisch mit hervortretenden Adern.

Ich zog mich wieder in den Schatten des Wandschirms zurück und dachte nach. Was ich gesehen hatte bestätigte nur noch einmal meinen Wunsch, Geisha zu werden.

Simouyé stand auf, zog ihren Seidenkimono an der Taille zusammen und befestigte dann ein rotes Band unter ihren Brüsten. Sie zog die Strümpfe aus und legte frische an.

„Warum wechselt sie die Strümpfe?“ fragte ich.

„Geishas betrachten verknitterte oder leicht verschmutzte Strümpfe als den Gipfel der Ungehörigkeit. Saubere weiße Fersen und Zehen sind der Beweis der ehrenwertesten weiblichen Reinheit.“

Ich lächelte. Was für eine merkwürdige Vorstellung nach allem, was ich gesehen hatte. Dann blickte ich wieder zu Okâsan. Von dem Lederpilz war nichts mehr zu sehen. Simouyé musste ihn in einer der vielen Schubladen der Holztruhe verstaut haben.

Mir kam die Szene unwirklich vor, aber die Tränen, die über Okâsans Wangen liefen, waren echt und beunruhigten mich mehr, als ich verstehen konnte.

Ich verstand es überhaupt nicht.

Mein Hals wurde eng. Mariko schien mein Unbehagen zu spüren.

„Manche von uns schätzen die Vorstellungen der westlichen Welt“, sagte Mariko, „und geben die uralte Tradition auf, dass eine Frau immer hinter dem Mann zu gehen hat. Stattdessen laufen sie Hand in Hand mit ihm.“

„Willst du damit sagen, Okâsan ist so eine Frau?“

Sie nickte. „Die weibliche Seele hat viele Saiten,

Kathlene-san, und eine Frau wie Okâsan ist eine Meisterin darin, jede einzelne anzuschlagen." Bevor ich sie noch weiter ausquetschen konnte, sagte sie: „Wir müssen gehen."

Heute Nacht blieb nichts mehr zu tun. Am nächsten Morgen wollte ich umgehend zu Okâsan gehen und ihr von Youkis Entschuldigung erzählen. Ich würde meinen Kopf neigen und die Worte sprechen, die Mariko mir gesagt hatte, denn nichts durfte mich daran hindern, die geheime Welt der Geishas zu betreten.

Gebeugt folgte ich Mariko durch die Schiebetür, den Flur entlang, über die winzige Brücke in einen Raum, wo für uns wie durch Zauberhand ein Futon aufgerollt worden war. Ein großes Moskitonetz hing an seidenen Fäden von der Decke herab. Seine durchscheinenden, meeresschaumfarbenen Wände versprachen einen friedlichen Schlaf. Wieder kam ich mir vor wie in einem Märchen, obwohl ich davon ausging, dass Ai den Futon hingelegt hatte. Ich fragte mich, wie viel die alte Frau wusste. Hatte sie uns gesehen, und falls ja, würde sie uns verraten?

Mariko schien meine Gedanken gelesen zu haben. „Wir müssen uns vor Ai-san in Acht nehmen."

„Wieso?"

„Sie ist jedem zugetan, der sie bezahlt."

Mariko bedeutete mir, mich neben sie auf den Futon zu legen. Wortlos folgte ich ihr, doch mein Herz schlug vor Aufregung so schnell, mit so viel Hoffnung für die Zukunft, dass ich nicht schlafen konnte. In dieser Nacht hatte ich etwas gesehen, gehört, gefühlt, das meine Fantasie noch mehr anheizte, die Vorstellung davon, wie das Leben in diesem Teehaus sein würde: Der

Duft von Orchideen und Rosenblättern, eine Geisha, die ihren Obi öffnet, die Silbernadeln, die aus ihrem langen Haar fallen, wenn sie es löst und die Schenkel spreizt, um den geschwollenen Speer ihres Liebhabers zu empfangen.

Als ich auf dem Futon lag, wurde das Prasseln des Regens auf dem Dach zu einem Lied, die Minuten verstrichen. Frösche quakten. Ich konnte Marikos leisen, gleichmäßigen Atem hören. Keine von uns sprach ein Wort, während wir auf dem Rücken lagen und unsere schlanken Körper sich unter der Decke berührten. Sie duftete nach Mandarine und Ingwer.

Als sie ihre Hand in meine gleiten ließ und sie drückte, drückte ich ihre auch, dann entspannte sich mein Körper. Ich wusste noch nicht, was auf mich zukommen würde, aber so langsam begriff ich, dass meine Weiblichkeit eine geheime Waffe war, die ich einsetzen konnte, um den tiefsten Kern meiner Sexualität zu entdecken.

Erregt stellte ich mir das unendliche Vergnügen vor, den Speer eines Mannes in mir zu spüren, pochend, stoßend und mit seinem Elixier angefüllt zu werden.

ZWEITER TEIL

Kimiko, 1895

Sie befand sich mitten unter uns.
Das Mädchen mit dem goldenen Haar.
Sie war keine von uns.
Doch wir hießen sie willkommen.

(Geisha-Lied aus Kioto, 1895)

4. KAPITEL

Kioto, Japan 1895

Während ich durch das Holztor lief, über den gewundenen Steinweg und die engen Stufen hinauf auf die Veranda, wo es nach Kamelienöl und dem Fluss Kamo roch, überlegte ich fieberhaft, was ich Okâsan sagen sollte.

Ich war spät dran.

Verärgert wischte ich den Schweiß von meinem Gesicht und verschmierte dabei die dicke weiße Schminke, die ich tragen musste, sobald ich das Teehaus verließ, genauso wie die schwarze, perfekt sitzende Perücke. An heißen Tagen war diese Perücke fast unerträglich, aber wir wollten mein Haar nicht schwarz färben, weil die meisten Haarfarben Blei enthielten und somit tödlich sein konnten.

Das Gewicht der Perücke ignorierte ich. Stattdessen betete ich, dass Okâsan sich nicht aufregen sondern so reagieren würde, wie es den hiesigen Gepflogenheiten entsprach – für jede Emotion gab es den richtigen Zeitpunkt und den richtigen Ort – doch beides war hier und jetzt nicht der Fall.

Für mich war es die schönste Zeit des Tages, wenn die Geishas und Maikos in Gruppen beisammensaßen und schwatzten. Geplauder. Es gehörte zur Ausbildung der Maikos, mit größter Lebhaftigkeit über nichts zu sprechen und mit unseren Kunden Spiele zu spielen. Spiele wie „Seichter Fluss-Tiefer Fluss", wenn die Geisha ihren Kimono anhob, als wolle sie einen Fluss durchqueren, jedes Mal ein bisschen höher, bis sie – mit dem Fächer wedelnd – ihre kostbare kleine Spalte zeigte.

Ich kicherte in Erinnerung daran, wann ich diesen Ausdruck zum ersten Mal gehört hatte. Das war in der Nacht gewesen, als ich die Freuden des Harigata kennen gelernt hatte. Mein Lächeln verblasste. Das war auch die Nacht gewesen, in der mein Vater mich in dem Teehaus des Sehnsuchtsbaumes zurückgelassen hatte. Ein Teil von mir war in dieser Nacht gestorben, aber ein anderer Teil hatte überlebt. Drei Jahre lang hatte ich daran gearbeitet, Geisha zu werden, doch noch immer war es nicht soweit. Warum nicht? Was hatte ich für schlimme Fehler, dass ich den Göttern so missfiel? Eigentlich war üblich, dass man mit siebzehn seinen Platz als Geisha einnahm.

Ich bin achtzehn. Habe ich nicht das Recht, Geisha zu werden?

Wie lange noch konnte ich in dem Teehaus bleiben oder mit weißer Schminke im Gesicht durch die Stadt schleichen, das blonde Haar unter einer Perücke verborgen? War ich dazu verdammt, mich im Teehaus zu verstecken, bis meine Jugend verblüht war? Oder bis jemand entdeckte, wer ich wirklich war?

Öfter als einmal hatte ich neugierige Fremde gesehen, die an ihre Nase tippten, wenn sie mich anblickten. Damit wiesen sie auf meine lange, gerade irische Nase hin. Warum war es so wichtig, dass niemand erfuhr, wer ich war? Mein Vater war fort und somit außer Gefahr. Warum konnte ich nicht meinen Platz einnehmen?

Alles hatte ich getan, was Okâsan mir gesagt hatte, *alles.* Ich benutzte den getrockneten Kot der Nachtigall, damit meine Gesichtshaut zart blieb. Ich schrubbte zweimal am Tag kniend die Veranda, wusch die Bettwäsche und schnitt den Bambus im Garten.

Außerdem war ich eine erwachsene Frau. Auch wenn es nicht schicklich war, so schwang ich beim Gehen die Hüften genauso wie die Geishas. Mein grüner, handbemalter Kimono fiel perfekt gefaltet an mir herab, silberne Nadeln glitzerten in meinem Haar.

Wo immer ich hinging, starrten die Menschen mich an. Oh, ich war nicht etwa so schön wie Simouyé, aber größer als alle anderen Maikos. Zudem war es ungewöhnlich für eine angehende Geisha, allein unterwegs zu sein. Wir wurden immer eskortiert, außer wenn wir zu zweit in einer Rikscha fuhren.

Heute hatte ich die Blicke der neugierigen Japaner ignoriert. Damit niemand meine grünen Augen sehen konnte, hielt ich den Kopf gesenkt. Ich musste mich heimlich aus dem Teehaus schleichen, um meine Besorgungen zu machen.

Allein.

Wie lange war ich unterwegs gewesen? Eine Stunde? Länger nicht. Ich drückte das sorgsam in gelben Stoff geschlagene und mit einem roten Band verschnürte Päckchen an mich, meine vollen Brüste unter dem Kimono waren bandagiert und flach gedrückt. Das Treffen mit Simouyé machte mich nervös. Welche Entschuldigung ich auch anbringen würde, ich konnte jetzt schon sehen, wie sie mit dem Körper in diesem missbilligenden Rhythmus, den ich so gut kannte, vor- und zurück schaukelte und mir eine ewig lange Standpauke halten würde, während die anderen Maikos so taten, als würden sie nicht zuhören.

Enttäuscht schüttelte ich den Kopf. Okâsan fand

eine Entschuldigung nach der anderen, wenn ich sie fragte, wann ich endlich soweit wäre, der Welt der Geishas anzugehören. Ich persönlich war bereit, aber Mariko sagte, wir müssten Okâsans Entscheidung akzeptieren und warten.

Als ich die Verandatür aufschob, stellte ich überrascht fest, dass niemand da war. Die Strohmatten glänzten, keine Glöckchen von hohen Holzsandalen waren zu hören, nicht das Rascheln von Kimonos, kein mädchenhaftes Geplapper lag in der Luft.

Eigentlich passte mir das ganz gut, denn selbst wenn Okâsan meine Verspätung nicht auffiele – Mariko würde darauf bestehen, dass ich ein Gedicht schrieb, in dem ich die Götter um Vergebung bat und es am Ast eines Pflaumenbaumes befestigte, denn nur dann hatte Okâsan das ehrenvolle Recht, mir meinen Ungehorsam zu verzeihen.

Ich lächelte. Mariko hatte immer eine Antwort auf alle Probleme.

Was würde ich nur ohne sie tun? Immer wenn ich Simouyés Strenge oder die kleinen Sticheleien von Youki oder die Fremdheit dieses Landes nicht mehr zu ertragen glaubte, war Mariko für mich da. Wir waren unzertrennlich, machten alles gemeinsam, unterhielten uns in unserem köstlichen Geiko-Dialekt und frönten unserem liebsten Zeitvertreib: nämlich das Kopfkissenbuch anzusehen und uns vorzustellen, dass wir diese wunderschönen Geishas waren, die sämtliche achtundvierzig Stellungen mit unseren Liebhabern ausprobierten, um herauszufinden, welche uns am besten gefielen.

Mein liebstes Bild stammte von einem Künstler

namens Hokusai, auf dem eine seufzende Frau in der glitschigen Umarmung von zwei Kraken dargestellt war. Sie umschlangen ihren Bauch, ihre Hüfte, saugten an ihren Brüsten, ihren Lippen, stießen ihre Arme in ihre Lustspalte und ihren Hintern und trieben sie zur höchsten Ekstase.

Die seltsamen Gefühle, die mich bei dem Anblick durchzuckten, ermutigten mich, Mariko zu beichten, wie Hisa mich einmal auf dem Hof gepackt hatte, seine nackte Brust an mir gerieben und meine aufgerichteten Brustwarzen unter dem Kimono mit seinem verschwitzten, muskulösen Körper liebkost hatte. Ich konnte nicht leugnen, dass dieser Rikscha-Junge mich mit prickelnder Lust erfüllte. Ich musste all meine Kraft zusammennehmen, um nicht sehnsüchtig in seine Arme zu sinken. Aber das wäre falsch gewesen, das wusste ich. Ich rannte weg, als er versuchte, meine Schärpe zu öffnen, obwohl ich am liebsten geblieben und sie selbst aufgeknotet hätte, langsam, sehr langsam, um ihn mit meiner feuchten Mondgrotte unter dem Kimono zu reizen.

„Hast du nie davon geträumt, mit einem Mann wie Hisa-don zu schlafen?“ hatte ich Mariko am Tag zuvor nach dem Unterricht gefragt, als wir auf den Garten blickten und dem Gezwitscher der Vögel lauschten. Bei Tage träumte ich oft von dem Rikscha-Jungen, versuchte aber immer, in angemessener Weise über ihn zu sprechen, schließlich handelte es sich bei ihm um einen Bediensteten.

„Ja, Kathlene-san, ich möchte gerne mit einem Mann zusammen sein und seinen Jadestab tief in mir spüren“, sagte Mariko. „Aber es ist unsere Pflicht, den

Blick von Hisa-don abzuwenden."

Durstig befeuchtete ich meine Lippen mit der Zunge. Mein Mund war bei den Gedanken an Hisas Berührungen trocken geworden, und Mariko sprach von Pflichten? *Schon wieder?*

„Warum sagst du das, Mariko-san?"

„Eine Geisha muss den Wünschen der Okâsan folgen und sich ihrem Wohltäter hingeben", erklärte Mariko. „Auch wenn sie dem von Okâsan ausgewählten Mann gegenüber nicht so viel empfindet, wie sie gerne würde."

Was war nur mit Mariko los? Mariko würde sich erst erlauben, einen Mann auf diese Weise kennen zu lernen, wenn Okâsan es beschlossen hatte.

„Ich möchte einen Mann, der mich liebt", sagte ich. „Und der mir mit seinem hoch geschätzten Zepter die größten Freunden bereiten kann, wenn er es tief in mich stößt und mein Blumenherz berührt."

„Ich bin sicher, die Götter werden dir viele Liebhaber schenken, Kathlene-san. Aber ich bete dafür, dass du nicht zu viele Tränen vergießt und die Erde mit deiner Schwermut tränkst."

„Bitte, Mariko-san, sag mir, was du damit meinst."

„Geishas müssen ihre Gefühle unterdrücken."

„Was hat das mit Hisa-don zu tun?"

„Er ist nur ein Dienstjunge und unserer nicht würdig."

„Das glaube ich nicht. Er ist ein Mann, und ich bin eine Frau."

„Du musst das verstehen, Kathlene-san, bei uns Japanern kommt die Pflicht zuerst."

„Was geschieht, wenn eine Geisha sich in jemanden

verliebt, der von Okâsan nicht gebilligt wird?"

Mariko schüttelte den Kopf. „Eine Geisha würde sich niemals gestatten, ihre Pflichten für die Liebe zu vernachlässigen."

„*Niemals?*"

„Wenn eine Geisha sich einer Verfehlung mit einem Mann niederen Ranges schuldig macht, wird sie ins Exil geschickt."

„Und der Mann, den sie liebt? Was geschieht mit ihm?"

„Er hat Gesetze gebrochen und wird hingerichtet." Mariko machte eine lange Pause. „Manche Paare lassen ihre Liebe unsterblich werden, indem sie gemeinsam Selbstmord begehen."

„Selbstmord", wisperte ich.

„Ja, Kathlene-san. Die unglückseligen Liebenden trinken Saké aus demselben Becher. Dann werden die Beine der Frau zusammengebunden, damit sie nicht auf ungraziöse Weise stirbt, wenn sie sich das Messer in den Hals stößt. Danach folgt ihr der Mann in den Tod." Sie schwieg so lange, bis das Bild der sterbenden Liebenden sich in meinem Kopf festgesetzt hatte, dann fuhr sie fort: „Hisa-don ist wirklich sehr attraktiv, aber wir müssen den Regeln gehorchen."

„Regeln, immerzu Regeln", schoss ich zurück. „Ich habe alle Regeln bis auf die kleinste Kleinigkeit befolgt, und trotzdem sagt mir Okâsan nicht, warum ich noch immer keine Geisha bin."

„Wir brauchen diese Regeln, Kathlene-san. Nur so kann Japan stark bleiben, und nur so sind wir stark genug, um eine Geisha zu werden."

„Ich versuche ja, zu verstehen, Mariko-san, aber ich

kann nicht gegen meine Gefühle ankämpfen."

„In unserer Welt gibt es Japaner und Gaijins. Du bist eine Gaijin. Aber ich bin tief im Herzen davon überzeugt, dass du eine Japanerin sein kannst."

„Wirklich?"

„Ja. Du hast vieles akzeptiert, seit du in unser Teehaus kamst. Wenn du jetzt auch akzeptieren kannst, wie eine Geisha sich in der Liebe verhält, dann kannst du eine echte Japanerin werden."

„Aber in dieser Welt voller Regeln geht so viel verloren, Mariko-san, man erlebt keine tiefen Gefühle, keine echte Freude, nicht einmal Schmerz."

„Das ist nicht wahr. Ich habe viel Freude, seit du zu uns gekommen bist." Sie hielt ihren Blick gesenkt. „Und viel Schmerz. Denn ich weiß, wie sehr du darunter leidest, dass dein Vater nicht zurückgekommen ist."

Darauf wusste ich nichts zu antworten, ließ nur die Hände in meinen Schoß sinken und beugte den Kopf, sodass mein langes blondes Haar mein Gesicht verdeckte. Weder die Sonne noch der Mond unterbrechen jemals ihre Reise, sagt ein altes japanisches Sprichwort. Aber ich hatte von einer Sekunde auf die andere alles verloren. Doch ich hatte gelernt zu tanzen und die Harfe sowie die Laute zu spielen. Ich wusste, wie man eine Flasche Saké anwärmte, wie man Männern erotische Gedichte ins Ohr flüsterte, wie man einen Mann hart und steif machte, indem man einen Ring über seine Flöte schob, aber ihm niemals wie eine läufige Hündin den Rücken zuzudrehen.

Darüber hinaus verstand ich mich auf die Macht der Schönheit und Leidenschaft, wusste, wie man verheißungsvoll und zugleich gleichgültig war, und ich kannte das Göttliche wie auch das Teuflische in Männern.

Aber nie hatte ich vergessen, dass mein Vater versprochen hatte, zurückzukehren.

Was man nicht aussprach war machtvoller als alle Worte, hatte Mariko mir beigebracht. Obwohl ich es niemals laut sagte, befürchtete ich, dass mein Vater nicht in dieses Teehaus zurückkehren würde. Nicht einen einzigen Brief hatte ich von ihm bekommen. Falls die Erde flach war, wie viele glaubten, dann musste er über den Rand gefallen sein.

Warum war er nicht zurückgekommen?

Ich saß auf einem blauen Seidenkissen und trommelte mit den Fingern auf meinen zusammengefalteten Fächer. Doch ich durfte die Hoffnung nicht aufgeben, dass mein Vater mich eines Tages als Geisha sehen und stolz auf mich sein würde. Aus diesem Grund musste ich offiziell in die Schwesternschaft der Geishas aufgenommen werden. Geishas waren aufeinander angewiesen, auf ihr Mitgefühl und ihre Treue und vor allem auf ihre Freundschaft. Deswegen wollte ich die Zeremonie der Schwesternschaft mit Mariko und niemandem sonst feiern. Mariko war die ältere Schwester, weil sie schon länger als ich im Teehaus lebte, wir aßen zusammen, teilten unsere Geheimnisse und halfen uns beim Anlegen der Kimonos. Einen Kimono richtig zu tragen, war nicht leicht.

„Ein rotes Seidenhöschen?" fragte ich Mariko damals, als sie mir zeigte, was ich unter dem Kimono tragen sollte.

„Ja, Kathlene-san, alle Geishas lassen ein wenig rot hervorblitzen. Rot ist die Farbe der Leidenschaft. Und Geisha zu sein bedeutet Leidenschaft."

Anfangs hatte ich meine Schärpe zu fest gebunden, und trotzdem löste sie sich kurz darauf wieder, worauf wir beide in Gelächter ausbrachen. Nun wusste ich, wie man den Kimono mit seinen vielen Bändern richtig anlegte, damit er anmutig bis zum Boden fiel und die Füße umspielte wie fließendes Wasser.

„Wenn eine Geisha einen Kimono trägt, darf sie nicht auffallen, sie muss mit ihrer Umgebung harmonisieren“, rief mich Mariko oft zur Ordnung.

Damit meinte sie Wa, Harmonie, das Wesen der japanischen Seele.

Warum sollten Mariko und ich nicht Schwestern werden? Was sprach dagegen?

Das war der Grund, warum ich mich ganz früh am Morgen, noch bevor der Hahn krähte, aus dem Teehaus geschlichen hatte, durch die engen Straßen am Kanal entlang in den Laden eilte, wo ich die Kokeshi-Puppen gekauft hatte: Grobe, kastenförmige geschnitzte Puppen mit aufgemalten Augen, Nasen und Mündern und bunten Kimonos. Diese Puppen sollten ungebundene Frauen beschützen.

Mein Gesicht verhärtete sich bei dem Gedanken, dass Mariko ohne einen Mann, der sie liebte, leben sollte. Heirat bedeutete Sicherheit, eine angesehen Stellung, ein Heim und Kinder. Wenn eine Geisha heiratete, durfte sie nicht länger Geisha sein. Aber ich hatte das Gefühl, dass Mariko, so sehr sie sich nach einer Familie sehnte, niemals aufhören wollte, Geisha zu sein. Sie war gefangen in ihrem Geist und Körper mit dem Wunsch, nur einem Meister zu dienen: der Pflicht.

Während ich über sie nach dachte, rannte ich wieder die schmale Treppe hinunter, über den gewundenen Steinweg in den Garten. Aber auch hier war niemand. Wo war sie? Wo waren die anderen?

Ich lief durch das offene Tor auf die Straße. Es war später Nachmittag und ich sah Pilger auf ihrem Weg zum Kiomidzu-Tempel, Priester, die um Almosen bettelten, und Kinder, die in den Straßen spielten. Und sogar ein Huhn, das von einem kleinen schwarz-weißen Hund mit feuchten Augen gejagt wurde.

Dann entdeckte ich etwas, das ein Lächeln auf mein Gesicht zauberte. Ein breites Lächeln. Hisa war vom Markt zurückgekehrt. Er hatte Besorgungen für Okâsan gemacht wie ich bemerkte, als ich den Shiba-Fisch in seinem Korb und eine Essigflasche in seiner Hand sah. Ich durfte es zwar nicht, aber ich starrte ihn trotzdem an, allerdings verbarg ich mich im Schatten, damit er mich nicht entdecken konnte. Oh, er sah so außergewöhnlich gut aus. Groß, männlich und mit einer Haltung, die eher zu einem Krieger passte als zu einem Lakai.

Ich sah, wie er seinen kurzen dunkelgrauen Umhang hochschob und zu meinem Erstaunen seinen Speer hervorholte, um einem natürlichen Bedürfnis nachzugehen. Der Strahl traf die Straße mit solcher Wucht, dass kleine Kieselsteine durch die Luft flogen.

Als ich in lautes Kichern ausbrach, hielt ich mir erschrocken den Mund zu, aber es war zu spät. Hisa blickte sich um und entdeckte mich, bevor ich wegrennen konnte. Er errötete, aber nicht verlegen, denn in der Öffentlichkeit gegen Mauern, Zäune und Pfosten zu urinieren war in Kioto ganz normal. Nach Ansicht der Japaner gehörte ein öffentlicher Platz allen und somit niemandem und musste nicht besonders respektiert werden.

Ich rührte mich nicht. Wie auch. Er ließ seinen Umhang nicht herab und heftete den Blick auf mich. Trotzig stand er da, breitbeinig, sein Jadestab meinem Blick ausgesetzt. Ich holte tief Luft. Okâsan billigte es nicht, wenn eine Maiko sich mit einem Bediensteten unterhielt, aber es konnte doch nicht schaden, wenn ich seine Männlichkeit genauer betrachtete. Schließlich war es doch Teil meiner Ausbildung, durch Beobachtung zu lernen.

Leise zog ich mich weiter in den Schatten zurück und wartete ab, was er als Nächstes tun würde. Als er sein Schwert streichelte, wurde ich zum Künstler, im Geiste zeichnete ich die Linien nach, während mein Puls zu rasen begann und Hitze in meinen Bauch schoss. Ich konnte den Duft meines Verlangens schnuppern, süß wie frische Mondblüten und sah, wie er steif und hart wurde wie eine Waffe.

Aufgeregt hielt ich den Atem an und stellte mir unser silbriges Gelächter vor, wenn unsere Fingerspitzen sich berühren und er meine zitternde Hand zu seinem Pfeil führen würde. Doch dann trat ich aus dem Schatten, schlenderte durch das Tor, schwang mit den Hüften, leckte über meine Lippen und warf den Kopf zurück. Ich tat so, als wäre ich die berühmte Edelfrau, Lady Jiôyoshi, die ihren Liebsten rettete, indem sie den Shôgun verführte. Folge mir, flüsterte ich tonlos, leckte mir über die Lippen und machte ein saugendes Geräusch. Ich hatte nicht vor, irgendetwas Falsches zu tun, wollte nur die Arme dieses Jungen um mich spüren und den leeren Platz in meinem Herzen ausfüllen.

„Ja, Kathlene-san“, sagte Hisa, verneigte sich tief und spähte unter meinen Kimono, in der Hoffnung, einen Blick auf mein blondes Schamhaar zu erwischen.

„Dafür werden die Götter dich bestrafen", zog ich ihn auf. Der Geishatradition folgend trug ich unter dem Kimono nichts als ein dünnes Seidentuch. Ich schlüpfte in eine dunkle, schattige Ecke unter dem abfallenden Dach des Teehauses und wartete. Würde Hisa mir folgen?

Er kam. Sofort schlang er die Arme um mich, presste seine Brust gegen meine, mein Körper schaukelte gegen seinen auf der Suche nach den Genüssen, die mir so lange versagt geblieben waren. Ich küsste seine Lippen, seine Wangen und wanderte weiter zu seinen Ohren.

Verloren in der Hitze des Augenblicks erschrak ich doch, als er nach meinen Brüsten griff. Ich versteifte mich, aber das nahm er gar nicht wahr, sondern schob eine Hand unter meinen Kimono. *Nein.* Er sollte mich festhalten, nicht lieben.

Bevor ich ihn daran hindern konnte, schob er den Kimono auseinander und entblößte meine blassen Schenkel. Ich flehte die Götter an, ihre Gesichter abzuwenden, um meine schamlose Leidenschaft nicht zu sehen, befeuchtete die Lippen, sehnte mich nach seinem Kuss genauso wie nach seiner Berührung, doch er küsste mich nicht. Küssen war etwas sehr Persönliches und Erotisches, was nie in der Öffentlichkeit getan wurde. Und doch sehnte ich mich nach seinen Lippen, nach etwas, was über den sexuellen Akt hinausging. Nach Liebe.

„All die Jahre, seit ich dich das erste Mal gesehen habe, warte ich darauf, dass ich dir Vergnügen schenken kann, Kathlene-san", wisperte Hisa in mein Ohr.

„Ich auch, Hisa-don, aber du weißt, dass es gegen

die Regeln ist.“ Ich hielt die Luft an, erstaunt über meine eigenen Worte. Ja, ich wollte ihn, aber noch viel mehr wollte ich eine Geisha werden.

„Ich will dich schmecken, Kathlene-san, will deinen herrlichen, süßen Duft riechen, will spüren, wie du meinen Jadestab fest drückst.“

„Das kann ich nicht“, flüsterte ich mit rasendem Herzen, trockenen Lippen, feuchten Händen. „Ich muss gehen, Hisa-don.“ Ich warf den Kopf in den Nacken und wich einen Schritt zurück.

„Es heißt, du bist die schönste Maiko in Kioto, Kathlene-san“, sagte er und strich mit der Zunge über mein Ohr.

Unwillkürlich seufzte ich auf, dann atmete ich seinen starken hölzernen Duft ein. „Du bist kein Junge mehr, Hisa-don“, murmelte ich und bedauerte die Worte umgehend. Sein ganzer Körper versteifte sich, er presste sich an mich, ich zerschmolz, lockte ihn.

„Dann erlaube mir, eine Frau aus dir zu machen, Kathlene-san, auch wenn ich damit mein Leben riskiere. Das wäre es wert, wenn ich dich in der Nacht aufschreien hören könnte.“

Ich fuhr mit der Zunge über meine Lippen, schmeckte die Lust. Er sprach von dem höchsten Vergnügen, vom Orgasmus.

Nein, ich konnte nicht. Ich musste etwas tun. Schnell. Aber was?

Wenn er glaubt, dass ich keine Jungfrau mehr bin, dann kann ich ihn wegschicken, ohne dass er das Gesicht verliert.

Ich senkte die Stimme und sagte verführerisch: „Du wärst nicht mein erster Liebhaber, Hisa-don. Ich habe bereits Männern auf meinem Futon Genuss bereitet. Politikern, Richtern, selbst Prinzen."

Hisa schüttelte lächelnd den Kopf. „Das ist nicht wahr, Kathlene-san. Es ist Tradition, dass Okâsan die Frühlingsgabe verkauft."

Ich runzelte die Stirn. Er kannte also das Ritual, bei dem die Jungfräulichkeit einer Maiko an den Höchstbietenden verkauft wurde. Diese Tradition entstand während der Zeit der Shôgune, als die Prostituierten von Yoshiwara Kirschblütenfeste veranstalteten und ihre Jungfräulichkeit verkauften, manchmal öfter als einmal.

Aber *ich* stand nicht zum Verkauf. Ich wollte den Mann lieben, der mich zur Frau machte.

„Wie kannst du so sicher sein, dass ich noch nie mit einem Mann zusammen war?" fragte ich.

„Du wärst nicht so sehnsüchtig, wenn du bereits andere Männer kennen gelernt hättest."

Ich zuckte mit den Schultern. Aber in Wahrheit war ich verängstigt, verängstigt darüber, dass Hisa bereit war, um meinetwillen die Regeln zu brechen und sein Leben aufs Spiel zu setzen, zu riskieren, dass sein Kopf auf einem Pfahl gespießt vor der Stadt ausgestellt würde. Ich wollte nicht, dass er sein Leben verlor.

Schuldgefühle nagten an mir. Ich musste ihn dazu bringen, zu gehen, bevor wir entdeckt wurden.

„Wenn du ihn deinen goldenen Pfirsich kosten lässt, Kathlene-san", sagte eine Stimme hinter mir, „wird er für immer verdorben sein."

5. KAPITEL

Ich schloss die Augen. Mariko. Sie war mir in den verborgenen Teil des Gartens mit den Zwergkiefern und den flackernden Steinlaternen gefolgt, dem Ort, den wir immer aufsuchten, wenn wir der Realität unseres Lebens entfliehen wollten. Für mich war es ein märchenhafter Ort, vergessen hinter den hohen Mauern.

Aber heute konnte auch er mein Geheimnis nicht bewahren.

Mariko hatte ohne jeden Zweifel gesehen, wie ich mit Hisa herumtändelte.

Und was er tat. Was wäre geschehen, wenn Mariko nicht dazwischengekommen wäre? Hätte ich meine Ängste über Bord geworfen wie einen Korb Reis und mich von ihm lieben lassen? Ich hatte tatsächlich oft davon geträumt, nackt in seinen Armen zu liegen, die Schenkel weit gespreizt, damit er in mich eindringen konnte. In meinem Traum drückte ich den Rücken fest in den Boden, sobald er mich nahm und endlich dieses rätselhafte Verlangen stillte, das bisher unerfüllt geblieben war.

Keine Ausreden, würde Mariko mich ermahnen und erklären, dass ich eine weitere Regel gebrochen hätte. Obwohl ich ihn gebeten hatte, aufzuhören, war ich in Marikos Augen nichts weiter als der ehrenwerte Karpfen, der mit dem Fischhaken spielt, seinem aufgerichteten Zepter, und ihn erregte.

Was sollte sie auch sonst denken?

Hastig machte ich mich von Hisa los. Zu hastig. Der fest gewobene weiße Gürtel um meine Taille löste sich, der Kimono fiel zu Boden. Ich rührte mich nicht. Stattdessen hob ich das Kinn, wild entschlossen, Mariko nicht zu zeigen, wie ihr plötzliches Auftauchen mich erschüttert hatte. Als ob tausend Glühwürmchen ihr Licht auf mich gerichtet hätten, blinzelte ich. Eigentlich hätte ich mich bei ihr entschuldigen sollen, das war schließlich der Weg, um Fehler wieder gutzumachen, aber ich wollte wissen, weshalb sie mir gefolgt war. „Ich vermute, Okâsan hat dich hergeschickt, um mir hinterherzuspionieren."

Kopfschüttelnd starrte Mariko mich an. „Du hast heute großes Glück, Kathlene-san."

„Wieso sagst du das?"

„Okâsan weiß nichts von deiner Verspätung. Sie ist damit beschäftigt, einen sehr wichtigen Besucher zu unterhalten."

„Oh? Und wer könnte das sein? Kennst du seinen Namen, hast du ihn schon einmal gesehen?"

„Ich weiß seinen Namen nicht, aber wie ich hörte, ist er ein enger Vertrauter des kaiserlichen Prinzen, von edlem Geblüt", entgegnete Mariko mit glänzenden Augen, „und schön wie ein Gott."

„Deswegen habe ich niemanden auf der Veranda gesehen." Ich dachte einen Moment nach. „Und wen hat Okâsan dazu erwählt, den Mann *und* sein Schwert zu unterhalten?"

Hisa lachte und fuhr fort, seine Hand über seinem prächtigen Pilz auf und ab zu bewegen. Mariko senkte verlegen den Blick. Er ist nur ein Diener, besagte ihre Haltung. Hisa begriff. Er verbeugte sich, ließ uns noch einmal einen Blick auf seinen Zauberstab werfen, als wollte er uns zeigen, was wir versäumten, und verschwand dann wie alle Diener es taten, wenn sie nicht mehr gebraucht wurden.

Mariko war nicht bereit, mein schändliches Benehmen zu übergehen.

„Wie konntest du zulassen, dass Hisa-don dich wie eine Prostituierte aus Shimabara anfasst?“ schimpfte sie und stieß mich auf die schwarze Eingangstür des Teehauses zu.

„Ich fand seine Berührung überaus angenehm“, sagte ich und fügte hinzu: „Und es machte ihm Spaß, mit meiner kostbaren kleinen Spalte zu spielen.“ Das stimmte nicht. Er hatte mich dort nicht berührt, aber ich war es leid, meine Bedürfnisse und Wünsche noch länger zu unterdrücken.

„Du bringst Schande über uns alle, Kathlene-san.“

„Hast du mir nicht immer erzählt, dass Geishas genau so die Männer unterhalten?“

Mariko ignorierte meine Frage. „Während die anderen Maikos lernen, wie man sich korrekt verneigt und Blumen arrangiert, verbringst du deine Zeit damit Agar-Agar-Gelee herzustellen und zwischen deinen Schenkeln zu verreiben.“

Ich warf ihr einen herausfordernden Blick zu. „Dieser Gelee soll eine wundersame Wirkung haben, den Umfang des Jadestabes vergrößern und dafür sorgen, dass er länger hart bleibt.“

„Zudem hast du auch die Art wie eine Kurtisane zu gehen, wenn du deine Füße bewegst, als wolltest du mit den Zehen Staub aufwirbeln.“ Mariko holte tief Luft, dann fuhr sie mit sanfter Stimme, die auf ihre Enttäuschung hindeutete, fort: „Es gefällt mir gar nicht, das zu sagen, Kathlene-san, aber du hast noch nicht gelernt, wie man sich als Geisha benimmt. Du zerstörst die Harmonie und das gefällt Okâsan überhaupt nicht."

Ich wusste, was sie meinte. Harmonie war noch wichtiger als Freundschaft. Ich musste meine Rolle in dem Geisha-Haus akzeptieren, was mir manchmal sehr schwer fiel. Simouyé-san behielt mich immer im Auge, nie erlaubte sie mir, bei einem Bankett Saké auszuschenken wie die anderen Maikos oder ein anderes Teehaus zu besuchen. Oft hatte ich sie gefragt, wieso, aber nie eine Antwort bekommen.

„Ich habe doch versucht, eure Regeln zu befolgen, Mariko-san", rief ich. „Aber ich kann meine Gefühle nicht so tief in mir vergraben, dass ich *überhaupt nichts mehr* spüre."

„Ich dachte, du würdest eines Tages meine Geisha-Schwester werden, Kathlene-san, ich dachte, wir würden zusammen unseren Kragen wenden, aber das war falsch."

Ich blinzelte. Sagte sie die Wahrheit? Sie bezog sich darauf, dass jede Maiko, sobald zur Geisha wurde, ihren roten Kragen gegen einen weißen austauschte und ihn dann zurückschlug, um ein winziges Dreieck des roten Stoffes darunter zu enthüllen. Ich freute mich darauf, es gemeinsam mit ihr zu tun.

„Du bohrst das Messer tief in mein Herz, Mariko-san", entgegnete ich. „Du bist ungerecht, wenn du mich so verurteilst."

„Du bist diejenige, die ungerecht ist, Kathlene-san, wenn du alles vergisst, was Okâsan dir beigebracht hat. Alles wirfst du weg, nur um mit diesem Rikscha-Jungen dein Vergnügen zu haben, du benimmst dich wie eine Kurtisane, die salzige Muscheln isst und Saké trinkt, während sie aus dem Bambuskäfig ihren Kunden zuwinkt. Du verschwendest dein Leben wie eine Kirschblüte, die abfällt, bevor sie an ihrem Ast verblühen kann. Du interessierst dich für niemanden außer für dich selbst.“

„Wie kannst du es wagen, so mit mir zu sprechen?“ Ich erhob die Stimme. Ihre Worte verletzten mich tief.

„Ich spreche so mit dir, weil, weil ich …“

Sie senkte den Kopf sehr tief, ihre Stimme war so leise wie das Rauschen der Weidenbäume. Ich sagte nichts, schüttelte bestürzt den Kopf, weil mir klar war, dass sie ihre wahren Gefühle niemals ausdrücken würde. Stattdessen lächelte sie mich an. Japaner lächelten oft aus Verlegenheit, Bedauern, Unbehagen oder sogar Wut.

Beleidigt wandte ich mich ab und lief davon. Erst später fiel mir auf, dass ich die Tasche mit der Kokeshi-Puppe hatte fallen lassen, machte mir aber nicht die Mühe, zurückzugehen und sie zu holen.

Am Nachmittag kitzelte die Sonne die Regenpfützen mit ihren magischen Strahlen und ließ sie schimmern wie flüssiger Silberbrokat. Ich wiegte mich auf der Veranda zu den Klängen der Harfe und den schwirrend lebhaften Tönen der Laute. Um Mariko zu zeigen, wie ernst es mir mit meiner Kunst war, wollte ich besser tanzen denn je.

Da mir fiel etwas anderes ins Auge. Ich war mir sicher, dass Hisa sich hinter dem goldenen Wandschirm im hintersten Bereich der Veranda versteckt hielt, während die Sonne auf seinen fast nackten Körper brannte.

Heiß. Gnadenlos. Es musste ihm sehr wichtig sein, mich tanzen zu sehen, wenn er bereit war, in der glühendheißen Sonne zu stehen. Schatten war den Japanern wichtiger als warmes Essen. Etwas zuvor hatte ich ihn hinter dem Wandschirm hervorspähen und mich anlächeln sehen, seine nackte Brust glänzte vor Schweiß. Mit einer Handbewegung gab ich ihm zu verstehen, dass er gehen solle, aber er achtete nicht darauf.

Ich rief die Göttin Benten an, die Schirmherrin der Musik und des Tanzes, damit sie mich durch den Tanz begleitete und mir die Anmut einer Lady Jiôshi schenkte. Mit gebeugten Knien glitt ich in meinen weißen Strümpfen über die Matte, meine Hände bewegten sich geschmeidig und behutsam und unterstrichen die Worte des alten japanischen Liebesliedes über ein Schloss, den Mond und zwei Liebende, die ein paar gestohlene Momente miteinander verbrachten.

„Meine Liebe ist in meinem Herzen versteckt wie ein weißer Kranich in einer Schneewehe“, sang Mariko, während sie die Laute spielte und Youki die Harfe strich.

Ich wedelte mit meinem Fächer, weigerte mich aber Mariko, die mich anstarrte, einen Blick zuzuwerfen. Sie starrte unbewegt, während ich versuchte, mich auf meinen Tanz zu konzentrieren. Aber ich war wütend. Sie hatte ihre harten Worte später in unserem Zimmer noch einmal wiederholt. Ich verstehe nicht, was falsch daran sein soll, einen Mann zu begehren, argumentierte ich. Ich hatte nichts Falsches getan!

Aber sie hörte nicht zu, stürzte sich nur auf mich, packte mich am Kimonokragen und riss mich von den Füßen. Dann bewarfen wir uns mit goldenen und blauen Kissen, das Kohlebecken fiel um und bestreute unsere sauberen Matten mit weißer Asche.

Marikos anklagende Worte trafen mich. Sie wiederholte immer wieder, dass ich durch mein Benehmen Schande über alle Mädchen gebracht hätte und Okâsan mich bestrafen würde, indem sie mich auf den Notfallkörben schlafen ließ, die im Teehaus für den Fall eines Feuers aufbewahrt wurden. Die Körbe waren rechteckig, aus Bambus gewoben und viel zu ungemütlich, um darauf zu schlafen. Ich erschauerte allein bei der Vorstellung.

Aufgebracht nannte ich Mariko eine unterwürfige Dienerin der niedrigsten Art und sagte, sie würde sich zu viel einbilden, wenn sie glaubte, jemals eine Geisha zu werden. Ich hörte nicht auf, machte immer weiter wie ein Kolibri, der von Blüte zu Blüte schwirrt, und behauptete, sie würde niemals Tänzerin werden, weil sie nicht groß genug wäre und damit auf der Bühne das Gefühl für Proportionen verletzen würde. Warum hatte ich solche Dinge gesagt? Ich kannte die Antwort. Ich war wütend darüber, dass ich selbst noch keine Geisha war.

Mariko hatte sowohl ihre Tränen als auch ihre Worte unterdrückt und ich war froh, dass sie dem Brauch folgte, ihre wahren Gefühle nicht zu zeigen. Ich hatte das letzte Wort, aber deswegen fühlte ich mich noch lange nicht besser. Meine Stimmung war am Boden. Geishas sind dafür bekannt, Charme zu versprühen – ich hatte meinen verloren.

Mir fiel auch auf, dass Youki ungewöhnlich still war, während sie die Harfe spielte, ihr schmallippiges Lächeln war der einzige Hinweis darauf, wie sie sich über den Streit zwischen uns freute. Youki hegte noch immer eine tiefe Abneigung gegen mich und erzählte mir oft in hochmütigem Ton, wie sie, seit sie Geisha war, vor hohen Herren auftrat. Die Edelmänner wären alle sehr gut aussehend und erweckten in ihr große Gefühle, sagte sie, so erregend, dass ihr Liebesnektar über ihre Schenkel laufen würde. Sie gab damit an, wie die Edelmänner sie mit der Zunge liebkosten, ihre Lustperle fanden und ihr die ganze Nacht lang einen Höhepunkt nach dem anderen bescherten. Ich war neidisch, wäre aber lieber gestorben, als sie das wissen zu lassen.

Von dem Tag träumend, an dem ich endlich Geisha wäre und mein Name auf einem flachen, runden Fächer gedruckt stehen würde, tanzte ich weiter und bewegte meine Hände Richtung Boden. Dabei achtete ich darauf, den Fächer so zu halten, dass mein Daumen immer zu meinem Körper zeigte. Nur die Männer tanzten so, dass ihr Daumen zu sehen war. Dann folgte ich den Linien meines Körpers wieder nach oben, langsam, sinnlich, bevor ich den Fächer mit einer ruhigen, fast traurigen Bewegung auf mein Herz legte, als würde ich mich nach meinem weit entfernten Liebsten sehnen.

Plötzlich hörte ich ein Schlurfen und heftiges Atmen. Hisa. Ich musste ihn unbedingt aus meinen Gedanken verbannen und die Vorstellung, wie er mich auf die tausend verschiedensten Arten, die in dem Kopfkissenbuch abgebildet waren, umarmte. Ich warf den Fächer in die Luft und fing ihn geschickt wieder auf. Ich war stolz auf mein Können. Alle Maikos strebten es an, einmal in der Kamogawa Odori zu tanzen, bei den River-Kamo-Tänzen. Seit zwanzig Jahren hatte die Geisha von Ponto-chô jedes Jahr ein neues Programm dargeboten, mit dramatischen Rhythmen und ungewöhnlichen Harmonien, um die Bewohner von Kioto zu unterhalten. Mehrmals hatte ich Okâsan gefragt, ob ich nicht bei dem Festival auftreten dürfe, und wie immer hatte sie gelächelt, ohne zu antworten.

Als Beweis, dass ich geschickt genug war, bei den Tänzen mitzumachen, zog ich mit einer einzigen, langsamen Bewegung einen goldenen Fächer aus meiner Schärpe und ließ ihn hinter meinem langen Kimonoärmel aufsteigen wie einen aufgehenden Mond. Dann tanzte ich mit einem roten und einem dunkellila Fächer so, dass sie aussahen, wie die Flügel eines Schmetterlings. Als Nächstes wedelte ich mit grünen Fächern durch die Luft, die die Wälder im Frühling darstellten, während ein weißer Fächer für die Schneeflocken stand.

Und schließlich warf ich einen gelben Fächer in die Luft, ließ ihn aussehen, wie einen Vogel, fing ihn anmutig auf, als ob er auf einem schaukelnden Ast landen würde. Ich bedeckte mein Gesicht mit dem Fächer und blinzelte über den Rand, als wartete ich in einer magischen, von Farnkraut verdeckten Höhle auf meinen Liebhaber.

Um meine Stimmung zu heben, hatte ich meinen feinsten Seidenkimono angezogen, handbemalt mit Pfingstrosen, der die Kurven meines Körpers unterstrich und Männerhände einlud, mich zu berühren. Meine offensichtliche Nacktheit unter dem hauchdünnen Stoff entfachte eine brennende Hitze in meinem Bauch. Ich war so vertieft in meinen Tanz, dass mir gar nicht auffiel, wie Youki die Hand ausstreckt und an der langen Schleppe zog.

Als mein Tanz den fiebrigen Höhepunkt erreichte, riss sie meinen Kimono auf und entblößte meine Beine und mein blondes Schamhaar vor dem Blick des hinter dem Wandschirm versteckten Rikschafahrers. Erschrocken bedeckte ich mich mit meinem Fächer, konnte aber nicht verhindern, dass der Kimono tiefer rutschte und meine cremeweißen Schultern enthüllte.

Bestürzt stöhnte ich auf, als die Seide über meine nackten Brüste rutschte und der Wind über meine Brustwarzen fuhr wie unsichtbare Hände. Ich glaubte, Hisas männlichen Geruch zu riechen und hatte dabei keine Ahnung, dass mich jemand anderes hinter dem Wandschirm beobachtete, um seine Lust zu steigern und schließlich seinen Appetit an mir zu stillen. Das hätte aber auch nichts geändert. Die Kunst des Tanzens war eine der vielen Voraussetzungen, um endlich Geisha zu werden. Niemand konnte mich davon abhalten.

Kein Mann.

Außer einem.

Feurige Begierde explodierte in dem Mann und versprühte den Samen auf seine handbemalte Seidenjacke. Baron Tonda spuckte auf den Boden und brummte. Seine Leidenschaft war verbraucht. Befriedigt schnupperte er in die Luft, wischte sich dann die Nase ab. Der strenge, stechende Geruch seines Samens vermischte sich mit dem süßen Duft von Orangenblüten, als er sich mit einem kleinen Handtuch, das ein Diener ihm reichte, säuberte.

Er lächelte recht erfreut. Die milchige Flüssigkeit würde trocknen und auf der Seide einen Fleck hinterlassen, aber nicht auf seiner Seele. Baron Tonda hatte seinen Samen schon zuvor vergossen, hätte aber niemals geglaubt, dass er dermaßen die Kontrolle verlieren könnte. Er war aufgeregt gewesen wie ein kleiner, noch unwissender Junge, der zum ersten Mal hinter einem Guckloch stand.

Wie für alle Japaner war Voyeurismus für ihn nichts anderes als ein Zeitvertreib. Und diesen hatte er genossen. Sehr genossen. Er war der Ansicht, dass die Männer zwei Seelen besaßen. Eine, die dem Gehorsam des Kriegers verpflichtet war, der Loyalität und selbstloser Pflichterfüllung. Und dann die Seele, die sich ganz der Erfüllung sexueller Bedürfnisse hingab. Dieses Mädchen erfüllte sein Bedürfnis. Er konnte die zarte Rundung ihres Hinterns erkennen, ihre festen Hüften, außerdem hatte er keine Muttermale auf ihrer Haut entdecken können, die der Farbe von Kirschblüten glich. Ihre Finger waren lang und schmal mit durchscheinenden Nägeln. Wie alle seine Landsmänner fand er vor allem die Linie ihres Nackens unter dem Kragen besonders ansprechend. Diese Maiko zeigte ihren herrlichen Nacken, indem sie den Kragen ihres Kimonos so tief nach unten zog, dass ihm köstliche Schauer über den Rücken fuhren. Sie verkörperte ein erotisches Traumbild, das einem das Gefühl gab, den trostlosen Zwängen des Fleisches entkommen und sich zu unerreichten Höhen der Lust aufschwingen zu können.

Baron Tonda hatte nicht damit gerechnet, eine derartige Leidenschaft zu erfahren, als er im Teehaus des Sehnsuchtsbaumes ankam. Er hatte hier nur der Ablenkung halber Rast gemacht. Auf Geheiß des Prinzen war er den weiten Weg über das Meer gereist und wollte sich ein paar Tage in der Villa des Daimiô etwas außerhalb von Kioto ausruhen. Dort hatte er von der wunderschönen Maiko gehört, deren Frühlingsgabe bisher noch nicht verkauft worden war.

Die Besitzerin des Teehauses hatte ihm nur sehr zögernd verraten, wer dieses Mädchen war. Wie konnte sie es wagen? Was für eine Vermessenheit! Doch er hielt seine Wut im Zaun, wenn auch mit einiger Anstrengung. Als erstgeborener Sohn einer alten Samurai-Familie hatte er von Kindesbeinen an gelernt, dass seine Gefühle immer hinter seiner Ergebenheit für den Daimiô, den Prinz Kira zurückzustehen hatten. Die Pflicht, so sagte man, wäre das Schwerste, was man im Leben zu tragen hätte. Auch jetzt noch hielt er an der Vorstellung, dem Daimiô, dem Prinzen Kira treu bis in den Tod zu sein, fest. Doch manchmal kamen ihm Zweifel. Hatte das sein Aufenthalt in Amerika bewirkt? War er dadurch schwach geworden? War seine Wildheit dadurch gezähmt worden? Das durfte er nicht zulassen. In Japan wurden Beziehungen danach eingestuft, wer der Unterlegene und wer der Überlegene war. Immer.

Doch nun hatte er den Tanz dieser Maiko beobachtet. Die präzisen Bewegungen dieser jungen Frau und ihre Unschuld erinnerten ihn an die Ballerinas in ihren schaumweißen Tutus, an ihre Seidenschuhe, die er in San Francisco über die Bühne hatte schweben sehen, ihre pulsierenden kleinen Spalten gierig nach seinem Jadestab. Die junge Frau hatte die Anmut einer Ballerina, nur erzählte sie ihre Geschichte mit dem Fächer mit diesen knochenlosen, fließenden Bewegungen. Dieses Mädchen hatte ihn bis zur Raserei entzückt. Er hielt die Luft an und zwang sich, aufrecht zu stehen. Überhaupt sollte er einfach wegsehen und gehen, doch er konnte nicht. Der Anblick war zu verlockend, zu köstlich. Und er war ein Mann, dessen Appetit nach jungen Frauen unersättlich war.

Baron Tonda beugte sich vor. Obwohl er keinen Muskel rührte – die Füße fest auf die Erde gestellt, die beiden Samurai-Schwerter, ein langes und ein kurzes, hingen überkreuzt an seiner Hüfte – hatte er den Eindruck, sich in einem sinnlichen Rhythmus zu bewegen. Vor und zurück, auf und ab, hinein und hinaus – wieder und wieder, jeder Stoß kräftiger als der zuvor, voller Verheißung auf das unglaubliche vor ihm liegende Vergnügen.

Lange Kimonoärmel bauschten sich, rosa Seide wirbelte, rote, gelbe und blaue Fächer wischten durch die Luft und landeten wieder wie liebliche Schmetterlinge. Füße in weißen Strümpfen tippten auf den Holzboden, rosenrote Lippen öffneten sich wie perfekte Blüten, die winzigen Glöckchen im Haar klingelten im Rhythmus. Die pulsierende Musik weckte seine müde Seele. Dann, nur mit einem leisen Seufzen, streckte sie ihren langen Hals in den Himmel, anmutig wie ein Schwan, und der Baron war erregt. Schon wieder. Das Mädchen tanzte nicht weit von ihm, ohne ihn sehen zu können, und doch lockte sie ihn, drückte die harten Ränder ihres Fächers gegen ihre Brustwarzen. Immer wieder spielte sie mit ihren Knospen, malte kleine Kreise mit dem Fächer. Er befeuchtete seine Lippen. Diese Maiko erregte ihn nicht allein durch ihre Schönheit, sondern durch ihre verführerischen Bewegungen.

Sie tanzte schneller und schneller, ihr Atem ging heftiger, sie brachte sich selbst in Ekstase, veränderte die uralten Tanzschritte, während die beiden Mädchen, die sie auf der Harfe und der Laute begleiteten, sie mit angehaltenem Atem stumm beobachteten. Er hob eine Augenbraue und war fasziniert von der Reaktion der Mädchen. Ihm kam die Idee, vielleicht mit mehr als nur einer Frau das Lager zu teilen.

Oder wurde hier etwas ganz anderes gespielt? Etwas ganz Intimes? Verbotenes? Er überlegte, ob an den Geschichten über Geishas, die sich selbst mit Harigata und Rin no tama befriedigten, etwas Wahres dran war. Stimmte es, dass Geishas sich mit hohlen Kugeln in ihrem Samtmund vergnügten? Vielleicht gerade jetzt, hier auf der Veranda? Dann würde das sanfte Wiegen ihrer Körper eine anhaltende Vibration in ihrem Innern erzeugen. Er ließ seinen Gedanken freien Lauf, schwelgte in seiner Fantasie, die ihre erregende Wirkung auf ihn niemals verfehlte.

Zwei Frauen. Drei.

Und sein aufgerichteter Dolch.

Der Baron lächelte. Er musste dies Maiko einfach *vögeln* – dieses vulgäre Wort hatte er in Amerika gelernt. Zunächst würde er ihr den Kimono abstreifen, dann die Seide von ihren Brüsten lösen, von ihren Beinen, wie die Blütenblätter einer reinen weißen Chrysantheme, bis er ihr geheimstes Inneres sehen konnte. Schmecken. Besitzen.

Dann fiel ihm auf, dass er nicht allein war.

Aus den Augenwinkeln erblickte er einen flüchtenden Schatten. Jemand, der schnell wegrannte. Er schnaubte. Dieser Junge wollte dieses Mädchen ebenfalls haben. Wer konnte es ihm verübeln? Und doch musste der unverschämte Junge seine gebührende Strafe bekommen. Er musste die Regeln einhalten, egal ob es darum ging, Geschenke zu vergelten, die er einmal bekommen hatte, oder darum, sich für Beleidigungen zu rächen. Was auch immer, er hielt sich an seinen Samurai-Kodex, dass alles, was ihm geschah, zurückgezahlt werden musste.

Was in dieser Situation bedeutete, dass ein niederer Diener ihn beleidigt hatte, indem er ihm als Baron zu nahe gekommen war, ohne sich tief zu verneigen. Das wusste dieser Junge. Andere waren für wesentlich geringere Vergehen enthauptet worden. Auch wenn bereits vor Jahren das Tragen von Schwertern gesetzlich verboten worden war, genossen die Samurais von Prinz Kira das Privileg, jeden, der das Gesetz brach, unverzüglich umbringen zu dürfen. Selbst für so ein leichtes Vergehen wie das Tragen von Holzschuhen, das den Bauern untersagt war.

Einen Blick auf dieses schöne Mädchen zu werfen war mehr als eine Beleidigung, beschloss der Baron, und versuchte, seine Hände im Zaum zu halten, nicht länger seinen angeschwollenen Jadestab zu streicheln. Dieser Junge hatte nicht das Recht, sie nackt zu sehen, und so zog er sein Schwert. Aber noch bevor er sich endgültig an dem Jungen rächen konnte, wandte ihm das Mädchen seinen Körper zu, ihr Seidengewand fiel auseinander. Zwar bedeckte sie sich mit einem Fächer, aber trotzdem hatte er einen Blick auf ihr Schamhaar erhascht. Es war so hell, so blendend, als ob die Göttin der Sonne es höchstpersönlich in pures Gold verwandelt hätte.

Goldenes Schamhaar.

Nein, das musste er sich eingebildet haben. Zu viel Saké, die Teehausbesitzerin hatte ihm eine Tasse Reiswein nach der anderen eingeschenkt. Er konnte kein blondes Haar auf ihrem Samtmund gesehen haben? Oder?

Seine Lippen wurden feucht, sein Hals zog sich zusammen. Er versuchte zu sprechen, doch er schien die Stimme verloren zu haben und als er ihre Scham sah, beinahe auch seinen Kopf. Könnte das das Mädchen sein, nach dem er suchte? Jetzt eine erwachsene Frau? Ihre Eleganz, ihre gerade Nase, die vollen Brüste und ihre Größe – das alles könnte darauf hindeuten, dass sie die Tochter dieses Gaijins war.

Mit zitternden Händen steckte er sein Schwert weg. Als das Mädchen auf die Knie fiel, kam ihm ein äußerst angenehmer Gedanke. Er wollte sich mit ihr auf seinen Futon legen! Aber zuvor musste er herausfinden, ob es sich um die Frau handelte, die er suchte.

Er konnte der Teehausbesitzerin Geld für sie bieten, ohne seine wahre Absicht erkennen zu geben. Und bis dahin würde er seine beiden Begleiter anweisen, auf sie aufzupassen, damit ihr nichts geschah.

Aufgeregt, das Gesicht schweißnass, sagte er sich, dass er nicht allzu lange warten müsse. Sie war keine niedrige Prostituierte, die eine bestimmte Anzahl von Kunden pro Tag bedienen musste. Nein, sie war eine Maiko in einem der ältesten und berühmtesten Teehäuser in Ponto-chô.

Sein Herz raste. Was, wenn die Teehausbesitzerin sich weigerte, sie ihm zu verkaufen?

Nein. Das war undenkbar. Er würde ihr einen so maßlos überhöhten Preis bieten, dass sie nicht nein sagen konnte.

Seine Beine wurden schwach, er lehnte sich gegen den Wandschirm und warf ihn beinahe um. Schnell gewann er das Gleichgewicht zurück, aber nicht die Fähigkeit, klar zu denken. Seine Vernunft forderte das eine, sein Begehren das andere. Er wollte sie umbringen, wie der Prinz es befohlen hatte. Doch sein Herz drängte ihn zu warten. Sie zuerst zu vögeln.

Ihm wurde heiß. Er rührte sich nicht, konnte sich nicht rühren und beobachtete, wie sie tanzte und ihm ihre weißen Schultern zeigte. Die schlanken Schenkel. Ihre runden, vollen Brüste unter der rosafarbenen Seide.

Der Baron stellte sich vor, wie er ihre Brustwarzen zwischen Daumen und Zeigefinger drehen würde, so fest, dass sie laut aufschrie, und dann, bevor sie wieder zu Atem kam, würde er in sie eindringen, sein Jadestab würde in sie stoßen, sie attackieren, bis sie ihn um ihr Leben anflehte.

Minuten vergingen. Fünf, zehn. Er wusste es nicht. Das siedend heiße Feuer in seinem Fleisch machte ihn fast verrückt. Lust war die einzige Emotion, die er nicht kontrollieren konnte und die so scharf war, wie die Schwerter an seiner Hüfte. Der Baron konnte nicht mehr länger warten. Er wollte ihre Schönheit auskosten, sie vögeln und dann töten.

Wie schrecklich er sich irrte.

6. *KAPITEL*

„Hisa-don, wo bist du?" rief ich leise, als ich den Tanz beendet hatte und mein Gesicht hinter dem Fächer versteckte. Hatte ich mir seine Anwesenheit nur eingebildet?

Niemand antwortete mir.

„Hisa-don", rief ich erneut. Noch immer keine Antwort.

Ich war mir sicher, dass Hisa hinter dem goldenen Wandschirm stand und durch ein Guckloch spähte. Keuchend vor Leidenschaft. Ein paar Mal hatte ich ihn ächzen und seufzen hören, dann stöhnen. Er war mit seinem Lendenschurz beschäftigt gewesen, wie Mariko sich ausdrücken würde.

Langsam drehte ich mich um und warf Mariko einen verstohlenen Blick zu. Sie war allein. Youki war ebenfalls verschwunden, bevor ich ihr vorwerfen konnte, dass sie meinen Kimono aufgerissen hatte. Mariko kniete noch immer und stimmte eine Saite ihrer Laute. Ich wartete darauf, dass sie etwas sagte, mir erneut erklärte, warum ich es nicht wert war, Geisha zu werden. Aber auf ihre Worte war ich nicht vorbereitet.

„Trotz des Schweigens zwischen uns", sagte sie, „spüre ich eine ungeheuerliche Energie in dir, als ob unter der Oberfläche ein Feuer verborgen wäre, das jederzeit ausbrechen kann und nur darauf wartet, dass jemand es mit einem Funken entfacht und zum Lodern bringt."

„Du sprichst in Rätseln, Mariko-san."

Die kleine Maiko lächelte breit. „Da gibt es kein

Rätsel zu lösen, Kathlene-san. Es offenbart sich jedem, der die Ehre hat, in deine grünen Augen zu blicken."

„Was willst du damit sagen, Mariko-san?"

„Dass du endlich die Freuden der körperlichen Liebe erfahren musst."

Ich lächelte, nicht wie andere Maikos ängstlich darauf bedacht, meine Zähne nicht zu zeigen, weil sie oft gegen das schneeweiße Make-up gelblich wirkten.

„Ach ja? Ist es dann nicht meine *Pflicht*", ich betonte das letzte Wort besonders, „mich auf dieses Vergnügen vorzubereiten?"

Mariko schüttelte den Kopf. „Aber nicht mit einem Diener wie Hisa-don." Sie zögerte kurz. „Auch wenn er einen äußerst beeindruckenden Jadestab besitzt."

Dann, mit einer Verneigung und einem frechen Zupfen an den Saiten ihrer Laute, lächelte sie mir zu und verschwand.

Ich saß auf der Veranda, schlug den geschlossenen Fächer in meine Handfläche und lauschte dem Gurgeln des Flusses. Sie hatte Recht. Ich musste Hisa vergessen und noch härter daran arbeiten, Geisha zu werden. Genau genommen sollte ich zu Mariko gehen, freundlich mit ihr sprechen und die Kluft zwischen uns überbrücken, bevor sie so riesig wurde wie das Maul eines Feuer speienden Drachens.

Allerdings wollte ich es nicht wie die anderen Geishas machen, die ihre silbernen Haarklammern auf die aus Binsenschnüre gewobene Matte warfen, und dann die Schnüre abzählten, die die Klammer berührte, um herauszufinden, ob sie Glück oder Pech in der Liebe hatten. Acht war die beste Zahl, vier die schlimmste, denn das Wort für vier war *Shi* und bedeutete auch Tod.

Aber wo sollte ich die Antwort finden, nach der ich suchte?

Auf halbem Weg zu meinem Zimmer blieb ich stehen und betrachtete die Seidenmalerei an der Wand. Wie oft schon hatte ich auf den Himmel und das Meer geblickt, das sich miteinander vereinte wie zwei Liebende? Sein Schwert tauchte in ihren geteilten Pfirsich, ihre Lust dehnte sich aus in einem strahlenden Silbernebel. Die heiligen Pforten von Hôrai waren ebenfalls zu sehen: ein mystischer Ort, an dem weder Tod noch Schmerz existierte, kein Winter, keine Kälte, wo Blumen ohne Scham erblühten und die Früchte immer süß schmeckten. Die Sonne strahlte in einem milchig goldenen Licht, das die Leidenschaft der Männer erhitzte.

Und der Frauen.

Mit zitternden Händen berührte ich meine Brüste. In diesem Teehaus würde ich die Antwort nie finden. Um meinen Geist zu erfrischen und meine rastlose Seele zu besänftigen, musste ich meinen Lieblingsort in Kioto besuchen.

Ich musste nach Kiomizuzaka. Auf den Berg hinauf zum Kiomidzu-Tempel, um den Göttern mein Opfer darzubieten. Und um zu beten. Denn wurden die Geishas nicht von den Göttern beschützt? Und konnte ich dann nicht darum bitten, dass mir Sorge und Kummer genommen wurden?

Am Gion-Tor lief ich durch die Menschenmenge bis zu der schmalen Straße am Flussbett, überquerte die vielen Bretter und winzigen Brücken, die von einer kleinen Kiesinsel zur nächsten führten. Der sanfte

Nachmittagswind vom Fluss besänftigte mein schmerzendes Herz. Ich war froh, dass ich mir einen Umhang aus schwarzer Seide übergeworfen hatte. Die Kapuze reichte mir bis an die Augen. Nur die Götter würden wissen, wer ich war.

Ich passierte die Hauptstraße, wich den Pfützen aus, es war schon ein wenig dämmrig, Musik und Stimmen drangen in meine Gedanken, als ich mitten in das Einkaufszentrum von Gion lief.

Starr blickte ich vor mich hin. Reihen weißer Papierlaternen hingen über den Haustüren und verkündeten den Vorbeikommenden, dass bei Sonnenuntergang eine Shinto-Hochzeit stattfinden würde. Jungen bahnten sich rhythmisch singend den Weg durch die Menschen und wirbelten lange Stäbe mit riesigen Laternen und lodernde Fackeln herum.

Ein Junge kam mir zu nahe, die Flamme der Fackel streifte mich fast und blies mir ihren heißen Atem ins Gesicht. Schweiß perlte über meine Wangen, hinterließ gewundene Spuren in meinem weißen Make-up. Ich sprang zurück, stolperte, die Kapuze rutschte hinunter und zeigte mein Gesicht. Schnell warf ich einen Blick von links nach rechts, aus Angst, dass mich jemand bemerkt hatte. Inzwischen hatte sich eine große Menschenmenge angesammelt, um die Fackelträger zu beobachten, unter ihnen auch einige Gaijins.

Schnell zog ich die Kapuze wieder über den Kopf, blickte nach unten, und wenn amerikanische Missionare mich nach dem Weg zum Kiotohotel oder einem bestimmten Laden fragten, tat ich so, als würde ich ihre Sprache nicht verstehen. Nie vergaß ich, was mein Vater mir damals sagte: Dass ich mit niemandem außerhalb des Teehauses sprechen dürfe. Doch ich sehnte mich danach, mal wieder meine Muttersprache zu benutzen. Manchmal, wenn niemand in der Nähe war, brachte ich Mariko Englisch bei. Sie war eine gute Schülerin, hin und wieder sangen wir Kinderlieder. Doch jetzt hatte ich keine Zeit für solche Spielchen. Ich bemerkte zwei mich anstarrende Männer in dunkelbraunen Kimonos und mit schweren Goldketten an ihren Gürteln. Ihre sonderbaren Blicke faszinierten mich genauso wie ihre seltsamen Kleider. Als ich das Teehaus verlassen hatte, waren sie mir schon aufgefallen.

Ich erschauerte. Folgten mir diese Männer etwa? Ich wagte einen verstohlenen Blick unter der Kapuze hervor. War das nur ein Zufall? Unauffällig ging ich an einen Stand und tat so, als betrachtete ich die orangegoldenen Pfirsiche. Die Männer drehten die Köpfe zur Seite. Also hatten sie mich wirklich verfolgt. Aber warum? Da ich keine Antwort fand, schüttelte ich das merkwürdige Gefühl ab und ging weiter. Womöglich hatte Okâsan sie geschickt, um mir hinterher zu spionieren? Aber das würde mich nicht aufhalten.

Ich dachte an die Bunraku, die traditionellen Marionetten, die ich einmal im Theater gesehen hatte. Der Meister-Puppenspieler zeigte sein Gesicht und bewegte die Gesichter und Hände der Marionetten, während sich zwei andere Puppenspieler mit schwarzen Masken um die Beine kümmerten. Die Marionetten wirkten derart lebendig, dass die Anwesenheit der Männer irgendwann nicht mehr auffiel. Nur das Märchen, das sie erzählten, blieb zurück.

Genau darum ging es, wenn man Geisha werden wollte. Man kreierte eine Welt voller wunderschöner Illusionen. Und weil ich mit Hisa die Regeln gebrochen hatte, weil ich der kleinen Maiko, die meine Schwester werden sollte, so tief verletzt hatte, hatte ich den Teil meiner Seele zerstört, der die magischen Fäden bewegte, damit mein Märchen lebendig wurde. Ich fühlte mich wie an jenem ersten Tag im Teehaus. Ganz allein. Damals wie heute war meine Seele leer.

Ich lief weiter. Nicht alles im Leben einer Geisha war märchenhaft. Ich dachte daran, wie Mariko mir erzählt hatte, dass ein Mädchen auf dem Weg zur Geisha das Lager mit dem Mann teilen musste, der für sie ausgesucht worden war.

Mizuage. Dieses Ritual, bei dem die innerste Blume der Frau geöffnet wurde, Blatt für Blatt, wurde von diesem Mann nach einer genauen Zeremonie durchgeführt. Sieben Nächte lang drang er mit den Fingern in ihr Feige ein, jedes Mal ein wenig tiefer, bis sie bereit war, seinen hochgeschätzten Jadestab zu empfangen. Mein Herz setzte einen Moment aus, als ich daran dachte und schlug dann umso schneller. *Mein* Leben würde völlig anders verlaufen als das der anderen Maikos.

Mein Entschluss stand fest. Meinen ersten Liebhaber würde ich selbst aussuchen. Wieso auch nicht? War ich nicht bestens ausgebildet in der Kunst, einen Mann mit Worten zu verführen oder mit der langsamen, wiegenden Bewegung meines festen Körpers? Um dann seinem Jadestab einen sehnsüchtigen Blick zu schenken, die Augenbrauen geformt wie der Neumond. Ich würde ihn mit seidigen Liebkosungen nahe an den Höhepunkt bringen und ihn dann in meinem tiefen Tal willkommen heißen.

Außerdem hatte ich gelernt, wie man Higo Zuiki anwandte, lange Fäden aus getrockneten Pflanzenfasern, die man in Wasser tauchte, damit sie weich und glitschig wurden. Ich wusste, wie man sie um den Dolch eines Mannes schlang, ihn wieder und wieder umwickelte, damit er noch länger und noch härter wurde. Dann überredete man ihn, sich auf den Rücken zu legen, schob ihm ein Seidenkissen unter den Hintern, um seinen hoch geschätzten Jadestab zu erhöhen, und stellte seine Knie auf. In dieser Position könnte ich ihm größtes Vergnügen schenken, weil meine Lotusblüte weit geöffnet und das Blumenherz, der Muttermund, sich durch die Schwerkraft senkte. Dadurch wurde die Eichel des Mannes auf angenehmste Weise stimuliert.

Bei dem Gedanken wurde ich rot wie eine Kirschblüte unter der heißen Sommersonne und von einem seltsamen Sehnen erfüllt. Aber Mariko glaubte ja nicht, dass ich jemals eine Geisha sein könnte.

Ich seufzte. Natürlich hatte ich nicht so kleine Brüste und Hände wie die anderen Maikos, auch waren meine Augen nicht mandelförmig. Ich hatte dunkle, schwere Wimpern, meine Augen waren rund und groß, der Blick darin immer neugierig, wenn nicht sogar kokett.

Beim Weitergehen hob ich den Kimono mit der rechten Hand, wie es Tradition war. Schuldgefühle nagten an mir, als ob Mariko hinter mir liefe und auf meinen Saum träte, damit ich langsamer ginge. Sie würde mich mal wieder darauf aufmerksam machen, dass der Kimono so eng getragen wurde, damit die Geishas sich voller Anmut bewegten und die Augen und die Seelen der anderen erfreuten. Am Ende der Shijo Straße überquerte ich die Hauptstraße von Gojo-dori und wanderte die Higashiojidori Avenue hinauf. Dann rechts auf die Gojozaka.

Doch Mariko war nicht bei mir, um mich auszuschimpfen, deswegen lief ich noch schneller, es ging nicht anders. Viele Pilger schlurften neben mir her. Missionare aus der Doishisha-Schule, englische Geistliche, französische Priester. Gebetsgongs und frommes Händeklatschen schallten in meinen Ohren, während wir alle denselben gewundenen Pfad entlangliefen.

Erst als ich bereits die riesige Veranda sehen konnte, die auf den Felsen des Kiomidzu-Temples gebaut war, bemerkte ich, dass mir außer den beiden Männern noch jemand folgte. Mir stockte der Atem, erschrocken darüber, dass ein weiterer Mann mich anstarrte. Er war kein Japaner.

Er war ein Gaijin.

Und groß, sehr groß.

Neugierig musterte ich ihn. Er hatte mittelbraunes Haar und sah sehr gut aus. Der Wind blies ihm die Haarsträhnen aus der Stirn und offenbarte Augen, die mich erröten ließen. Sein Blick schien mir den schwarzen Umhang, den ich trug, einfach auszuziehen, genauso wie den Kimono, er wanderte langsam über meinen ganzen Körper, meine Brustwarzen richteten sich auf, mein Samtmund wurde feucht vor Verlangen. Seine stechend blauen Augen sagten mir deutlich, was er wollte. Seidige Liebkosungen. Zarte Lippen. Sinnliches Flüstern.

Sein Mut ließ mich selbst mutig werden. Ich starrte zurück, und jetzt fiel mir seine seltsame Kleidung auf. Er trug enge, braune Lederhosen und ein weißes

Hemd, das bis zur Taille aufgeknöpft war und seine breite Brust zeigte. Seine Fransenlederjacke flatterte im Wind, als er einen Schritt auf mich zu machte.

Vorgebend, entsetzt zu sein, wandte ich den Kopf ab. Dann, ganz langsam, kaum einen Muskel bewegend, warf ich ihm einen verstohlenen Blick zu. Ich befürchtete, er würde meine westlichen Gesichtszüge erkennen und mich verraten.

Während ich weiterging, klimperten die kleinen Glocken an meinen hohen Holzschuhen, dann kehrte ich dem Gaijin den Rücken zu. Ich hatte Angst vor dieser unkontrollierbaren Leidenschaft, und fühlte mich dennoch zu diesem Mann hingezogen.

Sehr sogar.

Ich war bereits ganz feucht.

7. KAPITEL

Verfolgt von dem bezaubernden Anblick des schönen, weiß geschminkten Gesichts, den runden, grünen Augen, errötenden Wangen, vollen, sinnlichen Lippen, wunderbar geschwungenen Augenbrauen und einer geraden Nase, lief Reed Cantrell mühsam atmend weiter den Berg hinauf zum Kiomidzu- Tempel.

Verzweifelt versuchte er, sie nicht aus den Augen zu verlieren. Sie musste seine Anwesenheit spüren, blieb stehen und sah zu ihm zurück. So viele Fragen standen in ihren Augen, er erkannte aber auch Furcht. Dann verdeckten ihm buddhistische Priester mit gesenkten Köpfen die Sicht. Er nutzte die Gelegenheit, um näher an sie heranzupirschen, und wieder wandte sie ihm ihr Gesicht zu. Was für eine Schönheit. Ihm waren auch die beiden verdächtig aussehenden Männer aufgefallen, die ihr folgten. Sie trugen braune Kimonos, dicke Goldketten baumelten an ihren Gürteln und schlugen gegen ihre Schwerter. Diese einzigartige Kombination aus westlicher und japanischer Kleidung ließ ihn lächeln. Es war nicht ganz neu, dass er bizarre Kombinationen sah, manchmal trugen Japanerinnen Kimonos über Hosen, Männer trugen japanische Seidenhemden unter Gehröcken oder eine schwarze Melone zu ihren Kimonos und Sandalen.

Reed schwor sich, niemals so etwas wie einen Kimono anzuziehen oder gar einen Fächer zu tragen. Diese Bräuche verwirrten ihn noch immer. Sie waren amüsant, ja. Verstand er sie? Nein. Reed verließ sich auf seinen Instinkt, in diesem Land der versteckten Bedeutungen war nichts so, wie es schien. Ständig hatte er den Eindruck, als würde sich der Weg gabeln, und egal, welchen er wählte, es wäre der falsche.

Am liebsten hätte er den beiden Samurais gezeigt, dass ein Ausländer ihr Spiel sehr wohl lernen konnte. Sein Sensei, sein Lehrer, war Mitglied der Shinsengumi, der letzten heldenhaften Kämpfer gegen die westliche Zivilisation. Es brauchte ein wenig Überredungskunst und eine Flasche Saké, bis der alte Samurai ihm die ungeschriebenen Gesetze erklärte, die sich über Jahrhunderte hinweg erhalten hatten. Er sprach über Treue und Ehre.

Das war keine rein östliche Philosophie, wie Reed meinte, denn auch er hielt sich an diese Tugenden. Der einzige Unterschied war, dass Samurais zwei Schwerter bei sich trugen: Sowohl das längere als auch das kürzere lagen nachts neben ihren Kopfkissen in Reichweite. Und diese Schwerter hatte er an den beiden Männern, die das Mädchen verfolgten, auch entdeckt. Ein Schauer überlief ihn, als er an die Worte des alten Samurais dachte: Er prahlte damit, dass er nie jemanden getötet hätte, sondern nur diejenigen erlöst, deren Köpfe sowieso rollen sollten.

Nachdem er die Flasche Saké leer getrunken hatte, verkündete der alte Mann, dass viele seiner Freunde Harakiri begingen. Als Reed den Sinn dieser Methode hinterfragte, grummelte der Samurai nur, umklammerte die tröstliche Flasche fester, erklärte, dass im Magen der Sitz der japanischen Seele sei. Indem sie das Schwert in ihre Eingeweide bohrten, rissen die Samurais das Leben aus ihrem Körper.

Trotz allem war er von diesem Bushi, dem Kriegerleben, fasziniert. Der alte Samurai war begierig darauf gewesen, ihm Judo beizubringen und die Fähigkeit, Raffinesse und Beweglichkeit einzusetzen, um den Gegner zu überwältigen.

Reed seufzte leise. Sein Herz hämmerte. Ein wildes Flackern blitzte in seinen Augen auf, als er die beiden Japaner mit seinen Blicken herausforderte. Sie sahen ihn an, blickten dann zur Seite, als hätte man sie bei einer schändlichen Tat ertappt. Reed hatte das schaurige Gefühl, dass sie ihn davor warnten, sich dem Mädchen zu nähern.

Seine Abenteuerlust war schon während seiner Kindheit in Kalifornien geweckt worden, als ein Vaquero, ein alter mexikanischer Soldat, der auf der Ranch seines Vaters arbeitete, ihm Geschichten erzählte. Aufregende Bilder von Banditos, die über die alten Pfade ritten und nach verlorenen Schätzen suchten, füllten von da an die Träume des Jungen.

Mit siebzehn reiste Reed nach dem französisch-chinesischen Krieg nach China. Er arbeitete für eine amerikanische Handelsgruppe, die versuchte, abergläubische chinesische Überläufer daran zu hindern, die Eisenbahnschienen von Woosung nach Shanghai zu zerstören und Lokomotiven in den Fluss zu werfen.

Er musste erkennen, dass er in ihren Augen ein „ausländischer Teufel" war, doch das hielt ihn nicht davon ab, an die einsame Küste Koreas zu reisen, zu den schlammigen Flüssen, trostlosen Sandbänken und den lang gestreckten braunen Bergen des chinesischen Festlandes.

Reed grinste die beiden Samurais an. Sie weigerten sich, ihn noch einmal anzusehen und murmelten sich etwas zu. Wie amüsant diese Japaner doch sind, dachte er, niemals darf man ihnen zu nahe kommen. Er erinnerte sich noch genau daran, wie er dieses Land zum ersten Mal durch sein Fernglas erblickt hatte. Von San Francisco aus hatte er achtzehn Tage auf einem Dampfschiff verbracht. Dieses seltsame Land, dessen Gebäude wie Spielzeughäuser aussahen und die Bewohner wie Puppen, interessierte ihn. Das Leben erschien ihm sauber und künstlich. Und recht erotisch, denn in manchen Läden konnte man alles kaufen: einen künstlichen Jadestab, eine künstliche Mondgrotte, Aphrodisiaka, Liebestränke. Er hörte, dass junge Männer und Frauen im Shinto-Tempel das Spiel des Großen Phallus spielten, wobei sie sich gegenseitig so erregten, bis die Männer hart wurden, wobei der Mann das Spiel gewann, der trotz der nackten und willigen Mädchenkörper als letztes ejakulierte.

Weil der Himmel klar und blau war, sah Reed schon Stunden vor seiner Ankunft die aufstrebende Stadt Yokohama mit mehr als hundertfünfzigtausend Einwohnern. Er konnte die ausländischen Clubhäuser, Hotels und Wohnungen mit Meerblick erkennen. Dort trafen sich die vielen Reisenden aus der westlichen Welt, die die Insel bevölkerten, um diesem Land, das seit Jahrhunderten wuchs und gedieh, ihre Vorstellungen von Zivilisation nahe zu bringen. Reed vermied es, in Kontakt mit Engländern oder anderen Gaijins zu treten, die die Wirtschaft in der Stadt aufgebaut hatten.

Denn seine Mission war geheim.

Und gefährlich.

Das Leben eines Mädchens stand auf dem Spiel.

Obwohl Reed für sich blieb, fiel er mit seinen neugierigen blauen Augen und seiner Größe überall auf.

Dorfbewohner drängten sich dicht an ihn, fragten ihn über die westliche Welt aus und befingerten seine Kleider. Vor allem die hübschen jungen Mädchen. Ihm gefiel das. Ihre Fingernägel tanzten über seine Lederjacke, sie kicherten hinter vorgehaltenen Händen und drückten ihre jungen Brüste gegen seine Schulter, berührten zögernd seine schlanken, harten Schenkel und betrachteten neugierig die große Ausbuchtung zwischen seinen Beinen.

„Ochimbo … ôkii, desu ne?" sagten sie. „Suki desu." Grob übersetzt hieß das so viel wie: „Ich mag deinen großen Jadestab."

Lächelnd lud er sie mit einem Blick ein, seinen Körper weiter zu erkunden. Ein waghalsiges junges Mädchen streckte die Hand aus, streichelte seine Hose und riss die Augen auf, als sie den Umfang seines steifen Zepters ertastete. Dann senkte sie kichernd den Blick und verfiel wieder in ihre unterwürfige Haltung. Wo auch immer er hinkam, überall war es dasselbe, er stellte Fragen, bekam keine Antworten, war ständig auf der Suche.

Auf der Suche nach ihr.

Nach dem Mädchen mit dem goldenen Haar.

Seit einem Monat war Reed nun in Kioto, wo er sich ein Zimmer in einem Wirtshaus für Ausländer namens Yaamis genommen hatte. Er beschattete die Teegärten und die Geisha-Häuser so oft er nur konnte. Obwohl ihm alle Mädchen, die zu seiner Altersangabe passten, gezeigt wurden, war das eine, das er so dringend suchte, nie dabei gewesen.

Doch der Amerikaner gab nicht auf. Heute Morgen hatte ihn eine Mama-san im Geisha-Viertel von Miyagawa-cho in ihrem, wie sie sagte „unwürdigen Teehaus“ empfangen. Um die schönste Maiko in ganz Kioto sehen zu dürfen, sagte sie mit gesenktem Kopf, müsse er Blumengeld zahlen. Er zählte ein paar Münzen mehr auf den Tisch, als die Frau von ihm verlangt hatte, dann folgte er ihr die Treppe hinauf in die privaten Quartiere der Mama-san.

Dort, auf der Tatamimatte, saß ein Mädchen. Jung, schlank und so klein, dass es in ihrem lila Kimono wie eine lebende Puppe aussah. Sie streckte beide Hände aus und legte ihren geneigten Kopf darauf. Der strenge Geruch ihrer lackierten Perücke ließ ihn zusammenzucken, genauso wie die Tatsache, dass er ihr Gesicht nicht sehen konnte. Der Raum war nur schlecht beleuchtet, und nachdem sie sich so unterwürfig verneigte, befürchtete er, niemals herauszufinden, ob es sich um das gesuchte Mädchen handelte.

Er bat sie, die Perücke abzunehmen. Sie zögerte, tat es aber schließlich. Schweiß rann über sein Gesicht. Sein Herz hämmerte. War er nun am Ende seiner Reise angekommen?

Nein. Das Haar unter der Perücke war schwarz.

„Ist das das Mädchen?“

Reed hatte sich so auf das Haar konzentriert, dass er gar nicht hörte, wie die Mama-san hinter ihn trat. Er ging zu der jungen Frau, beugte sich herab und hob ihr Kinn an, obwohl er die Antwort im selben Moment bereits kannte. Sie war es nicht.

Ohne ein Wort verließ Reed das Teehaus und streifte allein durch die Straßen von Kioto. Er lief und lief. Der Geruch von Gewürzen hing in der feuchten Luft und kitzelte seine Nase. Obwohl er sich weigerte, aufzugeben, begann er langsam an dem Erfolg seiner Mission zu zweifeln. Wie war er nur in diese Lage geraten? Reed Cantrell war ein Abenteurer, er hatte grauenvolle Stürme auf den Ozeanen überlebt, sogar einmal Schiffbruch erlitten. Und jetzt war er nach Japan zurückgekehrt, weil er einem sterbenden Mann ein Versprechen gegeben hatte, doch er brach seine Versprechen nie. Er *musste* dieses Mädchen finden.

Aus diesem Grund faszinierte ihn diese junge Geisha mit dem wunderschönen Gesicht unter der schwarzen Kapuze so sehr. Wie sie ging, wie sie sich hielt. Sie neigte nicht einfach nur den Kopf und lächelte wie die anderen Geishas, die er kannte. Verdammt, es war mehr als das. Etwas Teuflisches blitzte in ihren Augen, das Versprechen, dass einen Mann tief in der Seele berühren konnte. Reed stellte sich vor, wie er ihr Gesicht berührte, wie sie ihn mit ihrer sanften Stimme locken, seine Hand nehmen und zu ihren Brüsten führen würde.

Nackte Brüste. Weiß. Rosabraune Brustwarzen. Seine Zunge umspielte ihre Knospen. Er lag neben ihr auf einem seidigen Futon, streichelte ihre festen Hüften, ihre Schenkel, schmeckte sie, berührte sie, erkundete endlose Nächte lang ihren zarten Körper. Sie würde ihn anflehen, hart und schnell in sie zu stoßen, würde sich ihm entgegenbäumen, heiß und nass. Er träumte davon, den Rhythmus zu variieren, sich zurückzuhalten, erst zu kommen, wenn sie selbst explodierte und den höchsten Gipfel erreichte.

Schwer atmend lief Reed weiter die Stufen des Kiomidzu-Tempels hinauf, lief mit langen Schritten durch das verhüllte Tor und wartete, bis sie mit ihren laut klappernden Holzschuhen die Treppe empor kletterte.

Hier oben war die Luft klar und frisch. Er atmete ein paar Mal tief durch, füllte seine Lungen mit kühler, feuchter Luft. Dann sah er, wie sie sich mit sinnlich schwingenden Hüften von ihm entfernte. Am liebsten hätte Reed ihr hinterher gerufen, hätte sie angefleht, ihm die Wahrheit zu sagen, ihn wissen zu lassen, ob seine Reise ein Ende gefunden hatte.

War dieses Mädchen Kathlene Mallory?

„Hör mich an, großer Meister Buddha“, flüsterte ich so schnell, dass nur die lang gezogenen Silben vernehmbar waren. Ich presste die Handflächen aneinander und schlang die blaue Perlenschnur um die Hände. Es war der Rosenkranz meiner Mutter, ein Schatz, den ich seit meiner Kindheit bewahrte. Als ich das buddhistische Gebet murmelte, hatte ich nicht das Gefühl, die Götter zu betrügen. Meine Gedanken beim Beten waren absolut rein.

Zugleich sah ich mich aus den Augenwinkeln um. Wo war der gut aussehende Gaijin?

Ein wenig gereizt seufzte ich. Der Gaijin mit dem hübschen Gesicht und den breiten Schultern war weg, obwohl ich ihn kurz davor, als ich durch das Tor ging, noch gesehen hatte. Er hatte sich abseits gehalten, hinter den Bettelmönchen mit ihren langen roten Gewändern, den bis zu den Schultern reichenden Strohhüten und den nach Almosen ausgestreckten Schalen. Jetzt war der Fremde verschwunden.

In der Hoffnung, ihn doch noch zu Gesicht zu bekommen, blieb ich vor einer Steinlaterne neben einem kleinen Heiligenschrein stehen, hob einen winzigen

Kieselstein auf, sprach ein Gebet und warf ihn gegen die Laterne. Es hieß, wenn der Stein in die Laterne fiel, dann würden meine Gebete erhört. Ich blickte zu den Bergen, die in rosa und lila Licht getaucht waren, ein feiner Windhauch streifte mein Gesicht wie ein Kuss.

Ein Kuss. Das Vorspiel der Geisha. Einer Maiko verboten. Über solche Dinge durfte ich nicht nachdenken, über solche Freuden, doch dieser gut aussehende Gaijin hatte meine Fantasie geweckt, ich verlangte danach, seine Lippen auf meinen zu spüren, seine Hände auf meinem nackten Körper, seine Finger, seinen Mund, seinen hochgeschätzten Jadestab.

Ich hätte ihn nicht ansehen dürfen, sondern unterwürfig den Kopf senken müssen, doch als unserer Blicke sich trafen überwältigte mich der Wunsch danach, einen Mann in mir zu spüren, ihn in mein Blumenherz eindringen zu lassen und mir Erlösung zu schenken.

Meine Brust schmerzte, weil ich so schwer atmete. Derartige Gedanken musste ich einfach unterdrücken. Hier befand ich mich an einem heiligen Ort, überall um mich herum waren Pilger, sie standen, saßen, ruhten sich aus, beteten, warfen Münzen auf die Tücher, auf denen die Priester saßen. Aber der Gaijin war fort, verschwunden in den Bambuswäldern oder den immergrünen Sträuchern, die den Tempel umschlossen.

Schmollend kickte ich einen Stein weg. Meine Gebete waren nicht erhört worden.

Bong. Bong.

Ich war so in Gedanken versunken, dass der Klang des Gongs mich erschreckte. Die Götter wurden ungeduldig mit mir. Prüften mich, indem sie mir diesen Gaijin geschickt hatten. Quälten mich mit der Begierde nach einem Mann, die ganz tief in meinem Bauch ihren Ursprung hatte und mich feucht zwischen den Beinen werden ließ. Süß und klebrig quoll die Nässe aus mir und erregte mich noch mehr. Und der Gaijin? fragte ich die Götter. War er hart geworden bei meinem Anblick?

Fühlte er dasselbe gierige Verlangen?

Langsam wanderte ich den Hügel hinunter zum Wasserfall von Otowa, verneigte mich, schlug die Hände zusammen und betete zum Gott Fudô-Myô-ô.

Fehlen mir womöglich die erotischen Fähigkeiten und die sexuelle Anziehungskraft, die es braucht, um eine Geisha zu werden? fragte ich den Gott ungeduldig. Bitte hilf mir, an dem mir vorbestimmten Weg festzuhalten.

Mein ganzes Leben lang hatte ich mich danach verzehrt, die Anmut und Schönheit einer Geisha zu besitzen. Ich brannte darauf, mein lang unterdrücktes Bedürfnis ohne Angst vor den Zurechtweisungen von Okâsan oder Mariko auszuleben. Doch viel Zeit blieb mir nicht mehr. Meinen sechzehnten Geburtstag hatte ich bereits schon zwei Jahre hinter mir, und eine Maiko wird in diesem Alter berufen.

Was hatte ich nur getan, um die Götter so zu verärgern? Gut, ich hatte oft allein in einer Ecke des Teehauses sitzen, kalten Reis und eingelegte Auberginen mit etwas Sojasoße essen müssen. Und das, weil ich es gewagt hatte, mir die Bilder mit den schönen Frauen anzusehen, die mit eingerollten Zehen ihr Geschlecht entblößten und einem gut aussehenden Edelmann erlaubten, mit seinem langen Schwert in sie einzudringen. Die Ekstase auf den Gesichtern der Frauen war für mich ein mächtiges Aphrodisiakum, viel wirkungsvoller als der Kräutertrunk aus der rotgelben Jiô-Pflanze.

Die Macht meiner Fantasien.

Ich hatte den Eindruck, dass meine Jugend so schnell verbrennen würde wie die Kerzen in einer der roten Papierlaternen. Würde aus mir eine unglückliche, mittellose alte Prostituierte werden? Diese Frauen waren bekannt dafür, dass sie ihren Haaransatz mit schwarzer Farbe nachzogen, dickes, dunkles Karminrot auf die Lippen schmierten und ihren Körper bis zu den Brustwarzen einpuderten und jede Falte hinter einem dicken, weißen Belag versteckten. Ich schüttelte mich. Die Hitze in meinem Bauch löste sich auf. Aber noch mehr Angst hatte ich davor, allein zu sein, ohne einen Mann, den ich lieben konnte.

Ungeduldig mit mir selbst tippelte ich wieder den Berg hinauf, ich musste mein Herz öffnen und um Führung bitten.

Mit gesenktem Kopf betrat ich den großen Tempel von Kiomidzu, ohne die Schuhe auszuziehen, weil es hier keine sauberen Matten gab. Wie die meisten anderen Pilger kniete ich mich vor den langen Altar der göttlichen Kwannon, andere setzten sich auf die Holzbänke. Ich kam gern hierher. Zu meinen glücklichsten Kindheitserinnerungen gehörten die Tempelbesuche mit meinem Vater. Dann mit Mariko. Der Tempel von Kiomidzu war das Herz Kiotos und in gewisser Hinsicht meine Heimat. Meine Probleme und Ängste wurden kleiner, wenn das Hämmern der silbernen Gongs meine Ohren füllte und der stechende Geruch von Räucherstäbchen in meine Nase drang. Dann fühlte ich mich so lebendig wie nirgendwo sonst. Im Tempel von Kiomidzu fühle ich mich sicher.

Schließlich fand ich den kleinen Schrein von

Kamnsube-no-Kami, der Schutzgöttin der Liebenden. Heilige Papierstreifen waren an dem Gitter befestigt. Der Tradition folgend kaufte ich einem Priester ein gedrucktes Gebet ab, rollte es fest zusammen, flehte die Göttin an, mir einen Liebhaber zu schicken, der nicht nur meine körperlichen sondern vor allem meine seelischen Sehnsüchte erfüllen konnte. Dann befestigte ich mit dem Daumen und dem kleinen Finger der rechten Hand das Gebetröllchen am Gitter, sehr sorgfältig, denn wenn ein anderer Finger benutzt wurde oder auch nur mit einer winzigen Bewegung das Papier berührte, dann war der Zauber gebrochen, die Göttin taub gegenüber meiner Bitte. Ich schaffte es ohne einen Fehler, deswegen war ich überrascht, als ich eine mahnende Frauenstimme hinter mir hörte.

„Die beiden Männer in den braunen Kimonos werden langsam ungeduldig, so lange wie du an diesem Schrein herumtrödelst."

Ihre Stimme klang heiser und atemlos, als ob sie in diesem Moment das Vergnügen von Harigata zwischen ihren Beinen spürte, das sie heiß und feucht werden ließ.

„Wovon sprechen Sie?" Ich drehte mich nicht um, konnte aus dem Augenwinkel aber sehen, dass die Frau einen kardinalroten Hosenrock unter dem transparenten weißen Kimono trug.

Nun wandte ich mich doch um, betrachtete die eckigen Ärmel und die roten und weißen Stofffalten, die um ihren Hals drapiert waren. Ich konnte sehen, dass der hintere Teil ihres Kimonos wie eine Schleppe anmutig auf dem Boden lag. Offenbar war sie eine Hohe Priesterin des Tempels.

„Ich schätze, du weißt nicht, wer die Männer sind?"

„Nein", entgegnete ich kopfschüttelnd. Es musste sich um die beiden Männer handeln, die mir schon früher aufgefallen waren. Ich konnte ihnen nicht entkommen. Musste ich mich vor ihnen fürchten?

„Dann werde ich es dir verraten." Die Priesterin streckte ihre Hand mit den Handflächen nach oben aus.

Ich nahm zwei Kupfermünzen aus meiner Seidentasche. „Bitte, wer sind die beiden?"

„Ich habe sie schon früher im Tempel von Kiomidzu gesehen." Mir entging nicht, dass sie aufseufzte. „In Begleitung ihres gut aussehenden Meisters."

„Ihr Meister?" fragte ich überrascht. Also handelte es sich doch nicht um Diener der Okâsan.

„Ja, sie sind Vertraute von Baron Tonda-sama." Ihr breites Lächeln ließ die weiße Farbe auf ihrem Gesicht bröseln.

Ich musterte sie noch etwas genauer. Ihre Augenbrauen waren abrasiert und von zwei schwarzen gemalten Linien hoch auf der Stirn ersetzt worden. Ihre Lippen waren so rot, dass sie zu glühen schienen. Das Haar war von goldenen Schleifen zusammengehalten, von weichem, weißem Papier umwickelt und fiel ihr über den Rücken. Silberne und goldene Haarnadeln und rote Kamelien waren auf ihrem Kopf drapiert wie eine Krone.

Aber es waren vor allem ihre dunklen, nach oben blickenden Augen, lüstern blitzende Augen, die mich so faszinierten. Sie schlug eine Glöckchenrassel gegen ihre schön geformten Schenkel.

„Baron Tonda-sama?" Dieser Name sagte mir nichts.

„Ja, der Baron ist ein sehr edler und reicher Herr mit einflussreichen Freunden. Ein Mann, mit dessen Gier nach dem Genuss weiblichen Fleisches es kein anderer Mann in Kioto aufnehmen kann …" Bevor ich es verhindern konnte, hatte sie mir schon die Kapuze vom Kopf gezogen. „Insofern bin ich nicht überrascht zu sehen, wie schön du bist."

Ich zog die Kapuze wieder hoch. „Mir schmeicheln Ihre Worte, ehrenwerte Priesterin, aber ich bin nur eine Dienerin."

„Du lügst, meine Schöne. Deine Stimme, dein Benehmen, dein Kimono – das alles spricht eine andere Sprache." Sie hielt inne, dann fügte sie hinzu: „Ich muss dich warnen, Baron Tonda-sama hat einen sexuellen Hunger, der nicht leicht zu stillen ist."

Ich war fasziniert, aber trotz allem sehr vorsichtig. „Wie meinen Sie das?"

Die Priesterin tanzte in einem Kreis um mich herum, wedelte mit dem Fächer und schüttelte die Rassel. „Hast du schon einmal die blassen, geruchslosen Blätter der Kirschblüte gesehen?"

„Ein jeder verliert sich in der Schönheit der rosafarbenen Blüten im Frühling."

„Ihre Schönheit ist flüchtig, ihre Blätter fallen schnell zu Boden. Eine einzige blassrosa Kirschblüte allein ist leicht zu vergessen."

„Was hat das mit dem Baron zu tun?"

„Ah, aber Reihe um Reihe von Kirschblüten am Flussufer, entlang dem Schlossgraben, unten an den Deichen, das ist ein Spektakel, das einen Mann begeistert und sein Herz erfreut." Sie zögerte kurz. „Sein Begehren erwacht, seine sexuelle Gier, sein Jadestab wird *sehr* hart."

Die letzten Worte stieß sie durch die Zähne aus, dann leckte sie sich über die Lippen.

„Wollen Sie damit sagen, dass der Baron mehr als

nur eine Blüte braucht, um seinen Hunger zu stillen?"

Sie nickte lächelnd. „Wenn Baron Tonda-sama neben dir nach einer weiteren Frau verlangt, dann fühlte ich mich aufs Höchste geehrt, wenn du mich auswählen würdest."

Mir wurde gleichzeitig heiß und kalt. Wer war diese Frau mit diesen unheiligen Gedanken?

„Ich bin nicht hier, um Frauen für diesen Baron Tonda-sama zu finden."

„Du unschuldiges Kind, der Duft nach Liebe folgt dir überall hin, er ist so stark, so verlockend. Du kannst deinem Schicksal nicht entkommen."

„Schicksal? Ich bin hier, um die Götter anzuflehen. Sie sollen mir helfen, den Mann meines Herzens zu finden."

Die Priesterin hob den Fächer vor das Gesicht und begann zu kichern. „Du kannst die Götter gerne anrufen, wenn du willst, aber ein solches Gebet ist so nutzlos wie das Schwert oder der Jadestab eines alten Mannes. Er hat weder den Willen noch die Stärke, irgendetwas damit anzufangen."

„Ich glaube Ihnen nicht. Es heißt, die Götter können in das Herz einer Frau blicken."

Die Priesterin fächelte sich Luft zu. „Eine Frau ist nichts anderes als der Schatten eines Mannes, dem sie folgt, mit dem sie unzertrennbar verbunden ist durch dieses dumme Gefühl, das du Liebe nennst."

„Sie irren sich, Priesterin. Der Mann, den ich suche, will nicht nur meinen Körper, sondern auch mein Herz." Ich lächelte anzüglich. „Auch wenn ich den hochgeschätzten Jadestab eines Mannes durchaus ansprechend finde."

Wir starrten uns schweigend an, jede in ihre eigenen Gedanken versunken. Nur ich schien mich unwohl zu fühlen. Diese Frau machte mir Angst. Ich musste den Tempel verlassen und zum Teehaus zurückkehren. Leise seufzend drehte ich den Kopf hin und her, auf der Suche nach einem Fluchtweg. Die Priesterin fuhr fort, um mich herumzutanzen und mit dem großen Fächer, den nur Priesterinnen tragen durften und der mit schweren roten und goldenen Seidenbändern verziert war, zu fächeln.

„Die Götter sagen, eine Frau sei äußerlich ein Engel und innerlich ein Teufel."

„Ich kenne die Götter nicht so gut wie Sie, ehrenwerte Priesterin", sagte ich und neigte den Kopf tief, weil ich weder sie noch ihre Götter verärgern wollte. „Aber bald werde ich den weißen Kragen einer Geisha tragen." Dann fügte ich stolz hinzu: „Ich werde einem Mann mit meinem Können Genuss bereiten … und dafür sorgen, dass er sich in mich verliebt."

„Dummes Kind, ich habe Hunderte von Männern verführt, und ich kann dir folgendes sagen: Du bist nichts anderes als der Behälter für die Milch des Mannes." Sie beugte sich vor und flüsterte: „Und ich verrate dir noch etwas: Wenn du den Samen eines Mannes vermischt mit Honig trinkst, wird deine Haut wunderschön rosig leuchten." Sie lachte, als sie meinen entsetzten und zugleich neugierigen Gesichtsausdruck sah. „Und ich werde dir beweisen, dass in den Augen der Männer alle Frauen gleich sind."

„Entschuldigen Sie, ehrenwerte Priesterin", protestiere ich. „Aber ich muss gehen …"

„Noch nicht, meine Schöne."

Als sie mich zu einer kleinen Räucherschale zog

und schwarzes, grünes, braunes und graues Pulver darüberstreute, zog ich meine Kapuze noch tiefer ins Gesicht. Sie zeigte mir, wie ich die aufsteigende Rauchsäule mit der Hand auffangen, die Finger schließen und unter meine Nase halten sollte.

„Du wirst nicht sagen können, welchen Duft du bevorzugst, noch weniger erinnerst du dich daran, welches Pulver dafür verantwortlich ist."

Vorsichtig schnupperte ich. „Ja, das stimmt." Zögernd blickte ich sie an und nickte. „Was wollen Sie damit sagen?"

„Genauso ist es, wenn ein Mann sich mit einer Frau vergnügt. In seinem Herzen gibt es keine Liebe und auch keine Erinnerung an eine besondere Frau." Sie fuhr mit der Zunge über einen Finger. „Nur das Wohlgefallen bleibt zurück."

„Ich glaube Ihnen nicht." Der Rauch brannte in den Augen, Tränen rollten über meine Wangen.

Oder lag es am bittersüßen Parfum der Priesterin?

„Du wirst verstehen, sobald du zum ersten Mal mit einem Mann Unzucht getrieben hast. Wenn du nicht weißt, warum er dich liebt, wird sein Jadestab es dir verraten."

„Ich höre Ihnen nicht länger zu."

„Wenn du nicht weißt, warum du ihn liebst, wird sein Jadestab es dir ebenfalls verraten." Sie lachte.

Trotzig versuchte ich, ihre Worte abzuschütteln. „Die Liebe, nach der ich suche, ist wie ein Geist, den man jagt. Ich kann sie fühlen, auch wenn ich sie noch nie erfahren habe."

„Du wirst so eine Liebe nie erfahren, dummes Kind." Die Priesterin drückte sich an mich. Sie legte hinter dem aufgefalteten Fächer die Hände auf meine Brüste. Ich schnappte nach Luft.

Gelegentlich hatte ich durch Schlüssellöcher beobachtet, wie Geishas kichernd beieinander lagen. War es das, was sie miteinander taten?

„Wenn du dich nach Liebe verzehrst und deiner eigenen Hand überdrüssig bist“, fuhr die Priesterin fort, „dann lass mich dir zeigen, welch wunderbares Vergnügen dir eine andere Frau bereiten kann. Meine Zunge in deiner Lotusblume, die jeden Winkel ausfüllt, mein Speichel, der sich mit deinen süßen Säften mischt ...“

„Sie sprechen auf seltsame Art, ehrwürdige Priesterin. Auf eine Art, die ich nicht verstehe.“ Ich musste mich aus ihrem Bann befreien, zog meinen Mantel enger um mich und rannte los, quer durch die große Halle, meine Holzschuhe dröhnten auf dem Steinboden, störten die Pilger bei ihren Gebeten und scheuchten zwei Männer auf, die sich im Verborgenen gehalten hatten.

Männer in braunen Kimonos.

Mit schweren goldenen Uhrketten, die von ihren Hüften herabbaumelten.

Und zwei Schwertern, von denen sie das längere zogen.

Rennend blickte ich mich um und stolperte über meinen Mantel.

Hatte die Priesterin Recht? Versuchten sie, mich zu entführen? Ich hatte oft Geschichten über junge Mädchen gehört, die auf der Shijo Straße entführt und in die Sklaverei verkauft wurden. Sie lagen nackt, gepudert und bemalt auf einem Diwan, dann gab man ihnen etwas zu trinken, um sie für die Männer gefügig zu machen, die dafür bezahlten. Deren Leidenschaft wurde zuvor mit Ginseng, getrockneten Garnelen, Phosphorpuder und Chantariden – getrockneten Käfern – angeheizt. Dann wurden die Mädchen gezwungen, perverse Spielchen zu treiben, ihren Körper auf eine Weise benutzen zu lassen, die mich erschreckte. Unter anderem, so hieß es, ließen sie sich von Hengsten besteigen.

War dieser Baron Tonda-sama so ein Mann?

Außer Atem und mit rasendem Herzen versuchte ich, wieder auf die Füße zu kommen, aber ich war schwach und zitterte. Plötzlich drang ein bekannter, moschusartiger Duft in meine Nase. Ich drehte mich um.

Der Gaijin. Und ich hätte nicht schockierter sein können, als ich ihn fragen hörte: „Kathlene – Kathlene Mallory?"

Er lächelte auf mich herab. Mit seinen blauen Augen. So blau wie der Himmel nach einem Regenschauer. Als er meinen Namen aussprach, fühlte ich mich wieder wie ein kleines Mädchen.

Kathlene Mallory.

Ich war fassungslos und unfähig, mich zu regen.

Der Gaijin zog mich auf die Beine. Als seine starken Arme mich berührten, schoss ein eigenartiges Gefühl tief in meinen Bauch, ein Feuer loderte auf, erregend und beängstigend.

„Danke", murmelte ich auf Japanisch. Den Kopf hielt ich gesenkt. Kathlene Mallory hatte er mich genannt. Woher kannte er meinen Namen? *Woher?*

Es war zu gefährlich, noch länger hier zu bleiben. Dieser Gaijin hatte mich trotz meiner Tarnung erkannt, wenn er einer der Feinde meines Vaters war, würde er mich womöglich töten.

„Ich weiß, dass Sie mich verstehen, Miss Mallory", fuhr er fort, nicht im Geringsten beunruhigt, weil ich mich weigerte, ihn anzusehen. „Ich werde Sie hier rausholen, bevor diese beiden Verbrecher mit den Schwertern auf die Idee kommen, mir den Kopf abzuschlagen ..."

„Bitte, ich muss gehen." Ich bereute meine Worte umgehend. Warum nur hatte ich Englisch gesprochen? Warum?

„Ich hatte doch Recht, Sie sind wirklich Kathlene Mallory."

„Nein, Sie verstehen nicht ..."

„Ich will Ihnen nichts Böses ..."

„Ich bin nicht das Mädchen, das Sie suchen", sagte ich mit einem, wie ich hoffte, leichten Akzent, um ihn zu täuschen. „Bitte, ich *muss* gehen!"

„Aber nur mit mir zusammen."

Bevor ich ihn noch warnen konnte, kamen die beiden Männer in den braunen Kimonos auf ihn zugestürzt, knurrend, murmelnd, die Hände am Schwert und so bitterböse schauend, dass mir bis auf die Knochen kalt wurde. Ich konnte meinen Blick nicht losreißen, während sie wieder und wieder einen Befehl ausstießen.

Der Gaijin starrte sie an und fragte mich: „Was wollen die?"

„Sie wollen Ihren Ausweis sehen."

„Meinen Ausweis? Wieso?"

„Man braucht ein besonderes Visum, um nach Kioto reisen zu dürfen."

„Visum? Ich habe keine Ahnung, was sie meinen. Sagen sie den beiden, sie sollen verschwinden."

Ich senkte den Kopf, ballte die Hände zu Fäusten, meine Nägel gruben sich in die Handflächen. Ich hatte Angst vor den Männern des Barons *und* vor dem Gaijin. Ich musste diesen Tempel verlassen.

Mit letzter Kraft hob ich meinen Mantel und den Kimono an und rannte los.

Der Gaijin hechtete hinter mir her.

Die Männer folgten uns beiden.

Ich war fast am Eingang des Tempels, als hinter mir ein Ruf erschallte wie der Befehl der Götter.

„Kathlene, warten Sie!" rief der Gaijin. „Ich habe Nachricht von Ihrem Vater."

Ich erstarrte. Nachricht von meinem Vater? Mein Herz machte einen freudigen Sprung und begann so schnell zu schlagen, dass ich den Puls an meinem Hals spürte. Aber wenn das nur ein Trick war? Wenn der Gaijin von den Feinden meines Vaters geschickt worden war?

Darüber nachzudenken, hatte ich keine Zeit, denn als ich mich umwandte sah ich, wie die Männer den Gaijin packten. Er trat mit dem rechten Fuß nach ihnen, einmal, zweimal, dreimal. Dann schnappte er sich eines ihrer Schwerter.

„Laufen Sie, Kathlene!" hörte ich den Gaijin brüllen. „Laufen Sie! Ich werde Sie finden … ich verspreche es!"

Hastig rannte ich jetzt los und schaute nicht mehr zurück.

In der Ferne hörte ich den silbernen Klang des Gongs. Bong. Bong. Bong.

Drei Mal. Die Götter riefen mich.

Ich antwortete ihnen nicht.

8. KAPITEL

Es tut mir leid, Baron Tonda-sama, das Mädchen, das Sie wünschen, ist *nicht* im Angebot", sagte Simouyé leise.

Er knurrte. Die Teehausbesitzerin würde es natürlich niemals wagen, seinem Namen wie in Kioto üblich ein –han oder -yan anzuhängen, stattdessen benutzte sie das formelle -sama. „Das ist absurd", erwiderte er scharf. „All Ihre Maikos sind im Angebot."

„Aber nicht diese. Sie ist sehr … besonders."

„Nennen Sie Ihren Preis, ich werde bezahlen."

Die ältere Frau lächelte, dann versteckte sie ihr Lächeln in den Falten ihres Kimonoärmels. „Selbst Sie, Baron Tonda-sama, können sich diesen Preis nicht leisten."

„Ach?"

„Ja, wenn es an der Zeit ist, dass sie ihren Kragen wendet, wird sie ihren Lebensunterhalt in diesem Teehaus verdienen müssen. Allein ihre Kimonos kosten mehr als dreihunderttausend Yen. Pro Stück", sagte sie.

Der Baron wusste, dass ein Kimono höchstens die Hälfte kostete. Er zog eine Augenbraue in die Höhe. Ein primitives Bedürfnis schoss durch seine Eingeweide, er versuchte gar nicht erst, seine Erektion vor der Teehausbesitzerin zu verbergen, sein Speer reckte seinen Kopf durch seine geschlitzten Hosen. Er streichelte ihn. „Und wenn ich Ihnen sage, dass Prinz Kira-sama sie als seine Geisha will?"

„Prinz Kira-sama?" Die Teehausbesitzerin senkte den Blick, aber nicht bevor der Baron das Entsetzen in ihren Augen gesehen hatte. Auf so eine Reaktion hatte er gehofft. Das bestätigte nur, dass diese Maiko tatsächlich die Tochter des Gaijins war.

„Ja, ich stehe im Dienste des Prinzen. Sicherlich werden Sie meinem Herrn den Wunsch nicht abschlagen wollen."

Der Baron stützte sich auf das weiche schwarze Samtkissen und musterte die Teehausbesitzerin. Zweifellos war ihr klar, dass der Prinz einer der wohlhabendsten und mächtigsten Männer in Tokio war und von einer Frau wie Simouyé-san gefürchtet werden musste. Er kannte ihren Ruf als einstmals bekannteste Geisha der Stadt, doch nahm sie nur wenige Auszubildende an. Sie brauchte Geld, das hatte er gehört. Das Missfallen des Prinzen zu erregen wäre ein Desaster für das kleine Teehaus. Der Baron knurrte, wie es seine Art war, wenn er eine Frau auf ihren Platz verweisen wollte. Dann starrte er sie finster an, verdrehte die Augen und schnaubte. Er wusste, dass so ein Verhalten von ihm erwartet wurde, um seine Überlegenheit zu demonstrieren. Wichtig war einzig und allein, dass er seine Pflicht gegenüber dem Prinzen erfüllte und das Mädchen tötete, so wie es ihm befohlen worden war.

Obwohl er nach wie vor zuerst mit ihr schlafen wollte. Wenn alles nach Plan lief, würde er ihr geheimstes Elixier probieren, kurz vor dem Höhepunkt würde er sie aussaugen und seine eigene sexuelle Kraft und Lebensdauer damit nähren.

Der Baron schaukelte auf seinem schwarzen Kissen vor und zurück. Am liebsten hätte er jeden einzelnen Wandschirm zerschmettert und jede Tür aufgerissen, bis er die schöne Maiko gefunden hatte. Er wollte diese Frau, und er würde nicht eher gehen, bis er mit der Teehausbesitzerin ein Geschäft abgeschlossen hatte.

„Ich erwarte Ihre Antwort, die mich – da bin ich sicher – nicht enttäuschen wird.“

„Ja, Baron Tonda-sama“, entgegnete Simouyé mit angespanntem Lächeln. „Ich werde sehen, was ich tun kann.“

„Wie?“ brummte er. „Was soll das bedeuten?“

„Das bedeutet, was es bedeutet, Baron.“

Nun war er kurz davor, die Beherrschung zu verlieren. „Sie plappern wie die Priesterinnen, die noch mehr Almosen wollen, obwohl ihre Truhen schon überquellen vor Gold.“

Womöglich lag es an seiner unbändigen Gier nach einer Frau, dass er sich von seiner Wut übermannen ließ. Vielleicht lag es daran, dass er nach vielen Monaten in Amerika wieder zu Hause war und es nicht mehr erwarten konnte, dass eine Frau sich an ihn schmiegte. Der Baron wollte sehen, wie ihre Augen ihn zärtlich ansahen, während sie ihn mit bunten nach Minze schmeckenden Bonbons fütterte, wobei ihre zarten Finger auf seiner Zunge verharrten und ihm erlaubten, an ihren feinen rosa Spitzen zu saugen. Er konnte an nichts anderes mehr denken als an den süßen Duft einer jungen Frau.

Vor und zurück schaukelte er auf seinen Knien, mal schneller, mal langsamer, nicht sicher, was er als Nächstes tun sollte. „Verärgern Sie mich nicht, Simouyé-san. Auch wenn ich viel über Demokratie und die Ideale der westlichen Welt gelernt habe, so bin ich doch Japaner und nehme mir, was ich will.“

Die ältere Frau verneigte sich jetzt so tief, dass ihre Stirn fast den Boden berührte. „Das verstehe ich, Baron Tonda-sama. Ich werde das Mädchen herbringen lassen und fragen …"

Der Baron sprang auf. „Sie werden sie überhaupt nichts fragen. Sie werden ihr befehlen …"

„Ich bitte um Verzeihung, Baron Tonda-sama", antwortete Simouyé schnell. Er spürte, dass die Teehausbesitzerin dieselbe Stärke besaß wie er.

„Ja?"

„Ich muss mich nach dem Brauch der Geishas richten."

Verunsichert durch ihre Unerschrockenheit fragte er: „Brauch? Welcher Brauch?"

Simouyé lächelte. „Es ist Brauch, dass wir die junge Frau fragen, ob sie mit Ihnen das Bett teilen will."

Der Baron verlor die Fassung. „Das ist empörend!" brüllte er. Es konnte doch nicht wahr sein, dass sein Angebot hinterfragt wurde, dass eine Maiko, ein lebendiges Spielzeug, das nur dazu diente, die Träume der Männer zu erfüllen, ihn womöglich ablehnen könnte. „Dieses Mädchen ist eine Maiko, und ihr erster Liebhaber wird für sie ausgesucht."

„Es tut mir leid, Baron Tonda-sama, aber ich muss der Tradition unseres Teehauses folgen. Und demnach kann ein Mädchen auch Nein sagen, wenn es das wirklich wünscht."

„Sie erschüttern mich, Simouyé-san, etwa so, als wenn sie es wagten, den Kaiser anzusehen, wenn er in einer Prozession durch die Straßen fährt. Ich werde nicht zulassen, dass eine einfache Teehausbesitzerin *mir*, einem Samurai, sagt, was ich zu tun habe."

„Ich richte mich nur nach den Verhaltensweisen, die unsere Vorfahren uns hinterlassen haben.“

Entdeckte er die Spur eines Lächelns auf ihrem Gesicht? Sie sprach von der komplizierten und über lange Jahre hinweg kultivierte Etikette der Teehaus-Geishas. Und mit diesem Lächeln lud sie ihn ein, ihre Welt zu betreten und zu verstehen. Sie hatte gewonnen, weil er keine passende Antwort mehr wusste. Er wollte keinen Verdacht über sein wahres Ansinnen erregen, und so sagte er: „Ich werde dafür beten, dass Sie mich nicht länger warten lassen.“

Jetzt lächelte sie ihn richtig an. „Nur so lange wie es dauert, das Mädchen kommen zu lassen.“

„Also war es nicht Hisa-don, der mich auf der Veranda beobachtet hat“, sagte Kathlene nachdenklich. Sie zog den Kimono fester zusammen.

„Nein, Kathlene-san“, sagte Simouyé leise und fragte sich, warum das Mädchen schwitzte, warum sein Gesicht gerötet war und seine Augen funkelten. Ihre Hausdienerin Ai hatte ihr zugeflüstert, dass die junge Maiko sich nervös umgeschaut hatte, als sie ins Teehaus zurückkehrte.

„Sagen Sie mir, Okâsan, wer ist der Mann, dem es Vergnügen bereitet, mich beim Tanzen zu beobachten, ohne sein Gesicht zu zeigen?“

Simouyé holte tief Luft. „Er ist ein mächtiger und einflussreicher Mann. Er wird nicht gehen, bevor er eine Antwort von dir hat.“

Das Mädchen hob eine Augenbraue. „Eine Antwort auf was, Okâsan?“

Simouyé senkte den Blick und zupfte an ihrem

Kimonoärmel. Wollte Kathlene ihre Geduld testen, oder begriff sie wirklich nicht? Keine andere Maiko in ihrem altehrwürdigen Teehaus würde es wagen, solche direkten Fragen zu stellen.

Seit Jahrhunderten wurde japanischen Mädchen von Kindesbeinen an beigebracht, dass sie die Umstände ihres Lebens hinnehmen mussten. Geishas waren da keine Ausnahme. Es entsprach so gar nicht Simouyés Art, irgendetwas zu erklären und sie überlegte, was sie entgegnen sollte. Warum machte das Mädchen es ihr so schwer? Sie war eine Gaijin, demnach musste man ihr diesen Verstoß wohl verzeihen.

„Du bist achtzehn, Kathlene-san“, sagte Simouyé. Sie betonte jedes einzelne Wort. „All die anderen Mädchen haben dieses Ritual bereits mit sechzehn Jahren durchlaufen.“

„Von Mariko-san abgesehen“, unterbrach Kathlene sie mit einem halben Lächeln.

Simouyé seufzte. Wieder spürte sie Ärger in sich aufsteigen. „Mariko-san muss ihre Ausbildung erst noch beenden“, log sie. Die Wahrheit war, dass es bisher keine Angebote für das Mädchen gegeben hatte. Doch Simouyé wusste, dass Mariko die Fähigkeiten einer guten Geisha besaß. Eines Tages würde sie erblühen, denn wenn ihr Gesicht auch nicht besonders hübsch war, so zeugte ihr Benehmen doch von tiefer Schönheit.

Die Schwierigkeit war, dass Männer zuerst auf das Gesicht achteten. Das von Mariko war rund, die Züge nicht besonders fein, zugleich war sie so empfindsam, dass sie womöglich ohnmächtig werden würde, sobald ein Mann in sie eindrang.

„Ich weiß nicht, was Sie diesem Mann gesagt haben, Okâsan“, entgegnete Kathlene mit fester Stimme. „Aber ich stehe nicht zum Verkauf.“

Simouyé schüttelte den Kopf, wütend über das Benehmen des Mädchens. Dieses unstillbare Verlangen nach Individualität war so unjapanisch. Aber was sollte sie schon anderes von Mallory-sans Tochter erwarten? Die Erinnerungen daran, wie die Leidenschaft bei seiner Berührung ihre Hitze entfacht hatte, ließen sie erröten. Oft war er wild und ungezügelt gewesen, hatte seinen hochgeschätzten Jadestab so tief in ihr Blumenherz gestoßen, dass es sie zugleich ängstigte und erregte.

Sein Kind war ebenfalls ungezügelt. Mal benahm Kathlene sich pflichtbewusst und gehorsam wie eine Blume, die stark und groß wird. Dann wieder war sie launenhaft und unfügsam. Simouyé war besorgt.

„Du wirst tun, was ich sage, Kathlene-san. Ich *befehle* es.“

„Nein, Okâsan. Ich kann das nicht tun. Ich werde nicht das Einzige, was eine Frau besitzt, einfach so weggeben. Ich will mich verlieben, bevor ich mich einem Mann hingebe.“ Sie richtete sich auf, und Simouyé konnte sehen, wie groß sie in den drei Jahren geworden war. Ihre grünen Augen glühten.

„Ich werde dich auf der Stelle fortschicken, Kathlene-san, wenn du nicht gehorchst.“

Das Mädchen überlegte kurz. „Sie können mich nicht einfach fortschicken, so, wie Sie es damals mit Mariko-san versucht haben, weil sie so still war.“

„Ich hatte geglaubt, dass sie dort glücklicher wäre, und ich frage mich noch immer, ob es nicht ein Fehler war, sie hier zu behalten."

Erschrocken sah Kathlene sie an. „Was wollen Sie damit sagen, Okâsan?"

„Muss ich Mariko-san erst wegschicken, damit du begreifst, dass ich Ungehorsam nicht dulden kann?"

„Ich bin nicht ungehorsam, Okâsan. Sie sind diejenige, die die Wünsche meines Vaters nicht beachtet, indem Sie mich diesem Mann verkaufen wollen."

Die Teehausbesitzerin blinzelte, ihr Gesicht aber blieb ausdruckslos. Wenn es um Schlagfertigkeit ging, machte dieser jungen Maiko mit dem blonden Haar niemand etwas vor. Auf alles wusste sie eine Antwort.

Simouyé seufzte schwer. Aber auf das, was sie dem Mädchen jetzt sagen musste, würde es keine Antwort wissen. Sie hatte ihre Beziehungen spielen lassen und die Namenslisten der Dampfschiffgesellschaften regelmäßig überprüft: Die Nippon Yusen Kaisha Line von San Francisco, die Osaka Shosen Kaisha von Los Angeles. Außerdem die Listen der Bahnlinien, einschließlich der Transsibirischen und der Südmanschurai Eisenbahn. Nie war ein Edward Mallory als Passagier verzeichnet gewesen.

Selbst wenn er inkognito gereist wäre – niemand hatte Kontakt zu ihr aufgenommen und nach dem Kind gefragt. Es fiel ihr nicht leicht, Kathlene zu sagen, dass ihr Vater niemals ins Teehaus des Sehnsuchtsbaumes zurückkehren würde.

Okâsan erwog, die Augen zu schließen, damit der brennende Blick des Mädchens auf ihren Lidern abprallen konnte. Sie befürchtete, ihre Gefühle gegenüber Mallory-san preiszugeben. Sie wollte nicht zugeben, dass sie lebte wie eine Witwe, dass sie seit Jahren

Gebete sprach, Räucherstäbchen anzündete und Blumen auf die Stelle im Garten legte, wo sie zum ersten Mal ihre Liebe füreinander entdeckt hatten. Wo er seine Hand unter die Falten ihres Kimonos geschoben und ihre Brüste berührt hatte, wo sie zwei Bambuszweige mit einer roten Schnur zusammengebunden hatten als Symbol für ihre verbundenen Herzen.

Als Mallory-san nicht zurückkehrte, war Simouyé kurz davor gewesen, ihr Haar abzuschneiden und den Rest ihrer Tage in einem Nonnenkloster weit entfernt vom Teehaus zu verbringen und täglich Blumen zu opfern. Aber nein, sie hatte es nicht getan. Stattdessen hatte sie ihr Gesicht mit Puder bestäubt, das Haar mit ihrer geheimen Mischung aus Sesamöl, Geranienblüten und Haifischlebertran eingeölt und das rote Unterkleid ihrer Mädchenzeit unter ihren Kimono getragen. Auf sie sollte ein altes Sprichwort nicht zutreffen, das besagte, es gäbe zwei Kreaturen, die man auf dieser Erde niemals sehen würde: einen Geist und eine Witwe, die ihrem verstorbenen Mann treu war. Natürlich war sie nicht seine Witwe, weil sie nie seine Frau war, außer im Herzen.

Daher durfte Kathlene niemals erfahren, dass sie sich mindestens genauso nach Mallory sehnte, wie seine Tochter. Heißes Begehren pulsierte in ihr, sie verlagerte ihr Gewicht und spannte sich an. Wellen der Lust durchzuckten sie. Zum Glück hatte sie es nicht zugelassen, dass sie sinnlich verkümmerte, und sie beschloss, Ai-san zu bitten, für den Abend den Leder-Harigata vorzuwärmen. Gut, dachte sie, aber noch wichtiger ist es, das Mädchen mit dem goldenen Haar davon zu überzeugen, dass es seine Jungfernschaft verkaufen und dann seinen Platz in der Welt der Geishas einnehmen musste. Das war der einzige Weg, der Kathlene offen stand.

„Kathlene-san, ich muss dir etwas Unangenehmes mitteilen."

„Okâsan?"

„Dieses Jahr war die Regenzeit sehr heftig, nicht wahr?"

Das Mädchen blickte auf, dachte einen Moment nach und entgegnete dann: „Ja, Okâsan, aber wie es heißt nähren die Tränen der Götter die Erde."

„Damit eine Pflanze groß und stark wird."

„Aber eine Pflanze muss sich im Wind biegen, um zu überleben."

„Und das muss eine Geisha auch. Sie muss seelische Schmerzen annehmen, um stark zu werden."

Sie fuhren fort mit diesem Spiel verborgener Bedeutungen, rezitierten sich gegenseitig Bruchstücke aus Gedichten, und nach und nach versuchte die Teehausbesitzerin, dem Mädchen klarzumachen, was von ihm erwartet wurde.

„Ich verstehe", sagte Kathlene schließlich. „Sie wollen mir sagen, dass mein Vater nie zurückkommen wird."

„Ja."

„Ich glaube Ihnen nicht."

„Er hat dir nie geschrieben."

„Das stimmt, aber … aber …"

Simouyé schüttelte den Kopf. „Du musst dein Schicksal akzeptieren, Kathlene-san. Und seines. Ich habe alles versucht, um seinen Aufenthaltsort herauszufinden. Ich glaube, Mallory-san ist tot."

Kathlene beugte sich nach vorne ohne darauf zu achten, dass ihr Kimono sich dabei öffnete und ihre runden festen Brüste entblößte. Simouyé senkte den Blick. Ja, das Mädchen mit dem goldenen Haar war reif wie eine Pflaume im Regen. Süß. Saftig. Ihr junger Lustmund feucht vor Verlangen. Das nötige Ritual durfte nicht mehr länger hinausgezögert werden, um dieses Verlangen zu stillen.

„Das ist nicht wahr, Okâsan, mein Vater wird mich holen!" rief Kathlene aus.

„Es tut mir sehr leid, Kathlene-san, aber ..."

„Ich war im Tempel, Okâsan, ich habe ... mit den Göttern gesprochen und ... und sie sagten, ich solle geduldig sein und dass ich bald eine Nachricht von meinem Vater erhalten würde."

„Die Götter lügen, Kathlene-san."

„Nein!" schrie sie mit einer Heftigkeit, die eine Geisha sich niemals erlauben würde. „Es gibt einen anderen Grund, warum Sie mich verkaufen wollen. Ich weiß es."

„Ich warne dich, Kathlene-san, um Mariko-sans willen, sprich nicht so mit mir!"

„Ja, Okâsan, ich verstehe." Kathlene atmete schwer und zog ihren Kimono wieder zurecht.

„Du musst dein Schicksal annehmen, Kathlene-san. Ein Mann wie Mallory-san würde sein Kind niemals im Stich lassen, es sei denn, er ist von uns gegangen."

„Das sagen Sie, weil Sie mich ... weil Sie wollen, das irgendein fetter alter Händler seinen Jadestab in mich stößt."

„Baron Tonda-sama ist weder fett noch alt", sagte Simouyé und dachte an das gut aussehende Gesicht des Barons und seinen teuren Kimono. Wie viele junge Männer in Kioto trug er sein Haar nicht mehr nach alter Manier: einen Teil des Kopfes geschoren, während der Rest der Haare lang genug war, um daraus einen Haarknoten zu binden. Stattdessen hatte er sich in einem der neuen Herrensalons das Haar kurz schneiden lassen.

„Baron Tonda-sama?“ fragte Kathlene. Sie wolle noch etwas hinzufügen, hielt aber inne und saß wie betäubt da. Sie weiß etwas, dachte Simouyé. Aber sie verbirgt es vor mir. Wieso?

„Ich habe nicht vor, meinen Namen auf die lange Liste der Eroberungen von Baron Tonda-sama zu setzen“, sagte Kathlene schließlich.

„Es ist eine Ehre, von so einem wichtigen Mann ausgewählt zu werden, Kathlene-san. Baron Tonda-sama kommt aus einer angesehenen Familie, wenn auch seine Mutter sich in die Samurai-Klasse hat einkaufen müssen, so geht die Linie des Vaters bis auf Shôgun Tokugawa zurück.“

„Sein Vater ist mir vollkommen egal. Ich möchte keinen schwitzenden und grunzenden Samurai auf mir liegen haben.“

„Er ist das, was Mallory-san einen Gentleman nennen würde. Er hat viel Zeit in Amerika verbracht. Baron Tonda-sama ist ein besonders angemessener Wohltäter für dein erstes Mal.“

„Hat er Ihnen viel Geld dafür geboten, seinen pochenden Pfeil in mich stecken zu dürfen?“

„Ja“, entgegnete Simouyé wahrheitsgemäß.

Kathlene setzte sich wieder zurück auf ihre Fersen, Stolz schwellte ihre Brust. „Und das ist der Grund, warum Sie dies tun, nicht wahr?"

Simoué überlegte kurz. Den wahren Grund wagte sie dem Mädchen nicht zu sagen. Sie hatte Mallory-san versprechen müssen, dass sie Kathlene nie von den Gefahren erzählen würde, denen sie ausgesetzt wäre, wenn Prinz Kira sie fand. Falls Baron Tonda die Männer des Prinzen in ihr bescheidenes Teehaus brachte und sie die wahre Identität des Mädchens aufdeckten, würde es sein Leben verlieren. Wenn sie hingegen ihre Jungfräulichkeit bei dem Baron verlor, in einem kleinen, dunklen Raum und ohne – wie es die Tradition wollte – hinterher noch einmal in Kontakt mit ihm zu treten, wäre seine Lust befriedigt und das Mädchen gerettet.

Die ausgefransten Ärmel ihres Kimonos brachten sie auf eine Idee. Die Geishas im Teehaus brauchten immer wieder neue Kimonos und Schärpen. Hatte nicht gestern erst Youki-san eine Sommerschärpe, eine aus Brokat und zwei aus Satin bestellt? Ihr Gönner hatte ihr das Geld dafür umgehend in einem Paket geschickt, das Simouyé den Kimonowebern in Nishijin geschickt hatte. Kathlene wusste das sicher nicht, deshalb bat sie die Götter um Vergebung für ihre Lüge und sagte: „Kathlene-san, bist du dir darüber bewusst, dass das Teehaus mehrere neue Schärpen und Kimonos von den Webern in Nishijin bestellt hat?"

„Und was hat das damit zu tun, dass Sie mich an diesen Baron Tonda-sama verkaufen wollen?"

„Wir müssen sie rechtzeitig für die Geisha-Tänze von Ponto-chô bekommen. Ansonsten werden unsere Geishas nicht mittanzen dürfen. Die Kimonos sind sehr teuer. Man braucht viel Zeit und Können, um die

Muster zu weben ..."

„Ich verstehe, was Sie sagen wollen, Okâsan. Sie wollen mich für diese Kimonos verkaufen." Ihre Stimme war schrill geworden.

„Du möchtest doch keine Schande über mein Teehaus bringen?"

„Schande? Wie können Sie so etwas sagen? Ich habe versucht, alles über Geishas zu lernen, aber ständig stoße ich auf veraltete Ideen und dumme Sitten. Ich darf nicht einmal anders atmen als den Regeln des Teehauses entsprechend, und bevor ich nachts träume, muss ich erst um Erlaubnis bitten. Alles was hier zählt ist die Tradition. Aber Sie vergessen, dass ich eine Frau bin, ich habe sexuelle Wünsche und Gefühle, die ich nicht nur mit meinen Fingern befriedigen kann. Und doch sind Sie bereit, mich zu verkaufen!" Sie holte tief Luft, bevor sie weitersprach. *„Ich* bin Ihnen egal. Es interessiert Sie nicht, was *ich* fühle."

„Es ist nicht meine Aufgabe, mich um eine einzelne Blume in meinem Garten zu kümmern, sondern alle vor den Widrigkeiten des Lebens zu beschützen."

„Ich werde Sie nie begreifen, Okâsan."

„Ich tue nur, was dein Vater sich gewünscht hat."

Kathlenes Augen blitzten wutentbrannt auf. „Das ist nicht wahr. Mein Vater hätte mich niemals verkauft."

„Als Mallory-san dich herbrachte wusste er genau, dass dieser Tag kommen würde, falls er nicht zurückkäme. Der Tag, an dem du deine Jungfräulichkeit verkaufen musst."

Kathlene riss ungläubig die Augen auf. „Mein Vater *wusste* das?"

Simouyé nickte. „Ja, er wusste es."

Kathlene wandte sich ab und verbarg ihre Gefühle hinter ihren weiten Kimonoärmeln. Simouyé konnte sie zittern sehen, nicht wegen der Kälte im Zimmer, sondern wegen der Kälte in ihrem Herzen.

Das Mädchen senkte den Kopf.

Schweigen.

Hatte Kathlene-san damit nun endlich ihr Schicksal akzeptiert?

Simouyé war zufrieden, der Handel geschlossen. Die Zeremonie würde so schnell wie möglich stattfinden. Ein wunderschönes Mädchen, ein lüsterner Mann. Nun musste nur noch ein formelles Treffen vereinbart werden. Ein Treffen, bei dem Kathlene dem Baron ihre Antwort geben würde, indem sie ihm die Statue einer Geisha überreichte.

Simouyé seufzte, als sie zusammen mit Kathlene durch das Teehaus zu dem Raum ging, in dem der Baron wartete. Simouyé war sicher, dass heiße Tränen auf Kathlenes Kimono tropften und dunkle Spuren hinterließen. Sie hob das Kinn und befeuchtete ihre Lippen mit der Zunge. Sie hatte alles versucht, um den Baron von seinem Vorhaben abzubringen, doch es war ihr nicht gelungen. Dann sei es so, dachte Simouyé. Das Ritual würde stattfinden, ein sehr erotisches und sinnliches Ritual, bei dem das Blütenherz der Jungfrau darauf vorbereitet wurde, ihren Wohltäter zu empfangen. Sieben Nächte würde es dauern.

Lied der Kissen

Heute Nacht wird sich für dich,
mein Freund,
die erste Kirschblüte in Kioto öffnen.
Wenn du wünschst,
ihre rätselhaften Reize
zu entdecken,
komm zur dritten Stunde
und preise den Mond.

(Geisha-Lied, ca. 1890)

9. *KAPITEL*

Ich hockte auf meinen Fersen vor dem niedrigen, spiegelblanken schwarzen Lacktisch, umklammerte die Porzellanstatue, konnte aber nicht verhindern, dass meine Hände zitterten. Ich hielt mein Schicksal in der Hand, die kleine Statue einer Geisha, die in ihren hohen Lackschuhen vor sich hintrippelte.

Meine Finger glitten über den Boden der Statue, und ich grübelte über diese unerwartete Veränderung in meinem Leben nach. Eine zweite, identische Statue stand auf der Bodenmatte. Der einzige Unterschied zwischen den beiden war, dass der Boden der zweiten *nicht* glatt war. Ich konnte nicht anders als zu lächeln. Dort war das Bild eines Mannes und einer Frau eingraviert, die sich gerade liebten. Sein riesiger Jadestab stieß eifrig in ihre Seerose.

Die Statue mit dem gravierten Bild bedeutete, dass ich dem Baron gestatten würde, mit mir den Futon zu teilen.

Die andere Statue mit der glatten Unterfläche bedeutete meine Verweigerung.

Mich ohne Liebe in meinem Herzen verkaufen zu müssen, fand ich furchtbar, und ich beneidete die anderen Maikos, die ihre Körper, ohne zu hinterfragen, verkauften, die sich nicht gegen diese völlige Unterwerfung auflehnten. Sie waren wirklich frei. Ich nicht. Nicht auch nur einen Moment lang. Ich war eine Sklavin meiner eigenen Leidenschaft.

Etwas in mir schrie danach, es den anderen Geishas gleichzutun, meine Aufsässigkeit nun zu überwinden und die Harmonie im Teehaus des Sehnsuchtsbaumes zu bewahren. Ein anderer Teil von mir aber wollte etwas ganz anderes.

Noch bevor ich meine Meinung ändern konnte, stellte ich die Statue mit der glatten Unterfläche auf den Tisch, was ein Nein als Antwort bedeutete, und blickte dann durch die offene Tür in den Garten. Niemand hatte gesehen, welche Statue ich wählte. Von dem Plätschern des künstlichen Wasserfalls abgesehen und den Regentropfen, die sanft aufs Dach prasselten, war alles still. Wann hatte es angefangen zu regnen? Ich konnte mich nicht erinnern. Geduldig hatte ich in einem Hinterzimmer des Teehauses gewartet, nach altem Brauch befanden sich die wichtigsten Räume immer im hinteren Teil. Von hier aus konnte ich sehen, wie pinkfarbene Lotusblumen auf dem kleinen hübschen Teich schwammen. In einer Ecke stand ein Glaskäfig mit einem ausgestopften rotweißen Vogel. Sein Schnabel war geöffnet, als hätte ihn sein Schicksal ereilt, bevor er noch einen letzten Ton ausstoßen konnte. Es hätte mich nicht gewundert, wenn der Vogel zu krächzen begonnen hätte.

Plötzlich hörte ich ein Geräusch. Wer war das? Heftig drehte ich den Kopf, sodass meine Perücke schmerzhaft über den Nacken schabte. Da kam jemand.

Links von mir wurde die Papiertür aufgeschoben und Simouyé erschien. Okâsan lächelte ihr, wie ich es bei mir nannte, Geduldslächeln. Sie sagte den Maikos nämlich immer, sie würden das Glück finden, wenn sie ständig und in allen Situationen geduldig wären.

Ich weigerte mich, zurückzulächeln. Welches Glück sollte ich finden, wenn ich meinen Körper verkaufte?

Gut, ich würde sexuelle Freuden erfahren, aber das reichte mir nicht. Ich wollte Liebe.

War ich denn die einzige Maiko, die so fühlte?

Mir fiel auf, dass Okâsan wie eine richtige Teehausbesitzerin aussah in ihrem dunkelroten Kimono mit der grauen Schärpe, düster und unscheinbar, doch ihr Haar war zu einem großen runden Kranz mit vier Rollen frisiert, mit Öl gefestigt und schwarzem Papier umrandet. Um diese Haarkrone waren mit silbernen Haarnadeln grüne Jadeperlen befestigt. Ich sah, dass sie beim Verneigen die Stirn runzelte. Was fühlte sie? War sie noch immer böse auf mich?

Ich wusste es nicht, hatte aber kurz zuvor beobachtet, wie Simouyé eine kleine Blechdose gefüllt mit Khakifrucht-Räucherstäbchen unter ihre Schärpe gesteckt hatte. Einmal entzündet brannte das Räucherstäbchen stundenlang und linderte angeblich Kopfschmerzen, unter denen Okâsan gelegentlich litt. Zweifellos würde sie heute mir die Schuld an ihren Kopfschmerzen geben. Als sie den Kopf wieder hob, sah ich den Schmerz in ihren Augen. Aber trotzdem konnte ich nicht tun, was sie von mir verlangte. Ich seufzte. Ohne viel von meinen Gefühlen zu zeigen, saß ich da, die Statue so kalt wie mein Herz, mein Schmerz, meine Einsamkeit.

Irgendwo hinter mit hörte ich ein Knurren.

Ich blickte zu dem Mann hoch und stieß einen kleinen, überraschten Schrei aus. Er war gut aussehend, muskulös, sein männlicher Duft stieg mir in die Nase, aber nicht unangenehm. Er war gekleidet wie ein Samurai. Nun betrat er den Raum und setzte sich erstaunlich elegant auf ein schwarzes Seidenkissen.

Das war also der berüchtigte Baron Tonda-sama. Der Verführer. Warum schlug mein Herz so schnell? Aus Furcht? Oder aus einem anderen Grund?

Obwohl es nicht gerade höflich war, den Mann, der meinen Körper kaufen wollte, anzustarren, tat ich es doch. Er war der perfekte junge Samurai, mit strengen edlen Gesichtszügen, breiten Schultern, zwei Schwertern – statt eines Haarknotens trug er die Haare kurz, und diese westliche Frisur unterstrich seine Männlichkeit nur noch. Seine schwarze Jacke war aus feinster Seide, auf den Schultern und am Rücken war das leuchtend weiße Familienwappen aufgestickt. Sein kurzer Kimono und die weiten Seidenhosen waren golddurchwirkt und schimmerten in dem langsam nachlassenden Tageslicht.

Unsere Blicke trafen sich, der Baron sah zu Okâsan und wieder zu mir. In seinem Blick konnte ich lesen, welche sexuelle Befriedigung er sich von mir erhoffte und dass er kein Nein von mir akzeptieren würde. Ich starrte zurück und wagte, ihm mit meinen Augen zu sagen, dass ich nicht so unterwürfig war, wie er vermutete. Um ehrlich zu sein, war ich sehr neugierig auf seinen Jadestab. Ich fragte mich, ob dieser edle Samurai es mit dem Rikscha-Jungen Hisa aufnehmen konnte. War er auch so stark? Konnte er sich auch mehrmals am Tag ergießen so wie es der Rikschafahrer meiner Ansicht nach konnte? Das war ein ungezogener, erotischer Gedanke mit interessanten Konsequenzen, über die ich sehr lächeln musste.

Der Baron grummelte, dann grüßte er mich mit einer Verneigung. Je tiefer eine Verneigung war, desto mehr Respekt bewies sie, oder wie in diesem Fall:

Umso weniger man sich anstrengte, sich tief zu verneigen, umso mehr Autorität strahlte man aus.

Er wartete.

Ich wusste, dass von mir Demut erwartet wurde, bescheidenes Auftreten, jede anmutige Geste sollte ihm vermitteln, dass seine Herkunft gewürdigt wurde.

Als ich auf die Statue deutete, räusperte Simouyé sich leise und bedeutete mir, den Raum zu verlassen. Das alles war so genau vorherbestimmt, als würden wir ein Theaterstück aufführen.

Doch ich tat nichts dergleichen. Ich tat etwas, das nicht nur den Baron und Okâsan schockierte, sondern auch mich selbst.

Ich stellte ihm eine direkte Frage.

„Warum möchten Sie, dass ich Ihnen mein Lager anbiete, Baron Tonda-sama?" Lächelnd ließ ich meinen Charme spielen, öffnete meine Lippen, zeigte meine Zähne, etwas, das nicht als anständiges Benehmen betrachtet wurde.

Simouyé schrie entsetzt auf, schlug dann eine Hand vor den Mund, die andere flog an ihren Hals.

Amüsiert von *ihrem* ungebührlichen Verhalten sagte der Baron: „Ich war lange nicht in meiner Heimat, habe weit entfernte Plätze bereist und mein Futon mit vielen schönen Frauen geteilt. Aber ich habe die Annehmlichkeiten der Heimat vermisst, unter anderem die Entjungferung einer wunderschönen Maiko."

Selbstsicher fuhr ich mit dem verführerischen Spiel fort, verlagerte mein Gewicht auf dem kleinen Kissen, ließ dabei meine nackten Schultern tanzen, meine Arme bewegten sich anmutig. Ich trug einen Kimono in hellstem Lila, so zart und dünn wie eine Wolke bei Sonnenuntergang, meine Schärpe war aus roséfarbenem Satin mit winzigen weißen Blumen darauf. Die sehr langen Ärmel waren mit Perlen bestickt, die die Schneekuppe des Fuji-san symbolisierten, und machten ein leises wischendes Geräusch auf der Matte, als ich sagte: „Ein edles Ansinnen, eine Maiko zu entjungfern. Sind Sie deswegen ins Teehaus des Sehnsuchtsbaumes gekommen?"

„Ja, weil ich nie zuvor eine so schöne Frau gesehen habe wie die, die jetzt vor mir sitzt."

Ich lachte. „Ich beneide Sie um Ihre Abenteuer, Baron Tonda-sama. Ich bin nur eine Maiko und weiß nichts über die Welt außerhalb des Teehauses."

„Die Welt ist ohne Ihre Anwesenheit ein einsamer Ort", sagte er.

„Ach? Ich habe gehört, dass sich in der Welt außerhalb dieser steinernen Mauern viel verändert hat", sagte ich herausfordernd.

„So?"

„Ja", fuhr ich fort. „Die Kaufleute sind in den Adelsstand gehoben worden, die Unreinen können sich frei bewegen, und Angehörige der Samurai-Familien so wie Sie, Baron Tonda-sama, sitzen am Tisch des Kaisers. Alle sind frei, nur ich nicht."

„Ich bin es, der nicht frei ist, weil ich hier vor dir sitze und mich in deiner Schönheit verliere."

„Sie sprechen wie ein Gaijin, Baron Tonda-sama. Sie benutzen Worte so schön wie die Blütenblätter einer Blume, um eine Frau zu verführen."

Der Baron starrte mich an. „Und was genau weiß eine schöne Maiko über Gaijins?"

Seine Worte versetzten mir einen Stich. Er blickte Okâsan an, knurrte, dann sah er wieder mich an. Ich fragte mich, ob er wusste, wer ich war. Aber das war unmöglich. Woher hätte er es wissen sollen? Es sei denn …

Der Gaijin. Seine Männer hatten gesehen, wie der Fremde mit mir sprach, hatten gesehen, wie er die Arme um mich schloss und ich meinen Körper gegen seinen presste. Hatten Sie auch das laute Klopfen meines Herzens vernommen?

„Ich weiß nichts über Gaijins", sagte ich.

„Du lügst. Meine Männer haben mir etwas anderes erzählt."

Also stimmte es tatsächlich. Ich musterte den Baron und versuchte herauszufinden, wie wütend er war. Seine Augen waren schwarz wie eine mondlose Nacht, als er das Schwert so schnell zog, dass ich nicht einmal atmen konnte.

Doch ich war die Tochter meines Vaters und weigerte mich, mich diesem Mann zu unterwerfen. Ich sammelte allen Mut, hob das Kinn an und hielt den Rücken gerade, als der Baron auf die Füße sprang und die kalte Schneide an meinen Hals legte. Ich hörte Okâsan nach Luft schnappen, aber ich selbst wagte nicht zu atmen.

„Auch wenn deine Schönheit mich verzaubert wie nichts zuvor, und obwohl dein Duft so süß ist wie der einer taubenetzten Blume, unterscheidet dich nichts von einem Fisch, und ich kann dich zubereiten und entsorgen wie es mir beliebt."

„Sie können meinen Körper nehmen, Baron Tondasama", sagte ich mit klarer Stimme. „Aber mein Herz gehört keinem."

Während ich diese Worte sprach, wusste ich, dass sie nicht stimmten. Ich hatte einen Mann gesehen, dem mein Herz gehören könnte. Der gut aussehende Gaijin im Tempel hatte in mir eine Leidenschaft entfacht, die ich zwar nicht verstand, aber auch nicht vergessen konnte. Und wenn er wirklich eine Nachricht von meinem über alles geliebten Vater hatte, dann konnte ich diesem Mann hier meinen Körper unter gar keinen Umständen verkaufen.

Trotzig starrte ich den Baron an.

„Ich sollte dir den Kopf abschlagen, schöne Maiko", drohte der Baron. „Um mich von meinem Begehren zu befreien."

Ich wirbelte herum, als Okâsan ihre Hand hob und mit überraschend fester Stimme sagte: „Sie können ihre Gier nicht befriedigen, Baron Tonda-sama, indem Sie das, was Sie am meisten wollen, zerstören."

Er brummte, dann zog er das Schwert zurück, steckte es aber nicht wieder in die Scheide. „Ich habe viel in der westlichen Welt gelernt und darüber beinahe die japanische Art vergessen, Gedanken zu verbergen. Daher muss ich aussprechen, was ich denke."

„Wie Sie wünschen, Baron Tonda-sama", sagte Simouyé sich tief verneigend.

Der Baron sah auf mich herab. Ich konnte den Blick nicht abwenden.

„Dein Herz ist so kalt wie der Schnee auf dem Mount Fuji, der auf deinen Kimono gemalt ist, schöne Maiko." Er hob das Schwert und durchschnitt den Ärmel meines Kimonos. „Was du brauchst ist ein Mann, der dich erregen kann, der dich dazu bringt, vor Lust auf den Knien zu rutschen und aus süßem Schmerz aufzuschreien." Er zögerte. „Ich bin dieser Mann."

Wütend hielt ich meinen zerschnittenen Ärmel fest

und rief mit glühenden Augen. „Sie werden mich nie dazu bringen, mich Ihnen zu unterwerfen, Baron Tonda-sama."

„Ich würde dich hier und jetzt nehmen, wenn das die Götter nicht verärgern würde, aber wie es nun mal Geisha-Tradition ist, warte ich auf deine Antwort."

Er wollte meine Antwort? Die konnte er haben.

Ohne mich um besondere Anmut zu bemühen, stand ich auf, hob einen Arm, packte die Statue mit der glatten Unterfläche und warf sie auf den Baron.

Der gut aussehende Samurai duckte sich, die Porzellanfigur zerschmetterte auf dem Boden.

„Das ist meine Antwort, Baron Tonda-sama", sagte ich. „So viel steht fest: Ich werde Ihnen meinen Körper niemals verkaufen."

Dann wandte ich ihm und Okâsan den Rücken zu, lief in den Garten, hinein in die Nacht und den Regen.

Mariko hörte das Zerschlagen von Porzellan, die bösen Worte und sich eilig entfernende Schritte. Sofort begriff sie, was geschehen war und fürchtete sich vor dem, was folgend würde. Sie hielt sich den Mund zu, um nicht entsetzt aufzuschreien. Sie konnte nichts tun, um ihrer Freundin zu helfen. *Nichts.*

Denn das könnte sie ihren eigenen Kopf kosten.

Mariko hatte sich in eine enge Wandnische gedrückt, in der tagsüber das Bettzeug aufbewahrt wurde. Zu Zeiten der Shôguns hatten sich auf diese Weise viele Loyalisten versteckt, um ihre Haut zu retten. Es war ein offenes Geheimnis, dass das Teehaus des Sehnsuchtsbaumes ein Zufluchtsort für Männer gewesen war, die versuchten, den ehemaligen Herrscher wieder auf den Thron zu setzen.

Mariko hatte sich oft in diesem Wandschrank versteckt, wenn sie der Schelte von Okâsan aus dem Weg gehen wollte, weil sie die Blumen mal wieder nicht richtig arrangiert hatte. So sehr sie sich auch anstrengte, die fünfundvierzig Handgriffe auswendig zu lernen, nie standen die Pfingstrosen aufrecht in der Bronzevase, sondern neigten sich in die eine oder andere Richtung.

Nun, zumindest hatte es etwas Gutes gehabt, denn dadurch kannte sie dieses Versteck. Am liebsten wäre sie hinausgestürzt, um Kathlene zu helfen, aber sie musste sich im Hintergrund halten.

Mariko seufzte. Sie durfte Okâsan nicht enttäuschen. Denn das würde bedeuten, dass sie niemals eine Geisha werden würde, ganz egal, wie hart sie dafür arbeitete. Dabei konnte sie inzwischen die Laute perfekt spielen und dazu mit süßer, lieblicher Stimme singen. Also, Mariko durfte nicht vom rechten Pfad abkommen. Aber konnte sie nicht trotzdem ihrer Freundin auf irgendeine Weise helfen?

Trotz des Streits empfand sie noch genauso für Kathelene wie zuvor. Aber das Benehmen des blonden Mädchens hatte sich in den letzten Stunden geändert. Kathlene war besessen darauf, ihr Lager mit einem Mann zu teilen, den sie wollte. Mariko konnte diese unangenehme Einstellung ihrer Freundin einfach nicht begreifen, ihre Freundschaft stand auf dem Spiel.

Natürlich waren sexuelle Wünsche völlig normal, auch ihr wurde ganz heiß, wenn sie die Bilder in dem Kopfkissenbuch betrachtete, so heiß, dass sie ihre Beine zusammenpressen musste, um ihre Unterwäsche nicht zu beschmutzen. Aber solche Wünsche wurden nicht ausgelebt. Nein. Niemals.

Stattdessen ging es einzig und allein um die Erfüllung der Pflicht.

Aber warum versteckte sie sich dann hier und riskierte es, ertappt zu werden?

Mariko kannte die Antwort. Sie würde alles tun, um dem Mädchen zu helfen, und wenn es bedeutete, dass ihr eigenes Herz aufhören würde zu schlagen und so dunkel und kalt wurde wie der Mond ohne die Wärme der Sonne.

Wieder spähte sie durch das Guckloch, sah, wie der gut aussehende Samurai in dem Zimmer auf- und abging, eine Hand auf dem langen Schwert, während er mit der anderen seinen hoch geschätzten Jadestab rieb und seine Wut herausbrüllte. Er sah fast aus wie ein Gott. Sie starrte auf seine starken, weißen Zähne, als er die Lippen zu einem Grinsen verzog, das zugleich erschreckend und anziehend war.

Als er direkt in ihre Richtung schaute, erstarrte sie vor Angst. Doch er kehrte ihr wieder den Rücken zu.

„Sie haben mich sehr verärgert, Simouyé-san", brüllte Baron Tonda. „Und indem Sie mich verärgern, verärgern Sie den Prinzen."

„Ihre Worte verletzen mich zutiefst, Baron Tonda-sama, und machen mich sehr unglücklich." In Simouyés Stimme schwang so viel Schmerz mit, dass Mariko zusammenzuckte. „Ich entschuldige mich demütigst bei Ihnen *und* dem Prinzen."

Ihre Lippen bebten, sie verneigte sich tief, berührte den Boden mit der Stirn. Niemals hatte sie Okâsan so verängstigt und erschüttert erlebt. Wieso? Welche Macht hatte dieser Baron?

„Es reicht! Sie werden tun, was ich Ihnen befehle", schrie der Baron. „Ich will, dass dieses Mädchen für mich vorbereitet wird, es soll nackt mit gespreizten Beinen auf meinen Jadestab warten."

„Ich möchte keine Schande auf mein unwürdiges Teehaus bringen, Baron Tonda-sama. Das Mädchen wird Ihnen gehören, und Sie können mit ihm anstellen, was immer Sie wollen."

Der Baron knurrte seine Zustimmung. „Ich werde meine Männer losschicken, um sie zurückzuholen, damit mit der Vorbereitung für die Zeremonie begonnen werden kann."

„Ich möchte Sie nicht verärgern, Baron Tonda-sama, aber das könnte schwierig werden …", begann Simouyé, brach dann aber ab.

Der Baron wollte wissen, wohin das Mädchen gegangen war. Okâsan beteuerte, dass sie es nicht wisse. Aber Mariko wusste es. Kathlene hatte ihr vorhin noch aufgeregt berichtet, dass sie einen großen Mann getroffen hatte, der behauptete, Nachricht von ihrem Vater zu haben. Kathlene war bestimmt auf direktem Weg zum Tempel gelaufen.

„Sprechen Sie, wo ist diese Maiko zu finden?" bellte der Baron. „Oder ich bekomme Ihren Kopf stattdessen."

„Wir fühlen uns durch Ihre erhabene Anwesenheit geehrt, Baron Tonda-sama", sagte Simouyé vorsichtig. „Und ich kann Ihnen Ihren ehrenhaften Wunsch nicht abschlagen, aber ich weiß nicht, wo sie ist."

Mariko hörte, wie die beiden sich auseinandersetzten, Okâsan mit höflicher Stimme, der Baron brüllend, doch nach und nach gelang es Okâsan den Baron davon zu überzeugen, dass das Mädchen verängstigt sei und für den Fall, dass seine Männer sie in die Enge trieben, womöglich den silbernen Dolch, den sie unter ihrer Schärpe trug, ziehen und sich den Hals durchschneiden würde.

Mariko keuchte auf. Sie selbst versteckte immer einen kleinen Dolch an ihrer Brust. Es wäre eine Schande nicht zu wissen, wie man sich ordnungsgemäß das Leben nahm, um seine Ehre zu verteidigen. Doch ihr war klar, dass Kathlene viel eher einem ihrer Verfolger den Dolch in den Bauch rammen würde. Und Okâsan wusste das ebenso gut.

Und sie weiß auch, dass ich mich hier verstecke, dachte Mariko. Sie kann durch Wände sehen.

„Auch wenn ich Gefahr laufe, Sie zu erzürnen, Baron Tonda-sama“, sagte Simouyé, „aber dürfte ich vorschlagen, Mariko-san zu schicken, damit sie das Mädchen zurück zum Teehaus bringt?“

Mich? dachte Mariko, ihr Herz raste vor Angst. Wie kann ich sie finden? Ich habe mich hier versteckt wie eine Grille im Unterholz, damit niemand mich entdeckt und in einen Käfig steckt. Und jetzt sitze ich doch in der Falle. Wie kann ich mich befreien?

„Tun Sie, was Sie tun müssen“, schrie der Baron. „Aber finden Sie das Mädchen! Oder ich werde sehr verärgert sein.“

„Bitte, Baron Tonda-sama, genießen Sie bis dahin im Teehaus die verführerischste Unterhaltung, um Ihren Hunger zu stillen und den Schmerz in Ihrem Herzen zu lindern.“

Mariko sah, dass der Baron beeindruckt *und* erfreut war. Er steckte das Schwert in die Scheide und brummte. Mal wieder. Aber diesmal nicht so laut. „Vielleicht war ich etwas voreilig."

Simouyé nickte. Die Papiertür glitt auf, dann erklang eine silbrige, geübte Stimme. „Guten Abend, Baron Tonda-sama."

Youki-san.

Dass diese schöne Geisha, parfümiert und gekleidet in einen blassblauen mit Pfingstrosen bemalten Gazekimono mit silberner Brokatschärpe, ins Zimmer trat konnte nur bedeuten, dass Okâsan versuchte, die Wut des Barons durch eine Nacht voller Leidenschaft und Spiele zu besänftigen.

Unanständige Spiele.

Sie stellte sich vor, wie seine Zunge über Youki-sans Körper fuhr, wie sie seinen geschwollenen Pfeil tief in den Mund nahm, bis ihr Kiefer schmerzte, und an ihm saugte, bis heiße Tränen in ihre Augen traten. Allein daran zu denken ließ ihr Schauer über den Rücken fahren.

Youki-san kannte alle Geheimnisse der Geishas. Wie man einen Ring um das Schwert eines Mannes legte, um seine Erektion zu verstärken, wie man Saké mit dem Pulver von getrockneten Käfern vermischte und während der Mann die Tasse an die Lippen führte, Gedichte rezitierte.

Mariko erschrak. Was sollte sie nun tun? Hier bleiben und zusehen? Nun, sie hatte keine Wahl, oder?

Youki trug ein Tablett mit getrocknetem Sikoku-Lachs, in dickem Sirup eingelegten Kaga-Walnüssen, Reis und einem Eisenkrug mit der berüchtigten Saké-Mischung. Dazu die rote Saké-Tasse mit Deckel.

Eine ganz spezielle Tasse, wie Mariko wusste, denn

wenn man sie leer trank, entdeckte man auf dem Boden die detaillierte Zeichnung eines Liebespaares: Ein Mann, der mit seinem riesigen Zepter in eine Frau eindrang und an ihren Brüsten saugte.

Youki fiel auf die Knie und verneigte sich so tief, dass ihre Stirn die Bodenmatte berührte.

„Wie ist dein Name?“ fragte der Baron.

Das Mädchen hob den Kopf, seine blutrot geschminkten Lippen lächelten. „Ich heiße Youki.“

Der Baron blickte auf seinen Unterleib. Keine Ausbuchtung. Er knurrte. „Dieses Mädchen ist nicht so schön wie die Maiko.“

Youki warf Okâsan einen Blick zu und konnte nur schwer ihre Empörung darüber verbergen, dass sie mit dem gehassten Mädchen verglichen wurde. Simouyé feuchtete ihre Lippen an, dann sagte sie: „Ganz sicher werden Sie herausfinden, Baron Tonda-sama, dass manche Blüten im Mondlicht schöner sind als in der Sonne.“

Der Baron lachte, was Mariko ihm niemals zugetraut hätte, und weil sie darüber erschrak knallte sie mit dem Knie gegen die Schiebetür.

Der Baron sprang auf, riss das Schwert heraus und rief: „Wer ist da?“

Mariko keuchte auf. Sie konnte nicht antworten. Soweit sie es durch das Guckloch beurteilen konnte, sah der Baron sehr, sehr verärgert ... und gefährlich aus.

Simouyé nickte Youki zu, die schnell die rote Tasse mit Saké füllte und sie dem Baron mit gesenktem Kopf hinhielt. Dann pickte sie eine Walnuss heraus und bedeutete ihm, während ihr der Kimono von einer Schulter rutschte und die Rundung ihrer Brust enthüllte, dass er die Nuss aus ihren Fingern essen sollte.

Grinsend steckte er sein Schwert zurück, nahm die Walnuss und knackte sie mit den Zähnen, ohne Youkis nackte Haut auch nur eine Sekunde aus den Augen zu lassen.

„Sie kennen alle Kunstgriffe, Simouyé“, sagte der Baron und trank die Tasse mit einem Schluck leer. „Meine Hände und meine Augen wollen sich lieber um das Vergnügen kümmern als um einen Eindringling.“

„Ein Krieger, der seine beiden Hände verloren hat, hat noch immer einen elften Finger übrig“, entgegnete Simouyé mit einem kleinen Lächeln. „Und nun werde ich Sie verlassen, damit Sie sich dieses elften Fingers annehmen können.“

So leise wie ein Schmetterling seine Flügel schließt, zog Simouyé sich zurück. Der Baron lachte und lachte, als Youki einen Fächer aus ihrem Kimono zog und singend durch das Zimmer tanzte. Als sie den Fächer öffnete, war darauf eine schöne Geisha in einem roten Kimono zu sehen, als sie ihn halb schloss, erschien dieselbe Geisha *ohne* Kimono, mit vollen Brüsten, aufgerichteten dunkeln Brustspitzen und gespreizten Beinen, die ihren Liebhaber willkommen hießen. Youki öffnete und schloss den Fächer wieder und wieder, wobei sich ihr Kimono immer etwas mehr löste, bis ihre blassen Beine und Schenkel zu sehen waren.

Mariko kicherte. Sie konnte nicht anders. Ein kindisches Kichern. Aber niemand hörte sie. Schon gar nicht der Baron. Er amüsierte sich glänzend, außer der nackten Haut und dem dunklen seidigen Schamhaar der jungen Geisha nahm er nichts mehr wahr.

Mariko sah wie der Baron mit sich kämpfte, um sich

von seiner Lust nicht übermannen zu lassen. Youki war ganz vertieft in ihren Tanz, sie schwang mit den Hüften, rollte mit den Schultern, und nun rutschte der Kimono so tief, dass eine Brust zu sehen war.

Der Baron hielt es nicht länger aus. Sein Atem ging schwer, Schweißperlen rannen über sein Gesicht, und mit einer schnellen Bewegung als würde er sein Schwert ziehen, entblößte er seinen großen Jadestab mit dem perfekt geformten Kopf. Youki wurde fast ohnmächtig, schnell bedeckte sie ihren Mund mit dem Fächer.

Mariko ebenso. Nicht einmal in dem Kopfkissenbuch hatte sie jemals so einen riesigen, harten, *dicken* Jadestab gesehen.

Sie drückte ein Auge ans Guckloch und eine Hand auf ihr Herz, als ob sie es damit beruhigen könnte.

Der Baron eilte zu dem Mädchen, packte es mit der einen Hand und schob seinen zuckenden Speer mit der anderen Hand in sie. Sein Stöhnen und Keuchen erschütterten das ganze Teehaus. Nie zuvor hatte Mariko solche Leidenschaft beobachtet. Sie verspürte zugleich Neugier, Unglauben und Angst. Der Mann stieß zu, zerrte Youki in die unterschiedlichsten Positionen, legte sich ihre Beine über die Schultern, drehte sie wieder um, dann verlor er die Kontrolle, bewegte sich schneller und *schneller.* Pures, köstliches Entzücken brach Mariko aus allen Poren, Schauer durchfuhren die Tiefe ihres Blumenherzes. Die beiden Körper glänzten hell wie das Wachs der schmelzenden Kerze.

„Stoß tiefer, *tiefer!*" schrie Youki auf.

„Ich gebe dir, was du willst. Was du *brauchst*", stöhnte der Baron.

Und da geschah etwas äußerst Merkwürdiges. Ohne

sich recht im Klaren zu sein, was sie tat, tastete sie mit einer Hand über ihren Bauch weiter hinunter, schob hastig die Seide weg und berührte sich zwischen den Beinen. Es überraschte sie nicht, wie feucht sie bereits war. Dann bewegte sie die Finger in ihrem ganz eigenen Rhythmus, vor und zurück, erst langsam, dann schneller. Schneller. *Schneller.* Sie schloss die Augen, hörte, wie die Körper des Barons und der Geisha aneinander klatschten, lauschte ihrem Seufzen und Stöhnen. Mariko spürte, dass gleich etwas Wunderbares geschehen würde, sie war so erregt, sie konnte es keine Sekunde länger aushalten …

In diesem Moment schrie der Baron auf. Es war vorbei. Das heftige Atmen wurde ruhiger, kein einziges Wort wurde gewechselt. Keine Zärtlichkeiten ausgetauscht, nichts.

Nachdem sie sich mit einem Taschentuch abgewischt hatten, fielen die beiden in einen tiefen, traumlosen Schlaf. Mariko zog den Finger zurück und band sich den Kimono zu. Sie war unerfüllt, enttäuscht und, ja, sogar verärgert. Sie wollte es endlich selbst einmal erleben, unbedingt.

Aber nein. Ich muss entkommen, bevor die beiden aufwachen, dachte sie.

Leise schob sie die Tür auf, doch die beiden rührten sich nicht, als hätten sie das Bewusstsein verloren. Ein Schmerz nagte an Mariko, tief in ihrem Bauch – sie hatte Youki und den Baron dabei beobachtet, wie sie ihren Höhepunkt erreichten, aber etwas hatte gefehlt. Irgendetwas. Aber was?

Liebe? Hatte die blonde Gaijin letztendlich doch Recht?

10. KAPITEL

In eine Ecke der Rikscha gedrückt starrte Mariko aus dem Fenster. Sie konnte hören, wie Hisa schwer aber gleichmäßig atmete, er trug nur ein Lendentuch, sein muskulöser Körper glänzte im Regen. Aufreizend. Mariko konnte verstehen, warum Kathlene so verrückt nach dem Rikscha-Jungen war.

Wie es wohl wäre, mit ihm die Lust der Liebe zu entdecken? Wie würde sich sein Jadestab tief in ihr anfühlen? Zu spät erkannte sie, dass ihre vor Erregung geröteten Wangen von der Papierlaterne an der Rikscha beleuchtet wurden.

Aber vor den Göttern konnte man sich sowieso nicht verstecken, sie betete nur darum, dass sie verständnisvoll waren und sie nicht bestraften. Als ob er ihre Gedanken erraten hätte, drehte der Rikscha-Junge sich um und signalisierte ihr mit ausgestreckter, schlängelnder Zunge, dass er ihre Wünsche nur zu gern befriedigen würde.

Verschämt wandte sie den Blick ab. Sie musste Okâsan gehorchen und sich für den ihr bestimmten Wohltäter aufbewahren.

Obwohl Mariko sich nicht besonders hübsch fand, so konnte sie es doch kaum noch erwarten, dem ausgewählten Mann Vergnügen zu bereiten. Sie wollte alles tun, was von ihr verlangt wurde. Sie kicherte. Sie würde es sogar zulassen, mit weit gespreizten Beinen und gefesselt auf dem Boden zu liegen, umflossen von der Seide eines schönen goldenen Kimonos.

Das war schließlich ihre Pflicht, nicht wahr?

Mariko lachte. Oft hatte sie durch ein Guckloch beobachtet, wie Youki Kunden unterhielt. Meistens hob sie ihren Kimono, dann den darunter liegenden Kimono und entblößte nicht nur ihre schlanken Schenkel und den flachen Bauch, sondern auch die herrliche, cremige Feuchtigkeit ihres Schoßes. Das veranlasste die Kunden, sich auf sie zu werfen und in ihr zu versinken, bis ihre Schreie heiser wurden.

Mariko fasste sich an die heißen Wangen. Was für ein furchtbares Mädchen sie war, nicht wert, eine Geisha zu sein, wenn sie an so etwas dachte, während ihre Freundin irgendwo in der Nacht herumirrte. In der Dunkelheit, in der an jeder Straßenecke Dirnen auftauchten.

Kurtisanen.

Sie versteckte die untere Gesichtshälfte hinter dem Fächer, während sie eine Frau in einem hauchdünnen Kimono mit tiefroter und goldener Schärpe und einer viel zu großen Schleife betrachtete. Sie trottete mit ihren hohen Holzsandalen über die feuchten Steine, schwang mit den Hüften, ihr weißes Gesicht, die roten Lippen und schwarzen Augenbrauen zeigten keine Spur von Gefühl. Besonders fielen Mariko ihre pink lackierten Fußnägel auf. Wie viele Männer hatten in dieser Nacht schon den Futon mit ihr geteilt, sie gestreichelt, sie geleckt, bevor sie in sie drangen und die Frau ihre schönen pinkfarben lackierten Zehen einrollte?

Mariko seufzte tief und befahl Hisa, schneller zu laufen. Keine Zeit zum Bummeln, der Morgen würde bald dämmern, sie wollte nicht eine Sekunde länger ohne ihre Freundin sein. Die grausamen Worte, die sie Kathlene entgegengeschleudert hatte, taten ihr jetzt leid. Warum hatte sie so etwas gesagt? Sie kannte die Antwort. Es hatte sie wütend gemacht, dass ihre Freundin so verrückt nach dem Rikscha-Jungen war.

Und wenn sie ehrlich zu sich selbst war, lag es nicht nur an ihrem Pflichtgefühl, sondern an der Tatsache, dass sie selbst Hisa so gut aussehend und begehrenswert fand. In Wahrheit wünschte sie, dass er sie entkleidete und sich neben sie auf ihren Futon legte. Sie stellte sich seinen Jadestab als einen Pinsel vor, mit dem sie wunderbar erregende Bilder auf ihren nackten Körper malen konnte. Ein guter Pinsel hatte eine harte Spitze, aber noch wichtiger waren der Druck und der Rhythmus, mit dem ein solcher Pinsel geführt wurde.

Wieder sah sie den Rikscha-Jungen an. Wie würde er sich anfühlen? Hart und pulsierend? Sie presste die Schenkel zusammen als sie spürte, wie feucht sie unter ihrem Kimono wurde. Sie konnte dem Drang, sich zu berühren, nicht widerstehen. Aber wenn Hisa sich umdrehte und sah, was sie tat? Was dann?

Hatte sie kein Recht auf ihre Gefühle?

Meine Wangen brennen, dachte sie, und wenn ich mit meiner kostbaren kleinen Spalte spiele, steigt eine wunderbare Wärme in mir auf. Wellen der Lust überrollen mich, ich erzittere am ganzen Leib, kann kein Wort sprechen.

Sie musste unbedingt bald eine Geisha werden. Sie musste einfach, sie würde Okâsan anflehen, ihr einen Liebhaber zu suchen, bevor ihre aufgestauten Emotionen die Kontrolle übernahmen und sie sich nicht mehr dagegen wehren konnte, sich dem Rikscha-Jungen hinzugeben. Sie dachte an das Gespräch, dass sie kurz zuvor mit Okâsan geführt hatte.

„Du bist ein pflichtbewusstes Kind, Mariko-san", hatte Okâsan gesagt. „Ein Kind, das begreift, dass Pflichtgefühl über allem steht."

„Ja, Okâsan", antwortete Mariko sich verneigend.

„Du bringst Ehre über mein Teehaus, deswegen habe ich versucht, dich vor den Unannehmlichkeiten der Außenwelt zu schützen."

„Ich danke Ihnen für diesen Schutz, Okâsan."

Die beiden Frauen saßen in einem Zimmer im oberen Stockwerk auf blauen Seidenkissen, weit entfernt von dem schlafenden Paar, Baron Tonda und Youki. Sie hatte noch gesehen, wie Ai ein grünes Moskitonetz über die Schlafenden gebreitet hatte. Das war außergewöhnlich, denn normalerweise erlaubte Okâsan keinem Kunden, die Nacht in dem Teehaus zu verbringen. Zumindest nicht, seit zwei Samurais sich wegen einer Geisha gestritten und zugleich ihren Samen und ihr Blut vergossen hatten. Die Schrammen ihrer Schwerter konnte man an den Holzsäulen im großen Teeraum noch immer sehen.

Das Zimmer war durch drei Wandschirme aus mattem Goldpapier aufgeteilt. Mariko blickte auf den Holzrahmen, der mit groben, drahtigen Ästen bemal war. Erschauernd hatte sie den Kimono enger zusammengezogen. Würde Okâsan sie bestrafen? Diese gemalten Äste ließen sie daran denken, was mit den Putzfrauen geschehen war, die sich heimlich in die große Holzwanne gesetzt und gegenseitig gestreichelt hatten. Die in dem heißen Wasser planschten, sich die Brüste mit Sesamöl einrieben, dann einander einen Finger in den Hintern steckten und so laut stöhnten, dass Mariko ganz neidisch wurde. Als Okâsan bemerkte, dass sie sich nicht um ihre eigentlichen Pflichten kümmerten, befahl sie den beiden, sich nackt auf die Matte zu legen, um ihre zitternden Pobacken mit einer langen Weidenrute zu bearbeiten. Mariko kicherte. Vielleicht war das letztlich gar keine richtige Strafe gewesen.

„Die Zeit der Gefahr ist schneller über uns gekommen, als wir erwartet haben, Mariko-san“, sagte Simouyé und tupfte sich das Gesicht mit einem Tuch ab.

„Gefahr? Ich verstehe nicht, Okâsan.“

„Ja, mein unschuldiges Kind, *große* Gefahr. Vier Jahre lang ist es mir gelungen, keine Aufmerksamkeit auf mein Teehaus zu ziehen.“

Mariko richtete sich noch gerader auf. Die Worte waren wie Blüten, die ins Wasser geworfen werden und einen Kreis nach dem anderen zogen. „Wieso denn, Okâsan?“

„Ich befürchte, Prinz Kira-sama wird das Geheimnis lüften, das ich innerhalb dieser Wände hüte, und Rache an uns üben.“

„Prinz Kira-sama? Geheimnis? Rache?“ Mariko schwieg einen Moment. „Ich verstehe nichts von solchen Dingen.“

Simouyé legte eine Hand an ihre Wange. Die Finger der älteren Frau waren kalt, sehr kalt. Mariko zwang sich, nicht zu zittern als Okâsan sie mit einem fernen Ausdruck in den Augen betrachtete.

„Erinnerst du dich an die Nacht, in der Kathlene-san zu uns kam?“

„Ja, Okâsan, es regnete und stürmte, und sie hatte große Angst um ihren Vater.“

Simouyé seufzte, nahm die Hand von der Wange des Mädchens und legte sie sich an die Brust, als müsse sie ihr Herz wärmen. „Es war nicht ihr Vater, der in Gefahr war, sonder Kathlene-san."

„Kathlene-san?" wiederholte Mariko.

„Ja, der Prinz will ihren Tod."

„Aber was hat sie getan, um den Prinzen so zu verärgern? Ihr Herz ist so gut und rein."

„Das stimmt, aber wenn der Baron Tonda-sama ihre wahre Identität herausfindet und dem Prinzen ihren Aufenthaltsort verrät, dann können wir sie nicht vor seinem Zorn schützen."

„Wir dürfen nicht zulassen, dass Kathlene-san etwas geschieht", entgegnete Mariko mit flehender Stimme.

„Deswegen muss ich dir ihr Geheimnis anvertrauen, Mariko-san."

Mariko saß sehr still und lauschte mit geschlossenen Augen. Regen schlug gegen die Holzjalousien des Teehauses, ein kaltes, hohles Geräusch, das die junge Maiko nur noch mehr verängstigte.

Simouyé erzählte ihr, wie Mallory-san vor Jahren für den Prinzen und seinen Sohn eine Besichtigung seiner privaten Bahnlinie zwischen Tokio und Kawayami arrangiert hatte. Mallory-san hatte dem Jungen erlaubt, mit dem Pferd die Gegend zu erkunden. Der Zwölfjährige wurde vom Pferd geworfen und brach sich das Genick. Wie sich später herausstellte, war der Sattelgurt durchgeschnitten worden.

Mariko hockte auf ihren Fersen. „Wer könnte so etwas Furchtbares tun?"

„Mallory-san glaubte, dass Kleinbauern hinter dem Anschlag steckten, sie wollten verhindern, dass ihnen ihr Land weggenommen wurde, um diese private Bahnlinie zu bauen." Simouyés Augen füllten sich mit

Tränen. Sie blinzelte heftig.

Mariko runzelte die Stirn. „Und warum ist Kathlene-san in Gefahr?"

„Der Prinz gibt Mallory-san die Schuld für den Tod seines Sohnes. Es ist Tradition, dass der Prinz Rache übt, indem er Mallory-sans Kind zum Ausgleich für seinen Verlust tötet."

Mariko nickte. Jeder wusste, dass Vendettas vom Kaiser missbilligt wurden, doch der Prinz weigerte sich offenbar, seinen feudalen Lebensstil zu ändern.

„Nachdem er die Männer des Prinzen überlistet hatte, brachte Mallory-san seine Tochter ins Teehaus des Sehnsuchtsbaumes und ließ sie bei uns. Bisher haben sie vergebens die Stadt nach dem blonden Mädchen durchsucht, das verschwand wie ein Vogel, der über Wasser fliegt und dabei auch nicht die allerkleinste Spur hinterlässt."

„Und Kathlene-san weiß nichts von alldem?" fragte Mariko.

Simouyé legte ihr eine Hand auf die Schulter. „Nein, Mariko-san. Ich muss die Tochter von Mallory-san beschützen. Ich befürchte, ihr Vater wird niemals hierher zurückkehren."

„Das ist bestimmt nicht wahr!" entfuhr es Mariko unwillkürlich.

„Ich verstehe nicht."

Mariko senkte den Blick. Sie hatte Kathlene-san doch versprochen, Okâsan nichts von dem Gaijin im Tempel zu erzählen.

„Ich ... ich bitte um Verzeihung, dass ich so direkt gesprochen habe, Okâsan. Auch ich habe mir immer gewünscht, dass Mallory-san zurückkommt, obwohl es ein großer Verlust für mich wäre, wenn Kathlene-san uns verließe."

„Ich würde sie doch auch sehr schmerzlich vermissen, Mariko-san."

Mariko wunderte sich über die Offenheit, die so gar nicht zu Simouyé passte. Sie konnte ein leises Lächeln nicht unterdrücken. Offenbar hatte Kathlenes Art, ihre Gefühle zu zeigen, ein wenig auf beide abgefärbt.

„Nun verstehst du, warum der Prinz ihre Identität niemals herausfinden darf, Mariko-san".

„Aber das ändert nichts daran, was ich tief im Herzen empfinde. Ich möchte, dass Kathlene-san meine Geisha-Schwester wird. Wir warten nur auf den Tag, an dem wir gemeinsam die Zeremonie erleben dürfen."

„Der Tag, an dem eine Maiko sich mit einer Geisha verbindet, die ihre ältere Schwester sein soll, ist ein sehr wichtiger Tag." Simouyé zögerte. „Aber, du bist noch keine …"

„Ich weiß, ich bin noch keine Geisha, Okâsan. Aber niemand in diesem Teehaus würde Kathlene-san eine bessere Schwester sein."

„So vieles, was Kathlene-san betrifft, entspricht nicht unserer Tradition." Simouyé dachte nach. Dann sagte sie lächelnd: „Du sollst deinen Willen bekommen."

Mariko klatschte zweimal in die Hände. „Ich danke demütigst, Okâsan." Sie berührte mit der Stirn die Bodenmatte.

„Zunächst, Mariko-san, müssen wir alles, was uns wertvoll ist, beschützen, indem wir dem Baron geben, was er will."

„Wie meinen Sie das, Okâsan?"

„Als Baron Tonda-sama Kathlene-san auf der Veranda tanzen sah, war er von ihrer Schönheit gebannt und hat sich geschworen, dass kein anderer als er ihr erster Mann sein wird, koste es, was es wolle."

Mariko schüttelte den Kopf. „Kathlene-san wird niemals zulassen, dass der Baron ihre Beine spreizt und seinen Jadestab in sie stößt."

„Du musst ihr klar machen, dass sie mit Baron Tonda-sama den Futon teilen muss, wenn Sie Geisha werden will." Simouyé machte eine Pause. „Eine Geisha unterhält die Männer nicht nur mit ihrem Geist, sie muss auch deren sexuelle Wünsche befriedigen. Sie darf sich nicht des leisen aber schönen Geräuschs ihres Liebessafts schämen, das ihren Höhepunkt ankündigt, und auch keine Furcht haben, die Seidentücher zu durchnässen. Sie muss ihren Liebhabern sagen, wie wundervoll es ist, von ihnen mit der Zunge verwöhnt zu werden. Sie muss sich jeder Position unterwerfen, die ihr Liebhaber fordert ..." Sie zögerte kurz, als würde sie über ihre Lieblingsposition nachdenken. „Sie liegt mit dem Gesicht nach unten, wenn der Mann sein scharfes Schwert in ihre Mondgrotte schiebt, und hebt ihr Gesäß leicht an, damit er ihre rosa Perle und das feuchte Fleisch um ihr Blumenherz reiben kann, bis ihre Säfte fließen und sie dasselbe Vergnügen empfindet wie er."

Mariko blickte zu Boden und versuchte, ihr Lächeln zu verbergen, denn offenbar sprach Okâsan von ihren eigenen Erfahrungen mit Männern, obwohl man sich hinter vorgehaltener Hand zuflüsterte, dass sie nur einen Mann jemals geliebt hatte, nämlich den großen Gaijin namens Mallory-san. „Ich respektiere, was Sie für mich getan haben, Okâsan. Und ich werde tun, was Sie wünschen."

„Dann verstehst du, dass alles, was ich dir gesagt habe, unter uns bleiben muss. Das Leben deiner Geisha-Schwester hängt davon ab."

„Ich verspreche es, Okâsan."

Ai betrat auf ihre stille, beinahe unsichtbare Weise den Raum und schenkte ihnen heißen grünen Tee ein.

„Ich werde Hisa-don beauftragen, dich mit der Rikscha durch die Stadt zu fahren. Ich glaube nicht, dass Kathlene-san weit gekommen ist. Du musst überall suchen, bis du sie gefunden hast."

„Überall?"

„Ja. Beim Badehaus, in der Shijo Straße, *überall.* Du musst sie unter allen Umständen überreden, wieder ins Teehaus zurückzukehren."

„Und wenn Sie sich weiterhin weigert, mit dem Baron zu schlafen?"

„Dann sag ihr, dass der Baron das Teehaus des Sehnsuchtsbaumes vernichten wird."

„Ich verstehe", flüsterte Mariko mehr zu sich selbst als zu Okâsan. Sie zitterte am ganzen Leib, aus Angst, aber auch vor Wut. Wut, dass die veralteten Bräuche solches Leid über unschuldige Menschen brachten. Und diese Wut gab ihr Kraft. Sie liebte Kathlene wie eine eigene Schwester und fühlte sich für sie verantwortlich. Sie würde alles tun, was nötig war, um ihre Freundin zu retten.

Dieses Gespräch war nun schon über eine Stunde her. Mariko hatte den Rikscha-Jungen gebeten, in die enge Straße, die zum Tempel von Kiomidzu führte, einzubiegen. Seine Füße in den Strohsandalen stampften rhythmisch auf den Boden. Als Hisa plötzlich anhielt, schrie sie erschrocken auf.

„Was tust du da, Hisa-don?“ rief sie.

Er drehte sich grinsend um und schob seine Hüften vor und zurück. Die Ausbuchtung zwischen seinen Beinen wurde größer. Und größer.

Warum konnte sie ihren Blick nicht abwenden?

„Ich wollte nur einer Raupe ausweichen, die auf dem Weg liegt“, sagte er.

Mariko lehnte sich zurück. Hisa glaubte, dass die Seele eines verstorbenen Vorfahren in der Raupe wohnen könnte, und wollte sie deshalb nicht zertreten. Ihr Puls raste aber nach wie vor, sie konnte nicht anders, warf ihm erneut einen Blick zu, während er weiter die Hüften vor und zurück stieß, *vor und zurück*, bis die Wölbung zwischen seinen Beinen riesig geworden war und die Spitze seines pochenden Schwertes durch das dünne Stück Stoff hervorlugte. Prall und hart.

Er ließ seine Finger darum kreisen, dann packte er seinen Jadestab und streckte ihn kühn in ihre Richtung. Ihr stockte der Atem, als sie ein schmerzhaftes, lustvolles Wühlen zwischen ihren Beinen spürte. Oh, es sollte nicht aufhören – genau das war das Gefühl, das sie vermisst hatte, als sie den Baron und Youki-san beobachtete. Sie umklammerte ihre Laterne so fest, dass das Papier zerriss und der Abendwind die Kerze löschte.

Sie geriet in Panik. Hatte sie die Götter verärgert? Wurde sie nun dafür bestraft, dass sie nicht in der Lage war, ihre Leidenschaft zu unterdrücken?

Mariko wartete. Doch anstelle des Kriegsgottes Bishamon entdeckte sie hinter sich einen Lichtbogen. Langsam drehte sie den Kopf und erkannte zwei Reiter. Das Licht kam von ihren Laternen, die an ihren Taillenbändern befestigt waren. Sie musste nicht nach dem Wappen auf ihrer Kleidung suchen, um sofort zu wissen, dass es sich dabei um die Männer des Barons handelte. Sie warteten.

Also war nicht nur sie auf der Suche nach der schönen Maiko. Tröstlich war dieser Gedanke allerdings nicht.

Während der Abendwind den Regen davonblies wie ein lästiges Insekt, hielt Reed Cantrell sich weiterhin versteckt und beobachtete das Mädchen in der Rikscha, das ihn womöglich zu Kathlene Mallory führen konnte.

Geduld, dachte er, Geduld. Er würde sich um diese beiden Söldner schon noch kümmern, ihnen eine Kostprobe davon geben, wozu ein haariger Barbar, wie sie ihn nannten, in der Lage war. Aber zunächst musste er das Mädchen in Sicherheit bringen.

Der Amerikaner hatte die Straßen durchstreift, in jedes Teehaus, jedes Bordell, jeden Eingang geblickt, bis die kleine Maiko in der Rikscha seine Aufmerksamkeit auf sich zog. Sie war nicht schön und hatte kleine Brüste, aber ihr schlanker Körper und die Unschuld, die sie ausstrahlte, waren verlockend. Sie wirkte wie ein Kind.

Aus irgendeinem Grund hatte er das Gefühl, dass die junge Maiko wusste, wo er das Mädchen finden konnte. Gerade forderte sie den Rikscha-Jungen auf, weiterzugehen. Weiterzugehen? Soweit er das beurteilen konnte, hatte der Junge nur eines im Sinn: mit der jungen Maiko zu schlafen.

Reed widerstand dem Drang, zu ihr zu rennen und sie zu bitten, ihm alles zu sagen, was sie wusste. Er war erleichtert, dass er das Mädchen in keinem der Bordelle gefunden hatte, wo die Frauen mit nackten Brüsten und entblößter Scham auf dem Rücken lagen, ihre Hüften in dem grellen Licht bewegten, sich krümmend wie Teufelinnen. Ihre grinsenden Gesichter weiß gepudert, die Lippen rotgelb bemalt – wie Masken aus der Hölle.

Halt, was ging da vor? Was tat diese Maiko? Am Ende war sie doch nicht so unschuldig, wie sie wirkte.

Fasziniert, verwirrt und dann überrascht schüttelte der den Kopf. Er konnte diese Japaner einfach nicht verstehen. Die Maiko schienen die offensichtlichen sexuellen Annäherungsversuche des Jungen nicht verlegen zu machen. Stattdessen lächelte sie ihm zu, als er seine Hüften so anzüglich bewegte.

Auch die beiden Samurais genossen den Anblick, während sie Saké aus ihren Flaschen tranken. Warteten sie nur darauf, dass sie an der Reihe waren, mit ihr zu schlafen, ihre warme, zarte Haut zu streicheln und die Süße zwischen ihren Schenkeln zu schmecken? Doch dieses Mädchen war so jung, er konnte nicht fassen, wie ruhig es diesen Rikscha-Jungen taxierte.

Verzweifelt versuchte er, seine Mission nicht zu vergessen. Er musste die blonde junge Frau finden und – genauso schwer – die Finger von ihr lassen. Reed hatte ihrem Vater versprochen, sie als Jungfrau zu ihm zurückzubringen. Aber es ging um mehr. Ganz plötzlich wusste er, dass ihm etwas fehlte, etwas, von dem er bis zum heutigen Tag nichts gewusst hatte. Das Leben würde erst wieder aufregend und schön sein, wenn er seinen Seelenpartner gefunden hatte.

Seine blonde Geisha.

Mit klopfendem Herzen hob Reed einen flachen, schweren Stein auf. Bevor er ihn auf die beiden Samurais warf, um ihre Aufmerksamkeit abzulenken, strich er mit den Fingern über den glatten Stein. Er dachte an ihre Haut. Seidig, warm und stellte sich vor, wie sie auf der Seite lag, die Knie angezogen, die Arme über der Brust verschränkt, während er ihre weißen Schultern küsste. Stöhnend, seufzend würde sie die Arme sinken lasen und sich berühren. Während sie sich selbst mit ihren Fingern erregte, würde er sie überall streicheln, ihre Brustspitzen reiben und drücken, bis sie aufkeuchte vor Lust. Wenn sie es nicht mehr länger ertragen konnte, würde er sie mit der Zunge liebkosen, an ihren Brüsten saugen, winzige Kreise um ihre braunen Höfe ziehen und spielerisch hineinbeißen. Und dann, kurz vor dem Höhepunkt, wollte er sein stahlhartes Zepter in ihr vergraben, zustoßen, immer wieder bis …

„Na los! Na los!" hörte er die Maiko rufen. Offenbar hatte sie ihn entdeckt und befahl dem Rikscha-Fahrer nun, sich zu beeilen. Reed kniff die Augen zusammen und zielte. Jetzt war der richtige Zeitpunkt.

Mit aller Kraft schleuderte er den Stein in Richtung der beiden Samurais. Die Pferde bäumten sich auf, die Reiter warfen ihre Saké-Flaschen weg, zogen ihre langen Schwerter und durchsuchten mit Blicken die Dunkelheit nach dem Angreifer. Das Mädchen schrie auf, doch der Rikscha-Junge rannte weiter, wurde schneller und schneller.

Reed setzte ihm nach, den Berg hinauf, den gewundenen steilen Pfad, an den Schreinen und Töpfereien vorbei, den Teeläden, bis er begriff, welches Ziel die Maiko hatte.

Der Kiomidzu-Tempel.

Früher am Tag hatte er das Gelände abgesucht, aber

keine Spur von dem Mädchen gefunden. Hoffnung packte ihn, vielleicht hatte Kathlene sich mit der Maiko dort verabredet, warum auch immer.

Der Kiomidzu-Tempel auf diesem hohen Berg unterschied sich durch nichts von den anderen Tempeln, die er bisher gesehen hatte. Ein rot überdachtes Eingangstor, ein gepflasterter Tempelhof mit Steinlaternen und steinernen Wachhunden. Tempelglocken läuteten leise, aus welcher Richtung, konnte er nicht sagen. Das Zirpen von Grillen klang in seinen Ohren. Die Wälder und grünen Hügel um den Tempel mussten von Tausenden verschiedenen Insekten bewohnt sein.

Weiterrennen!

Keinesfalls durfte er sie verlieren. Nun hatte der Rikscha-Junge ihn entdeckt, seine dunklen Augen sahen ihn fragend an. Aber offenbar verboten ihm uralte Regeln, sich in das Drama einzumischen. Vor dem Haupteingang des Tempels hielt er an, die Maiko sprang aus der Rikscha und rannte die lange Treppe hinauf.

Rasch folgte er ihr.

Doch als er den Tempel betrat, konnte er sie nirgends entdecken. Hier war das Licht schummrig, die Luft voller Rauch. Er erkannte Priester mit geschorenen Köpfen in Kimonos und übergeworfenen Umhängen, die sich lautlos über den Holzboden bewegten, Kerzen anzündeten, Glocken anschlugen und Gebete murmelten.

Wo war die junge Maiko? Drehte er langsam durch? War sie nur eine Illusion gewesen?

„Ahhhh", hörte er eine heisere Stimme hinter sich.

Reed wirbelte herum und sah eine alte Frau mit schwarzen Zähnen, die neben einer großen bronzenen Räucherschale kauerte. Sie streckte die Hand nach Almosen aus und schwatzte vor sich hin, dann hörte er weitere Stimmen. Obwohl seine Augen von dem Rauch brannten, konnte er nun Männer erkennen, die auf dem Boden hockten und Amulette, Rosenkränze und Räucherstäbchen verkauften.

Er zog einige Kupfermünzen aus der Tasche und warf sie der Frau hin. Sie starrte ihn an, murmelte etwas Unverständliches und deutete dann auf die Veranda hinter dem Tempel. Er fragte sich, ob die Frau tatsächlich versuchte, ihm zu helfen.

Aber er hatte keine Zeit, über diese Frage nachzudenken. Es würde nicht lange dauern, bis die beiden Samurais ihre Pferde wieder unter Kontrolle hatten und den steilen Berg zum Tempel hinaufjagten. Ein lauter Gong erschallte und er warf der alten Frau einen letzten Blick zu, dann rannte er durch den Tempel und stieß die Priester zur Seite, aus deren Händen kleine Seidenrollen und Metallamulette auf den Steinboden schlugen.

Was hatte dieser Gong zu bedeuten? Bedeutete er Gefahr?

Als Reed die Veranda erreichte hörte er schon wieder den Gong. Eine große junge Frau in einem hauchdünnen, klitschnassen Kimono stand auf dem Balkon. Der Stoff lag an ihrem Körper wie eine zweite Haut, ihre Brüste und schlanken Schenkel zeichneten sich deutlich ab. Sie hatte die Arme weit geöffnet, die langen Kimonoärmel wirkten wie Engelsflügel. Sein Herz blieb stehen.

O mein Gott, das ist sie. Kathlene Mallory.

Sie war im Begriff zu springen.

11. KAPITEL

In dem unerträglich roten Glühen des Ahornbaumes, die Schritte hinter mir ignorierend, balancierte ich mit ausgebreiteten Armen auf dem schmalen Geländer und hielt die Luft an. Ich genoss dieses leichte, dieses freie Gefühl.

Nach dem Treffen mit dem Baron hatte ich das dringende Bedürfnis, mich in meine Kindheitsfantasie zu flüchten. Ich war wie meine Lieblingsheldin Lady Jiôyoshi auf das Geländer geklettert. Diese berühmte Geisha hatte, so ging die Legende, in ihrem dünnen Kimono damit gedroht, zu springen, falls der Shôgun ihren Liebhaber nicht laufen ließ. Der Shôgun gelobte, ihn freizulassen, wenn sie nackt für ihn tanzen und dann die Nacht auf seinem Futon verbringen würde. Er bestand darauf, dass sie alle von den alten Meistern gelehrten Positionen ausführte, damit seine Seele Ruhe fände.

Ich stellte mir Lady Jiôyoshi vor, wie sie dem Shôgun zu Diensten war und gleichzeitig ihren Liebhaber rettete, indem sie die wichtigsten fünfzehn Grundstellungen einnahm, dann mit den achtundvierzig weiteren Stellungen fortfuhr und dem Shôgun einen Orgasmus nach dem anderen bescherte.

Noch weiter breitete ich die Arme aus, ich wünschte mir, fliegen zu können, hinauf in den Himmel, endlich frei zu sein … Und dann war alles anders, mir blieb die Luft weg.

Jemand packte mich von hinten, beinahe hätte ich das Gleichgewicht verloren. Ich wollte nicht sterben! Bevor ich mich der Realität stellen und Okâsan und dem Baron gegenübertreten musste, wollte ich doch nur meine Fantasie ausleben. Wie nur konnte ich sie davon überzeugen, dass meine Jungfräulichkeit nicht zu verkaufen war?

Den ganzen Weg zum Tempel hatte ich Benten-sama angefleht, die Göttin der Anmut und Schönheit und des Glücks. Ich bat sie, mir bei der Suche nach dem Gaijin zu helfen und Neues über meinen Vater herauszufinden. Wenn er nämlich zu mir zurückkehren würde, blieb Okâsan gar nichts anderes übrig, als den Baron Tonda-sama wegschicken.

Aber jetzt hatte mich jemand gepackt. Wer? Sein Gesicht konnte ich nicht sehen, aber etwas an seiner Berührung war magisch. Ich schwankte. Der Mann schwankte ebenfalls, presste seinen Körper gegen meinen, meine Beine wurden schwach, als ich seinen männlichen Geruch einsog.

War er es? War es der Gaijin?

Mit geschlossenen Augen überließ ich mich meinen Gefühlen. Ich konnte ihn vor mir sehen, sein schönes Gesicht, seinen starken Körper. Er war sich seiner so sicher. Niemals würde ich vergessen, wie er sich gegen die Männer des Barons zur Wehr gesetzt und dabei für mich sein Leben riskierte hatte.

Ich werde Sie finden, hatte er gesagt.

Würde er sein Versprechen halten? Bevor es zu spät war? Bevor ich mich einem anderen Mann hingab?

„Was für ein verrücktes Vorhaben, Kathlene", flüsterte er heiser in mein Ohr. Mein Herz raste. Er sprach Englisch.

Als ich die Augen öffnete, wusste ich es: Es war der Gaijin. Ich atmete schwer. Mein Puls raste noch schneller, ein warmes Gefühl breitete sich in meinem Bauch aus, wie gerne wäre ich einfach losgeflogen. Ich wollte ihn mit mir nehmen, über die scharlachroten Ahornbäume hinweg, wir würden uns aneinander reiben und kleine herrliche Wellen würden durch unsere Körper jagen, sobald sie sich berührten.

Um das angenehme Gefühl noch zu vergrößern, spannte ich meine Pobacken an. Nein, nein. Das durfte ich nicht tun. Nicht jetzt. Ich musste mich auf meine Mission konzentrieren. Musste ihm erklären, dass ich nicht vorhatte, mich umzubringen.

Zwar war ich traurig und verwirrt und wusste nicht, wo das Schicksal mich hinführte, aber ich wollte nicht sterben.

Ich wollte leben, wollte lieben.

„Woher kennen Sie meinen Namen?“ fragte ich, dann rutschte mein rechter Fuß aus. Doch dank der Götter und seiner Kraft stürzte ich nicht von dem Geländer in die Tiefe. Er zog mich in die andere Richtung, wir landeten auf der hölzernen Veranda und rollten und rollten. Ich wusste nicht, ob ich lachen oder weinen sollte, als Holzsplitter sich durch den dünnen Stoff meines Kimonos in meine Haut bohrten. Dann bewegten wir uns plötzlich nicht mehr. Stille. Warmer Nieselregen fiel aus dem dunklen Himmel. Ich war mit dem Gaijin allein.

Tief atmete ich durch, zog ihn fester an mich, so fest, dass ich seine nasse Lederhose an meinen Beinen spürte, die harte Ausbuchtung streichelte meine zarte Haut und erfüllte mich mit steigender Hitze.

„Bewegen Sie sich nicht, Kathlene!“ befahl er.

„Wieso? Was ist denn …“, fragte ich auf Englisch.

„Tun Sie, was ich sage“, flüsterte er so nah an meinem Gesicht, dass ich den stechenden Geruch nach Saké in seinem Atem roch.

„Das klingt so, als ob mein Leben davon abhinge.“

„So ist es auch.“

„Wie bitte?“

„Dieses Gerüst muss Hunderte von Jahren alt sein und ist ziemlich verrottet. Das Brett unter Ihnen wird gleich nachgeben.“

„Nein, nein!“

„Keine Sorge, ich lasse Sie nicht fallen. Ich habe Ihrem Vater versprochen, Sie sicher nach Hause zu bringen, und das habe ich auch vor.“

Zentimeter für Zentimeter zog er mich vom Rand des Balkons weg. Mein Rücken brannte, mein Hintern, meine Schenkel.

„Wir sind fast da … fast … da, ich halte Sie!“

In diesem Moment gab das Brett am Ende der Veranda nach und stürzte in die Schlucht darunter. Ich seufzte, als er mich an sich zog und meine Wange streichelte. Er legte eine Hand auf meine Brust, dann auf die andere. Ich stöhnte auf.

„Beinahe habe ich dich verloren, bevor ich dich gefunden habe“, murmelte er. Mir war egal, was er sagte, solange er mich festhielt und meine Brüste streichelte. Die Brustwarzen berührte er nicht, was ich nicht recht verstand, aber trotzdem war ich verrückt vor Lust, das Feuer in meinem Bauch loderte höher und höher. Am liebsten hätte ich ihm sofort die Kleider von seinem harten, muskulösen Körper gerissen und seinen Jadestab umfasst.

„Wer bist du?“ fragte ich.

Er betrachtete mich. „Mein Name ist Reed Cantrell. Dein Vater hat mich geschickt, um dich zu suchen."

„Wie kann ich dir glauben?" Ich wollte ihm so gerne vertrauen. „Warum ist mein Vater nicht selbst zu mir gekommen?"

Reed zögerte. „Vor ungefähr einem Jahr machte er sich auf den Weg nach Japan, als ..."

„Vor einem Jahr?"

„Ja, ich war auch auf dem Schiff. Dort lernten wir uns kennen. Ich wollte im Auftrag der amerikanischen Regierung nach Hongkong. Das Schiff geriet in einen außergewöhnlich heftigen Sturm und ging östlich der Philippinen unter ..."

„Philippinen?" Mein Herz schlug wie wild. Dann stimmte es also. Mein Vater hatte doch versucht, mich zu holen.

„Ja, dein Vater und ich, wir überlebten, saßen aber Monate lang auf einer kleinen Insel fest. Mallory war schwer verletzt, er hatte Fieber und lag im Delirium. Immer wieder sprach er davon, dass er nach Japan müsse, um dich nach Hause zu holen, und wenn es ihn das Leben kostete."

Ich spürte, dass er mir etwas verheimlichte und versuchte, mich gegen das zu wappnen, was er mir noch über meinen Vater erzählen würde. Mit geschlossenen Augen fuhr ich mir über das Gesicht, dann über den Hals und die Brüste, versuchte, die hitzige Leidenschaft für diesen Mann abzustreifen. Als ich den Kimono schließen wollte, hielt er mich auf.

„Nein, warte. Lass mich dich ansehen", sagte er. „Ich möchte mich für immer an dieses Bild erinnern. An die schöne blonde Geisha, die ich aus den Tiefen der Hölle gerettet habe."

„Ja, sieh mich an, Reed-san, und ich werde dir die Geheimnisse der Geishas verraten."

„Geheimnisse?" fragte er mit Feuereifer. Er konnte kaum erwarten, was ich ihm jetzt eröffnen würde. „Welche Geheimnisse?"

„Ich werde dir zeigen, wie die Geisha einen Trank aus getrockneten Hirschhoden und Seidenraupenmotten herstellt, um die Leidenschaft des Mannes anzuheizen."

Ich hörte, wie Reed scharf die Luft einsog, als ob er Schmerzen leide. „Reize mich nicht, Kathlene, denn ich brauche keinen Trank, um dich zu begehren. Du bist eine wunderschöne, verführerische Frau, und du weißt, dass ich dich nicht nur berühren will. Du verlockst einen Mann bis ins Unerträgliche. Ich habe in Yokohama Geschichten darüber gehört, was in den Geisha-Häusern gelehrt wird. Wie ihr eure Köper mit Jasmin parfümiert und eure Beine spreizt, um den Mann mit eurem Liebesduft verrückt zu machen. Ich habe davon gehört, wie die Geishas mit der Zunge umgehen, bis die Männer vor Lust beinahe sterben."

Er strich mit den Lippen über meine Wangen, sein Atem war heiß auf meiner Haut. „Bitte, ich habe noch nie einen Mann geküsst", sagte ich, als Reed mein Gesicht streichelte. Ich erschauerte. Warum fühlte es sich so gut an, so richtig? Es war, als hätte ich meine Leben lang auf seine Berührung gewartet.

„Ich habe auf meinen Reisen viele Frauen geliebt, Kathlene, aber nie zuvor habe ich eine Frau mit solchen vollen und sinnlichen Lippen gesehen, ich kann sie beinahe schmecken."

„Dann zeig mir ... wie man küsst."

„Das werde ich dir zeigen", flüsterte er. „Und wenn ich dafür auch in die Hölle komme, ich will mit dir schlafen."

Ich lächelte, senkte den Blick und sagte unschuldig: „Ich bin eine ... Maiko. Ich habe meine Frühlingsgabe noch nicht verkauft."

„Deine Frühlingsgabe?"

„Ich bin noch Jungfrau."

Reed fluchte. „Verdammt, Mädchen. Wie soll ich dich in einem Stück nach Hause bringen, wenn du so mit mir sprichst?"

„Du kannst mich doch nicht hier liegen lassen, ohne mich zu küssen."

„So darfst du nicht mit mir sprechen."

„Darf ich nicht?"

Regentropfen fielen auf unsere Körper, Holzbretter knarrten unter uns, seine Lippen näherten sich meinen, streiften leicht meinen Mund. Sein Duft erregte mich, ich konnte es kaum noch erwarten, dass er Besitz von meinen Lippen ergriff, doch er fuhr fort, mich sanft zu quälen, küsste mein Gesicht und meinen Hals. Als ich dachte, ich könnte es nicht eine Sekunde länger ertragen, erforschte er mein Ohr mit seiner spitzen Zunge. Ich stöhnte.

„Küss mich, schöner Gaijin, küss mich!" flehte ich, berührte meine Brüste und spürte, wie hart und aufgerichtet die Spitzen bereits waren.

„Du bist die schönste Geisha in Kioto", murmelte er, hauchte sanfte Küsse auf meine Schultern, knabberte an meinem Ohr und dann endlich, endlich, senkten sich seine Lippen auf meine in einem langen,

langen Kuss.

In meinem Kopf drehte sich alles. Dann erwiderte ich den Kuss, zunächst noch zögerlich, dann mit einem Hunger, den ich nie zuvor verspürt hatte. Ich wünschte, es würde nie enden, wünschte, ich wäre eine Göttin und könnte diesen starken, irdischen Mann als meinen Liebhaber fordern.

„Ich darf das nicht tun, Kathlene", sagte Reed schwer atmend.

„Was?"

„Ich darf mein Versprechen gegenüber deinem Vater nicht brechen. Ich kann nicht mit dir schlafen."

„Habe ich denn gar nichts zu sagen?"

„Nein. Ich bin hier, um dich nach Hause zu bringen, und genau das werde ich tun."

„Ah, ich verstehe, du findest mich nicht so hübsch und verführerisch wie die anderen Geishas, die du ... die du geküsst hast."

„Verdammt Kathlene, das ist nicht wahr." Bevor ich noch einen weiteren Ton sagen konnte, hob er mich hoch und trug mich in die Haupthalle des Tempels.

„Was machst du da?" fragte ich.

„Ich bringe dich jetzt nach Hause – nach Amerika. *Sofort.*"

„Entschuldigung, bitte", hörte ich eine sanfte, junge Stimme sagen.

Reed blieb stehen. Ich umklammerte seinen Hals. *Mariko.* Wo kam sie denn auf einmal her?

„Mariko-san, wie hast du mich gefunden?"

Mariko blickte hinter mich und flüsterte: „Das ist unwichtig. Du musst verschwinden, bevor die Männer des Barons uns finden."

Ich bekam es mit der Angst zu tun. „Die Männer des Barons? Wovon sprichst du?"

„Sie sind mir gefolgt und hätten uns schon längst erwischt, aber dieser Gaijin ..." Sie deutete auf Reed Cantrell, der mich auf den Armen trug und angestrengt versuchte, unser schnelles Japanisch zu verstehen. „Dieser Gaijin hat sie aufgehalten. Allerdings nicht für lange. Sie werden bald hier sein."

Für ihn wiederholte ich ihre Worte in Englisch. Reed nickte, weigerte sich aber, mich abzusetzen. „Du kommst mit mir, Kathlene. Diesmal wird mich keiner davon abhalten!"

„Die Götter werden böse sein, sehr, sehr böse, Kathlene-san, wenn du mit ihm gehst."

„Du musst mich verstehen, Mariko-san. Mein Vater hat ihn geschickt, um mich nach Hause zu bringen ..."

„Aber wenn der Baron dich nicht im Teehaus vorfindet", unterbrach Mariko mich, „wenn du mit ihm nicht den Futon teilst, dann wird er das Teehaus des Sehnsuchtsbaumes zerstören."

Ungläubig betrachtete ich sie. „Aber wie kann er das tun, Mariko-san?"

„Baron Tonda-sama hat gedroht, der Prinz werde verbreiten, dass Okâsan früher eine Prostituierte in Tokio war."

„Aber das kann doch auf gar keinen Fall wahr, Mariko-san."

„Wahrheit bedeutet wenig gegen das Wort des Prinzen Kira-sama. Okâsan wird ruiniert sein, eine lebende Tote."

Welche Macht Baron Tonda in der japanischen

Gesellschaft hatte, wusste ich. Doch bis zu diesem Moment war mir nicht klar gewesen, wie gefährlich er werden konnte.

Ich durfte nicht zulassen, dass die Frau, die mein Vater liebte, vernichtet wurde, weil ich nicht gehorchte. Zu meiner eigenen Überraschung überkam mich ein Pflichtgefühl, das ich noch nie zuvor verspürt hatte. Ich zitterte.

Wer war diese Maiko in mir mit diesem neuen Pflichtbewusstsein? *Was* war sie?

Vor ungefähr drei Jahren, als ich das Teehaus zum ersten Mal betrat, wollte ich nur eines: Geisha werden. Dieser Zeitpunkt, den ich als wichtigsten meines Lebens betrachtet hatte, war nun gekommen.

„Bist du bereit, mit mir zu kommen, Kathlene?“ fragte Reed.

Entschlossen schüttelte ich den Kopf. „Lass mich runter, Reed-san, bitte.“

„Aber, Kathlene …“

„Bitte …“

Zögernd setzte Reed mich ab. „Die Männer des Barons sind Mörder, Kathlene. Bitte, nimm doch Vernunft an …“

„Ich kann nicht mit dir gehen, Reed-san.“

„Wie bitte?“

„Versteh mich doch. Mein Vater würde nicht wollen, dass Okâsan etwas geschieht …“

Reed packte mich und sah mir tief in die Augen. „Ich verstehe nicht, welche Macht dieser Baron über dich hat, Kathlene. Ich weiß nur, warum ich hier bin, was ich versprochen habe, und dieser Verrückte soll verflucht sein, du kommst mit mir!“

„Lebt mein Vater noch, Reed-san?“ fragte ich ihn mit funkelnden Augen. „Lebt er noch?“

Reed schluckte schwer.

„Ich werde nie und nimmer zulassen, dass der Baron Okâsan und dem Teehaus des Sehnsuchtsbaumes schadet, Reed-san.“

„Aber, Kathlene ...“ protestierte er.

Mit Tränen in den Augen sah ich ihn an und schüttelte den Kopf. „Ich tue, was ich tun muss, und danach kannst du mir von meinem Vater erzählen.“

„Du bist nicht nur schön, meine blonde Geisha, sondern auch sehr mutig.“

Erfreut lächelte ich. Dann riss ich mich von ihm los und bedeutete Reed und Mariko, mir zum Haupteingang zu folgen.

Im Tempel war es still.

Und dunkel. In der Ferne sah ich zwei Lichter, die auf uns zukamen. Die Männer des Barons.

„Ich bin bereit, zurück zum Teehaus zu gehen, Mariko-san“, sagte ich atemlos. „Ich werde die Lust von Baron Tonda-sama stillen.“ Warum sagte ich das? Wollte ich den Gaijin eifersüchtig machen?

Schnell richtete ich meine schwarze Perücke, schob das blonde Haar darunter und zog den Umhang über, den Mariko mir hinhielt.

„Hisa-don wartet auf uns“, sagte meine junge Freundin und schnappte meine Hand.

Ich nickte. „Wir müssen gehen.“

„Ich bleibe in der Nähe, für den Fall, dass diese Trottel etwas anstellen“, zischte Reed.

„Versteck dich, Reed-san, bevor sie dich sehen.“

Hastig eilte ich aus dem Tempel, Mariko dicht auf

meinen Fersen. Die beiden Männer stellten uns, knurrend, die Schwerter gezogen und mit grimmigen Gesichtern. Ich sprach mit ihnen, besänftigte sie, versicherte, dass ich wisse, was ich dem Baron schuldete. Sie wagten es nicht, mich anzufassen. Sie hatten Befehl vom Baron, seiner Jungfrau nichts zu tun.

Hoch erhoben hielt ich den Kopf, all die Jahre der Ausbildung machten sich jetzt bezahlt. Barfuß lief ich die Treppe hinunter zu der Rikscha, vor der Hisa auf uns wartete, sein schlanker, muskulöser Körper glänzte im Regen. Er verneigte sich tief als er uns sah. Wir stiegen ein.

In der Rikscha war es warm und trocken, doch ich konnte mich nicht entspannen, denn Mariko sagte etwas, was mich sehr überraschte.

„Ich fühle tief im Herzen, Kathlene-san, dass die Götter böse auf mich sind“, sagte sie mit leiser Stimme.

„Was meinst du damit, Mariko-san?“

„Es war falsch, diese schrecklichen Dinge zu dir zu sagen.“ Mariko biss sich fest auf die Lippen, wie meistens, wenn sie ihre Gefühle unterdrücken wollte.

„Auch mir tut leid, was ich gesagt habe“, gestand ich. „Aber wenn du es genauso wünschst wie ich, dann können wir doch unser törichtes Benehmen vergessen und zusammen endlich das Ritual der Schwesternschaft feiern.“

Mariko strahlte. „Auch ich wünsche, dass wir Schwestern werden, Kathlene-san. Okâsan sagte, das Ritual könne in der Nacht vor deiner Entjungferung stattfinden, die Nacht, in der du Geisha wirst, den Kragen wendest und deinen neuen Geisha-Namen wählst.“

Sie hielt inne. „Hast du dich schon für einen Namen entschieden?“

„Ja. Statt eines traditionellen Namens möchte ich Kimiko genannt werden, das war der Geisha-Name von Lady Jiôyoshi.“

„Kimiko“, sagte Mariko. „Das gefällt mir.“

„Ich dachte, Geisha zu werden wäre für mich das Wichtigste auf der Welt, Mariko-san. Jetzt bin ich nicht mehr so sicher.“

„Das liegt an dem Gaijin.“

„Ja. Reed-san überbringt mir Nachricht von meinem Vater, aber es ist mehr als das. Ich fühle etwas, was ich noch nie zuvor gefühlt habe. Niemals.“

„Aber du musst mit Baron Tonda-sama den Futon teilen. Bald. *Sehr* bald.“

„Ja, das muss ich.“ Aber ich will nicht, ich will nicht, dachte ich.

Ich konnte den Gaijin nicht vergessen.

In der Hoffnung, Reed Cantrell zu sehen, blickte ich aus dem Fenster. Er war nicht mehr da. Aber früher oder später würde er die Grenze zu meiner Geisha-Welt überschreiten, so wie er den Ozean überquert hatte.

Und ich würde auf ihn warten.

12. KAPITEL

Es war der erste Tag, an dem ich mit Baron Tonda zusammen sein sollte, und ich hatte noch immer keine Ahnung, was Reed Cantrell mir über meinen Vater sagen wollte. Sorgfältig kümmerte ich mich um meine täglichen Pflichten, faltete den Kimono so präzise, wie es vorgeschrieben war, und verstaute ihn in dem Holzregal. Ich versuchte, geduldig zu sein, so wie Okâsan es mich immer gelehrt hatte. Ich musste zugeben, dass mir erst in dem Moment, in dem ich beinahe alles verloren hätte, klar wurde, wie viel mir diese Frau beigebracht hatte.

Was soll ich nur tun, Papa?

Jeden Morgen betete ich vor einem kleinen Schrein, der aussah, wie ein Shinto-Tempel und in dem sich eine Erinnerungstafel an meine Mutter befand, legte einen Zweig Immergrün und ein paar Körner Reis davor, und jeden Abend, bevor ich zu Bett ging, zündete ich ein Licht an.

Nun wollte ich auch für meinen Vater beten. Vielleicht hatte ich schon immer gewusst, dass er nicht zurückkommen würde, aber zumindest hatte er es versucht. Auf eine äußerst merkwürdige Weise beruhigte und wärmte mich dieser Gedanke und half mir so innerhalb kürzester Zeit, mich auf das vorzubereiten, was ich zu tun hatte.

„Ich brauche all meine Kraft, Papa, wenn ich mich Baron Tonda-sama hingeben muss“, flüsterte ich.

Dabei sehnte ich mich nach anderen Händen, die meine Brüste streichelten, nach anderen Lippen, die an den kleinen geschwollenen Spitzen saugten. Es war der attraktive Gaijin, nach dem ich mich sehnte, Reed Cantrell, ich wünschte, er würde die Zeremonie über sieben Nächte mit mir begehen.

Allein der Gedanke an Reed-san ließ mich feucht werden. Ich hob meinen weichen, dünnen Baumwollkimono, streichelte mit einer Hand über den Bauch, legte sie zwischen die Beine und schob zwei Finger in meine Spalte. Während ich meine Finger vor und zurück bewegte, genoss ich das Gefühl, immer feuchter zu werden. Mein Atem ging schneller und schneller, bis ich spürte, dass ich kurz vor dem Höhepunkt stand.

„Ah ... ah ... *ah!*“ schrie ich auf, meine Stimme klang heiser und kehlig. „Ja ... *ja!*“

Befriedigt schloss ich die Augen, atmete mehrmals tief durch und entspannte meinen Körper. Ich war sogar so entspannt, dass ich nicht hörte wie Youki die Papiertür aufschob und ins Zimmer kam. Erst als ich die Augen wieder öffnete, bemerkte ich sie. Mit einer Handbewegung, die mich verwirrte, reichte sie mir ein Tuch und verneigte sich.

„Ich bringe dir dieses Tuch, damit du dir die Liebestropfen vom Schenkel wischen kannst, nachdem der Baron dich heute Abend besucht hat.“ Sie konnte ein Kichern nicht unterdrücken. „Aber wie ich sehe, brauchst du es jetzt schon.“

„Ich finde weder dich noch dein Geschenk besonders lustig, Youki-san“, sagte ich, wischte mir – kein bisschen verlegen – die Finger ab und warf das Seidentuch auf die Matte.

Youki lächelte mich an. Sie versuchte, mir Angst zu machen, genauso wie damals, als ich zum ersten Mal das Teehaus des Sehnsuchtsbaumes betrat. Aber ich hatte keine Angst.

„Ich weiß, was in der ersten Nacht und allen weiteren Nächten der Zeremonie geschieht“, sagte ich. „Wie dem Mann jede Nacht drei rohe Eier gereicht werden, weil das Eigelb ihm Energie und Stärke gibt ...

Baron Tonda-sama würde allerdings mehr als rohe Eier brauchen, um mich zu unterwerfen.

„... dann taucht er seine Finger in das klebrige Eiweiß und schiebt den feuchten Finger in den Samtmund der Maiko. Als Nächstes bewegt er sich so, dass ihre Säfte fließen und ihre Leidenschaft entfacht wird. Noch wichtiger ist, dass seine Finger ihr Blütenherz Nacht für Nacht weiten, bis sie bereit ist, seinen großen Jadestab zu empfangen.“

Sieben Nächte Vorspiel.

Würden meine Ohren heiß werden? Meine Brüste anschwellen und seine Hände ausfüllen? Würde ich den Kopf hin und her werfen, mich winden? Was, wenn ich mich nicht beherrschen konnte, ihn mit den Beinen umklammerte, weil ich mehr wollte, weil ich mehr *brauchte* ...

Nein. Darüber wollte ich nicht nachdenken.

Ich nahm einen kleinen Fächer, wedelte mir Luft zu und setzte einen gelangweilten Gesichtsausdruck auf. „Ich vermute, *du* findest großen Gefallen an diesem sexuellen Ritual.“

Youki lächelte. „Ich wünschte, ich wäre so glücklich, von Baron Tonda-sama ausgewählt worden zu sein.“

„Und weshalb?“

„Wie man hört, kann der Baron eine Frau viele Tage und Nächte lang durch den Garten der Lust führen, sie mit seinem Samen füllen und ihr verborgenes Elixier aus dem tiefsten Kern der Weiblichkeit hervorlocken."

„Was auch immer du gerne glauben magst, Youki-san", entgegnete ich mit einer Festigkeit in der Stimme, die mich selbst überraschte, dann klatschte ich mit dem Fächer auf den Boden. „Ich tue das einzig und allein für Okâsan."

Höhnisch lächelnd entgegnete Youki: „Du wirst deine Meinung schon noch ändern, wenn der Baron dafür sorgt, dass du vor Lust aufschreist. Ich werde deinen unterdrückten Schreien lauschen, dann werde ich wissen, wann er den tiefsten Punkt deiner Mondgrotte erreicht hat."

„Ich habe keine Zeit für deine wilden Geschichten, Youki-san." Abwehrend wedelte ich mit dem Fächer, stand auf und ließ den Kimono fallen. „Ich muss mich nun für heute Nacht vorbereiten und würde gern allein sein."

Youki kam mit der zu erwartenden Anmut einer Geisha auf die Füße und reckte das Kinn. „Falls der Baron mich bittet, euch später Gesellschaft zu leisten, dann glaube bloß nicht, dass ich es deinetwegen tue."

„Aha?"

„Es wäre mir eine Ehre, ihm *alles* zu geben, was er wünscht." Youki kniff die Augen zusammen. „Aber falls ich dann meine Zähne zu fest in deine Brustwarzen vergrabe, vergiss nicht, dass der Baron glauben wird, ich tue das für sein Vergnügen."

Sollte das eine Warnung sein? Eine Drohung? „Was auch immer heute geschieht, Youki-san, vergiss niemals, dass der Baron *dich* nicht gewählt hat."

Youki grinste durchtrieben. „Hat Mariko-san dir

denn nicht erzählt, dass ich seinen hochgeschätzten Jadestab bereits letzte Nacht genießen durfte?"

„Nein", versetzte ich. „Sicherlich hat er dich nur genommen, weil er mich nicht haben konnte."

„Tatsächlich? Du bist nur eifersüchtig, dass ich ihn zuerst hatte."

„Eine gefallene Blüte kann nicht wieder an den Ast zurück, Youki-san. Der Baron wird schnell gelangweilt sein von dir. Ich denke, er bevorzugt frische und unschuldige Frauen."

Youki warf den Kopf zurück und lachte. „Dann sei nicht überrascht, wenn der Baron sich als nächstes Ziel diese langweilige kleine Mariko-san wählt."

Wie von einer Tarantel gestochen jagte ich hinter ihr her, wirbelte meinen Kimono durch die Luft. „Wenn der Baron es wagt, Mariko-san auch nur zu berühren, werde ich ihn töten!"

„So gierig wie sie auf den Rikscha-Jungen ist, wird es höchste Zeit, dass sie endlich den Jadestab eines Mannes kennen lernt."

Überrascht hob ich die Augenbrauen, als wollte ich fragen: Hisa-don? Und Mariko? Das glaube ich nicht.

Oder stimmte es vielleicht doch? Hatte meine künftige Schwester deshalb so ungehörig reagiert, als Hisadon versuchte, mich im Garten zu verführen?

Was für eine Närrin war ich gewesen! Und doch verspürte ich keinen Ärger, keine Eifersucht. Nur Belustigung. Ich dachte über Mariko nach. Sie war viel zu besessen vom Pflichtgefühl, um ihre leidenschaftlichen Gefühle für den Jungen jemals auszuleben.

Unsanft schob ich Youki zur Tür. Ohne ein weiteres Wort zog sie die Papiertür auf und hinter sich wieder zu, geräuschlos, wie es alle Geishas es tun.

Um meine Hüfte wickelte ich ein dünnes Tuch, dann schlüpfte ich in den Unterkimono. Ich drapierte den gelben Kimono fest um meinen Körper, befestigte ihn mit zwölf Schnüren und legte eine blaugoldene Schärpe an. Als Nächstes steckte ich ein kleines blaues Seidentuch in die Schärpe, zog saubere weiße Strümpfe an und blickte mich suchend nach meiner schwarzen Perücke um.

Schließlich fiel mir auf, dass ich vergessen hatte, das schmale rote Band mit den Gold- und Silberfäden unter den Kragen zu stecken. In diesem Moment plagten mich keine Ängste, jagten mich keine Dämonen, machte mir die Vergangenheit nicht zu schaffen. Ich verspürte nur eine ungeheure Heiterkeit. Am Ende dieser Woche würde ich meinen Kragen wenden, um meinen Eintritt in die Geisha-Welt zu symbolisieren, also den roten gegen einen weißen austauschen.

Von einer Maiko würde ich zur Geisha werden.

Ungewöhnlich, nachdem ich schließlich nie wie die anderen Maikos bei einem Festessen Saké ausgeschenkt hatte. Okâsan hatte mir nie erlaubt, bei diesen Festen dabei zu sein.

Warum nicht? Welches Geheimnis verbarg sie vor mir?

Okâsan war sehr nervös, als sie mich etwas später zu sich auf die glatt polierte Veranda kommen ließ. Sie erklärte mir, dass in der hundertachtjährigen Geschichte dieses Teehauses keine Maiko jemals die Geisha-Welt auf solch außergewöhnliche Art und Weise betreten hätte. „Nie wurde eine Maiko zur Geisha, ohne die traditionelle Frisur zu tragen oder ihre Zähne zu schwärzen“, fuhr Okâsan fort, nahm ihre Teetasse hoch und stellte sie wieder ab, ohne einen Schluck getrunken zu haben. „Nie zuvor wurde eine Maiko zur Geisha, ohne sich vorher einen Namen zu geben …“

„Entschuldigen Sie, Okâsan“, unterbrach ich sie. „Aber ich *habe* einen Geisha-Namen.“

„Und welchen Namen hast du ausgewählt?“

„Kimiko.“

„Ein ehrenwerter Name, Kathlene-san, er wird in der Welt der Geishas sehr respektiert.“ Simouyé lächelte, dann legte sie eine Hand auf meinen Arm. „Ich wünschte, ich könnte dir das ersparen, Kathlene-san. Ich wollte dich niemals zwingen, etwas gegen deinen Willen zu tun. Ich bete zu den Göttern, dass wir diesen Sturm überleben, der uns bedroht.“

Ich nickte. „Dass ich meine Frühlingsgabe an den Baron verkaufe, hat nichts mit den Kimonos für das Teehaus zu tun, wie Sie behaupteten.“

Simouyé verschränkte die Hände im Schoß, ein Zeichen, dass sie ihre Gefühle unterdrückte. „Unsere Welt steckt voller Geheimnisse, Kathlene-san. Mehr werde ich dazu nicht sagen.“

„Bitte, Okâsan, ich möchte wissen, warum Sie mir nicht die Wahrheit über Baron Tonda-sama sagen.“

Simouyé lächelte ein gekünsteltes Lächeln. „Die Jahre im Teehaus haben dich nicht gezähmt, Kathlene-san. Diese Kühnheit hast du von deinem Vater.“ Sie blickte zu Boden, was mich überraschte. „Aber ich kann es dir nicht sagen.“

„Okâsan“, begann ich. Wenn ich ihr von dem Gaijin erzählte, würde sie mir dann verraten, womit der Baron sie unter Druck setzte? Hatte Mariko die Wahrheit gesagt? Drohte der Baron wirklich damit, Okâsan zu ruinieren? „Ich muss Ihnen erzählen, was heute im Tempel passiert ist …“

„Später. Nun musst du dich auf die heutige Nacht vorbereiten.“

„Aber es ist wichtig, Okâsan.“

„Nichts ist wichtiger als das, was du heute Nacht zu tun hast.“ Schweigen. „Ich überlasse dich nun deinen Pflichten, Tochter des Mallory-san.“

„Ja, Okâsan.“

Voller Respekt verneigte ich mich, und als ich mich erhob, verspürte ich ein seltsam friedliches Gefühl, das Gespräch mit Okâsan hatte mir Kraft gegeben. Ich eilte zurück in mein kleines Zimmer. Plötzlich fühlte ich mich wie ein Kind. Summend nahm ich die Holzschuhe mit den kleinen Glöckchen aus dem Schrank, die ich am ersten Tag im Teehaus des Sehnsuchtsbaumes bekommen hatte. Ich hatte sie behalten, obwohl sie mir längst nicht mehr passten.

Nach der Schwesternzeremonie wollte ich sie Mariko schenken. Die Kokeshi-Puppen, die ich damals im Garten verloren hatte, hatte ich nicht mehr gefunden. Vermutlich hatte Ai sie in den Müll geworfen. Als ich die Holzschuhe hochnahm, bemerkte ich, dass meine Hände zitterten. Warum bekam ich nun doch wieder Angst? Ich gehörte doch in diese Welt und wollte keinesfalls, dass sich daran etwas änderte.

Aber jemand hatte mich verändert. Jemand hatte dafür gesorgt, dass mein Herz schneller schlug. Reed-san. Ich musste ihn vergessen und tun, was die Götter verlangten. Die Schuhe stellte ich auf den Balkon, betrachtete die Schönheit des Gartens und konzentrierte mich darauf, ruhig zu werden.

„Dreh dich nicht um, Kathlene-san. Du wirst heimlich beobachtet."

Reed sah, wie sie erstarrte, nach Luft schnappte, eine Hand auf den Mund presste. Er kam näher, bewunderte ihre schönen langen Finger, ihre festen Brüste. Am liebsten hätte er sie berührt, in die Arme genommen und die Zunge auf die harten Brustwarzen gedrückt. Allein der Gedanke ließ seinen Mund wässrig werden.

„Reed-san!" flüsterte sie. Er betrachtete ihren langen, weißen Nacken, der dafür gemacht war, geküsst und liebkost zu werden. „Was tust du hier?"

„Ich musste dich sehen, Kathlene."

„Es gibt nichts mehr zu sagen."

„Warum kommst du nicht mit mir?"

„Ich muss meine Frühlingsgabe an Baron Tonda-sama verkaufen, das uralte Ritual Mizu-age ... "

„Was ist das?" fragte er ungeduldig.

„Die Entjungferungszeremonie. Sieben Nächte lang bereitet der Baron meinen Körper darauf vor, zu ..."

Brach ihre Stimme? Versuchte sie krampfhaft, ein Aufschluchzen zu unterdrücken?

„Du darfst diesen Wahnsinn nicht mitmachen, dieser Baron kann deine Jungfräulichkeit nicht kaufen wie eine Ware. Das ist unzivilisiert."

„Du gehörst zu denen, die sie ‚Barbaren' nennen, Reed-san."

„Hör mir zu, Kathlene, das ganze verdammte Teehaus beobachtet uns, und deswegen sage ich es laut und deutlich: Du wirst mit diesem Baron weder heute noch in einer anderen Nacht schlafen. Das werde ich auf gar keinen Fall zulassen."

„Du verstehst das Leben einer Geisha nicht, Reed-san. Es ist Tradition, dass eine Maiko ihre Jungfernschaft verkauft. Eine sehr alte Tradition, so alt wie der Sehnsuchtsbaum."

„Sehnsuchtsbaum? Was ist das für eine verrückte Geschichte?"

„Wenn die Geisha ihren Liebhaber am Tor verabschiedet, läuft sie zurück zum Weidenbaum und dreht sich um, um ihm noch einen Blick voller Sehnsucht zuzuwerfen."

„Verstehe." Er nickte. „Und wirst du mit Sehnsucht auf den Baron zurückblicken, nachdem er es mit dir getrieben hat? Oder würdest du dann lieber jemand anderen sehen?"

Sie blickte ihn fest an. „Du weißt, dass ich dir darauf nicht antworten kann."

„Gibt es da jemanden, Kathlene? Gib mir die Antwort, die ich in deinen Augen erkenne. Sag es mir!"

„Ich kann nicht … ich kann nicht. Du verstehst das nicht. Ich habe keine Wahl …"

„Auf der Veranda, da warst du erregt, deine Brüste vor Lust geschwollen, die Brustwarzen prall. Wenn ich nicht geschworen hätte, dich als Jungfrau zurückzubringen, Kathlene, wenn ich der Barbar wäre, als den du mich bezeichnest, dann hätte ich dich auf der Stelle dort genommen, und du hättest mich nicht davon abgehalten. Nicht wegen einer völlig veralteten Tradition. Du wolltest mich genauso sehr wie ich dich."

Kathlene starrte ihn an. Sie war nicht länger das junge, hilflose Mädchen, er konnte sehen, dass sie eine Stärke gewonnen hatte, die er nicht begreifen konnte.

Ein Geräusch ließ sie zusammenzucken. Reed folgte

ihrem Blick und sah, wie eine junge Geisha hinter der nicht ganz geschlossenen Schiebetür hervorschaute. Sie spionierte sie aus und unternahm nicht den geringsten Versuch, sich zu verstecken, so als sei dieses Verhalten völlig normal.

„Bitte, Reed-san, du musst gehen!“ flüsterte Kathlene. „Sofort! Nichts was du sagen könntest, würde meine Meinung ändern.“

„Ich glaube dir nicht. Ich muss mit dir sprechen.“

„Nein. Ich … ich muss mich jetzt auf heute Nacht vorbereiten.“

„Damit dieser verdammte Baron dich in die Arme nehmen kann?“ Er umfasste ihre Brüste, strich über die Spitzen, hielt sie fest, genoss die Sinnlichkeit ihres Körpers und das tiefe Seufzen.

„Nein, Reed-san, nicht, nicht hier, nicht jetzt, überhaupt nie!“

„Warum quälst du dich selbst so, Kathlene? Warum gibst du dich einem keuchenden Samurai hin?“ Er legte eine Hand auf ihre Hüfte. „Dein Vater würde nicht wollen, dass du …“

„Mein Vater würde das verstehen, Reed-san“, wisperte sie. „Er hat mich gelehrt, stark zu sein und Mut zu zeigen in Zeiten der Gefahr. Das ist mein Schicksal.“

„Schicksal? Sag mir, was für ein Leben wirst du führen, nachdem der Baron mit dir geschlafen hat? Jede Nacht ein anderer Mann? Ist es das, was du willst?“

„Du verstehst nicht, wie wir leben!“

„Ich weiß nur so viel: Dein Vater würde keinesfalls wollen, dass du wie die Frauen endest, die ich in Shimabara gesehen habe, die nur ein Stück Seide tragen, das nicht mehr verdeckt als ihr versteinertes Herz. Die Männer ansprechen und sie mit hochgereckten Armen anflehen, sie für eine Nacht zu bezahlen."

Kathlene überlegte einen Moment. „Es ist wahr, dass mein Vater mich nicht in ein Geisha-Haus gehen lassen wollte. Ich erinnere mich gut an den Abend, an dem er mich hierher brachte, sehe den Schmerz auf seinem Gesicht bei der Vorstellung, mich in dem Blumenquartier zurücklassen zu müssen. Aber er wusste, dass Simouyé sich meiner wie einer Tochter annehmen und nicht zulassen würde, dass mir etwas Schlimmes geschieht." Ihre Stimme wurde weich bei der Erinnerung. „Okâsan hat ihre Aufgabe erfüllt. Ich kann es ihr nicht danken, indem ich zulasse, dass Baron Tonda-sama ihr Leben zerstört. Das kann ich nicht, und das werde ich nicht. Mein Vater würde wollen, dass ich meine Pflicht erfülle, wenn er noch am Leben wäre." Sie sah ihm unverwandt in die Augen, und da begriff er, dass sie schon längst wusste, was er nicht auszusprechen wagte. „Er ist tot, Reed-san. Nicht wahr?"

Er hätte sie so gerne festgehalten. „Ja, Kathlene, ich glaube, Mallory ist tot."

Lautlos begann sie zu weinen. „Erzähl mir, was geschehen ist. Bitte."

„Dein Vater war sehr krank, als wir schließlich von einem Schiff aufgelesen und zurück nach San Francisco gebracht wurden. Er hatte die Ruhr, doch sein einziges Ziel war, dich zurückzuholen." Er beugte sich ein wenig vor. „Als Mallory all diese Monate auf der Insel von dir sprach, entstand in meinem Kopf ein Bild von dir, in das ich mich verliebt habe. In deinen freien Geist, deinen Humor, dein liebendes Herz, selbst in deine aufsässige Art. Ich wusste nicht, wie du aussiehst, nur, dass du langes blondes Haar hast und grüne Augen. Ich konnte mir eine blonde Geisha nicht vorstellen. Als die Ärzte deinem Vater sagten, er würde eine weitere Seereise nicht überstehen, versprach ich, dich zurück nach Amerika zu bringen, damit er in Frieden sterben konnte."

„Hast du ihn sterben sehen?"

„Nein."

Hoffnung lag in ihrer Stimme als sie sagte: „Dann *könnte* er noch leben?"

„Ja, das ist möglich." Er nahm ihren Arm und zog sie auf eine Bank. „Begreifst du jetzt, warum ich nicht zulassen kann, dass du mit dem Baron schläfst? Ich habe deinem Vater versprochen, dass dir nichts geschieht."

„Du verstehst nichts von Verpflichtungen, Reed-san, und von dem starken Band, das dadurch zwischen Menschen entsteht. Mein Vater hat Simouyé geliebt, und in Japan kann man ohne Verpflichtung nicht lieben. Und diese Verpflichtung ist nun auf mich als seine Tochter übergegangen. Es ist eine Schuld, die beglichen werden muss. Simouyé gegenüber."

Er lächelte nicht. Genauso wenig wie Kathlene. „Und was ist mit der Verpflichtung deinem Vater gegenüber?"

Was ist mit deiner Verpflichtung mir gegenüber, wollte er eigentlich fragen. Verdammt, ich habe mein Leben aufs Spiel gesetzt, um dich zu finden.

Ihre Blicke trafen sich, und in ihren Augen sah er, dass sie nicht mit dem Baron schlafen wollte, sie war zu Tode verängstigt.

„Komm mit mir, Kathlene. Wir können den Zug

nach Yokohama nehmen und von dort mit dem Schiff in die Staaten fahren."

Sie blinzelte, ihre Lippen bebten, doch sie sagte nichts. Er konnte nur erahnen, welcher Schmerz in ihr wütete.

Er hörte eine leise Frauenstimme hinter sich: „Wer ist dieser Mann, Kathlene-san?"

Reed drehte sich um, nicht wirklich überrascht, die imposante Gestalt der Mama-san zu sehen. Diese wunderschöne, anmutige Geisha musste die Frau sein, die Simouyé hieß.

„Bitte verzeihen Sie, Okâsan", entgegnete Kathlene mit höchst formeller Stimme und verbeugte sich.

Der Amerikaner lauschte ihrem Wortwechsel auf Japanisch, verstand vereinzelte Brocken. Kathlene nannte seinen Namen und sagte, dass er Nachricht von ihrem Vater hätte, woraufhin die ältere Frau aussah, als würde sie gleich in Ohnmacht fallen. Dann, mit allergrößter Ruhe, sagte sie auf Englisch zu ihm: „Lebt Mallory-san noch?"

„Er war sehr krank, als ich San Francisco verließ", antwortete Reed.

Sie hob eine Hand und nickte. „Ich verstehe."

Doch Reed wollte die Gelegenheit nutzen. „Wenn Sie Mallory lieben, dann müssen Sie Kathlene davon überzeugen, mit mir zu fliehen."

Simouyé senkte den Blick, sprach dann in schnellem Japanisch mit Kathlene, woraufhin diese sich tief verneigte und ging. Nun war er mit der Teehausbesitzerin allein im Garten.

„Bitte, ich muss Sie fragen, ob Sie wissen, weshalb Mallory-san seine Tochter hiergelassen hat", sagte sie in präzisem Englisch.

„Mallory sagte mir nur, dass seine Tochter in einem Teehaus versteckt gehalten würde und er auf dem Weg war, um sie nach Hause zu holen."

„Ich verstehe." Sie zögerte kurz. „Cantrell-san, bevor Sie gehen muss ich Sie darüber informieren, dass Kathlene-san die letzten drei Jahre in diesem Teehaus verbracht hat, weil ein wichtiger und machtvoller Mensch, der Prinz Kira-sama, sich an Mallory-san wegen einer großen Familientragödie rächen will. Obwohl Mallory-san unschuldig ist." Dann fuhr sie jedes einzelne Wort betonend fort: „Der Prinz fordert als Rache das Leben von Mallory-sans Tochter."

Reeds Gesicht versteinerte. „Weiß Kathlene davon?"

Simouyé schüttelte den Kopf. „In Japan spricht man nie von Dingen, die die Harmonie stören, vor allem nicht, wenn es um so einen jungen und wilden Menschen geht. Wenn Kathlene-san von ihrem Schicksal wüsste, würde sie jeden Tag voller Angst verbringen. Mallory-san wusste das und ließ mich schwören, es ihr nicht zu sagen."

„Aber ich verstehe trotzdem nicht, warum sie ihre Jungfräulichkeit an diesen Mann verkauft haben. *Warum?*"

Simouyé steckte die Hände in ihre Kimonoärmel, als müsse sie ihre Schwäche verbergen. „Nach all diesen Jahren kann ich nicht länger verhindern, dass sie in die Welt der Blumen und Weidenbäume der Geishas eintritt, ohne Verdacht auf mein bescheidenes Teehaus zu lenken. Seit Monaten schon kursieren Gerüchte über eine schöne Maiko, die niemals bei Festessen und Banketten gesehen wird, und ständig wird darüber spekuliert, wer die Entjungferungszeremonie an ihr ausführen darf. Ich hätte sie gerne längere Zeit versteckt gehalten, aber dann hat Baron Tonda-sama meinem Teehaus einen überraschenden Besuch abgestattet und verlangt, dass er derjenige ist. Um zu verhindern, dass er ihre wahre Identität herausfindet, muss er bekommen, was er will. Danach wird er sie nie mehr wieder sehen. So sind die Regeln." Sie sah ihn direkt an, etwas, was in Japan äußerst ungewöhnlich war. „Sobald der sexuelle Hunger von Baron Tonda-sama gestillt ist, Cantrell-san, wird sie wieder in Sicherheit sein. Und für ihre Sicherheit werde ich alles tun."

„Ich verstehe euch Japaner nicht im Geringsten. Wie könnt ihr einem jungen Mädchen erlauben, seine Jungfräulichkeit zu verkaufen, um die Lust von Männern zu stillen?"

„Sie würden auch gerne mit ihr schlafen?"

„Ja, aber das ist nicht dasselbe."

Sie lächelte. „Ist es nicht?"

Simouyé verneigte sich tief, und er hatte das Gefühl, diese Runde verloren zu haben. Sowohl Kathlene wie auch diese Mama-san hatten versucht, ihn davon zu überzeugen, dass es richtig war, mit dem Baron zu schlafen. Für ihn ergab das alles nach wie vor keinen Sinn. Aber mit Argumenten kam er nicht weiter. Er musste einen anderen Weg finden, um Kathlene noch rechtzeitig aus diesem Teehaus herauszuholen und sie vor Baron Tonda-sama zu retten.

Reed protestierte nicht, als eine alte Frau, die sich so oft verbeugte, dass er nicht mitzählen konnte, darauf bestand, ihm den Weg nach draußen zu zeigen. Irgendwie würde er dieses verrückte Ritual verhindern.

Er hatte Mallory versprochen, dessen Tochter sicher und unversehrt nach Hause zu bringen. Er würde heute Nacht zurückkommen, den Baron stellen und, wenn nötig, töten. Er würde *alles* tun, um Kathlene in Sicherheit zu bringen. Um sie für sich selbst zu haben?

„Entschuldigung, bitte", sagte eine sanfte Stimme hinter ihm. Im Umdrehen erkannte er die junge Maiko.

„Ich habe Sie schon einmal gesehen. Sie sind das junge Mädchen in der Rikscha."

„Ja." Sie verneigte sich.

„Können Sie mir helfen? Mit Ihrer Mama-san komme ich nicht weiter ..."

„Sie nehmen Bad?"

„Bad? Wovon sprechen Sie?"

„Alle Geishas nehmen Bad am Nachmittag. Spät." Sie hob drei Finger in die Höhe. Fünfzehn Uhr. „Sie gehen Badehaus bei Fischmarkt." Sie zeigte in eine Richtung. „Sie sehen Geisha nackt. Mögen Sie?"

Sie verschwand kichernd. Er blickte in die Richtung, in die sie gezeigt hatte, und sah mehrere Holzgebäude. Fischgeruch lag in der Luft und erinnerte ihn an die Bordelle in Shimabara. Badehaus hatte sie gesagt. Fünfzehn Uhr. Reed grinste breit. Sie wollte ihm sagen, dass Kathlene mit den anderen Geishas zum Baden gehen würde. Allein die Vorstellung ihres nackten Körpers erregte ihn schon wieder. Er begehrte sie. Aber er würde sie nicht berühren. Nein, schwor er sich selbst, das würde er nicht. Dennoch, er musste sie zur Vernunft bringen.

Da Baron Tonda kaum je Probleme hatte, hart zu werden, hatte er es nicht nötig, Aphrodisiaka zu sich zu nehmen, wenn er sich auf eine Nacht mit einer Frau vorbereitete. Doch heute fühlte er sich unbehaglich. Er trank die grüne Medizin, die aus rotgefleckten Eidechsen hergestellt wurde, in einem Zug aus, ignorierte den ekligen Geschmack, warf die leere Tasse auf die Bodenmatte und fluchte. Sein chinesischer Arzt hatte ihm erklärt, dass die Eidechsen, die sich bei der Paarung stundenlang ineinander verkeilten und sich durch nichts trennen ließen, für den besseren Geschmack in Saké eingelegt worden waren.

Doch auch wenn der Mann bezüglich des Geschmacks gelogen hatte, so vertraute der Baron doch auf die Kraft des Getränks. Zweifellos entfaltet das Gebräu bereits seine Wirkung, dachte er, als er nach seinem steif werdenden Jadestab griff. Also brauchte er nicht seine Leiste zu massieren, was er üblicherweise tat, um die Keimdrüsenhormone anzuregen. Es war eine langsame Methode, aber ein wunderbares Mittel, damit sein Froschmund sich im Augenblick des Höhepunktes weit öffnete und seine Sahne sich tief in die Frau ergoss.

Er versagte niemals.

Nur verlangte es die Tradition, dass er bis zur siebten Nacht wartete, bevor er seine sexuelle Fechtkunst mit Stößen, Paraden und Gegenschlägen unter Beweis stellen konnte. Er verfluchte Okâsan und ihre dummen Traditionen. Gut, dann würde er eben jede Nacht mit einer anderen Geisha des Teehauses seinen Spaß haben.

Der Baron befand sich in einer kleinen Villa des Prinzen am anderen Ufer des Sees, wo er sich in aller Ruhe vorbereiten konnte. Gedankenverloren setzte er sich in einen Stuhl und lehnte sich zurück. Er spürte, wie seine Erregung immer stärker wurde, während er an das Mädchen dachte. Ganz sicher war er sich nicht, dass es sich um die blonde Geisha handelte. Aber ihre Gesichtszüge, ihre Größe, ihr schlanker Körper, ihre vollen Brüste und ihr aufsässiges Benehmen, all das deutete darauf hin, dass sie keine Japanerin war. Tonda konnte es kaum glauben, schließlich hatte er drei Jahre lang nach ihr gesucht. Überall, auf zwei Kontinenten, wobei er mit jedem Mädchen geschlafen hatte, das er begehrte, ohne je die Richtige zu finden.

Der Baron begann, sich heftig zu reiben. Er ärgerte sich noch immer darüber, was im Teehaus geschehen war. Sie hatte ihn bewusst provoziert, indem sie die Statue auf ihn schleuderte und davongerannt ist. Das Mädchen machte ihn fuchsteufelswild, und zugleich erregte sie ihn mehr als jede andere Frau zuvor. Er zweifelte nicht daran, dass sie entgegenkommend reagieren würde, sobald er erst einmal tief in sie stieß. Etwas anderes konnte er sich nicht vorstellen. Sie war keine zarte Blüte wie die meisten Maikos. Sie erschien ihm vielmehr wie eine taubenetzte Rose, die bebend ihre weichen Blütenblätter entfaltete und wartete, dass er mit seinem Jadestab ihr Elixier zum Überfließen brachte. Der Baron wollte sie so sehr, dass er zum ersten Mal im Leben Angst davor hatte, sein Instrument der Freude nicht mehr unter Kontrolle zu haben. Furchtsam blickte er auf seine Erektion und fürchtete, dass sie ausbliebe, sobald er mit ihr schlafen wollte.

Nein. So etwas würde ihm nicht passieren. Baron Tonda wusste genau, wie man eine Frau erregte, wie man sie heiß und lüstern machte. Er würde an ihren Brüsten saugen, bis sie ihm nicht länger widerstehen konnte und ihre Liebessäfte heiß und klebrig ihre Schenkel benetzten.

Heute Abend würde er damit beginnen, sie nach und nach mit seinen Fingern zu öffnen und in Wallung zu bringen. Dann, in der siebten Nacht, durfte er endlich in sie eindringen, wie eine kalte Schlange, die in ihr warmes, feuchtes Nest kriecht …

„Entschuldigen Sie, Baron."

„Hm?" Er knurrte und sah auf. Ein gut gekleideter Kurier hatte den Raum betreten, verneigte sich tief, und ohne den Kopf zu heben hielt er dem Baron eine Schriftrolle hin.

Der Samurai knurrte erneut, lauter diesmal, und entließ den Mann, obwohl er wusste, dass er auf eine Antwort warten würde.

Hastig erbrach er das Siegel des Prinzen, entfaltete das Reispapier und begann zu lesen. Sein Magen zog sich zusammen, seine Brust wurde eng, er hatte Schwierigkeiten, gleichmäßig zu atmen. Aber nicht nur diese Körperteile wurden von den Neuigkeiten beeinflusst. Er griff nach seiner Flöte. Weich. Klein. Nutzlos. Alle Energie, alle Leidenschaft war jetzt verflogen. Der Prinz wollte, dass er zurück auf sein Schloss in der Nähe von Tokio kam.

Und zwar sofort.

Wütend zerknüllte der Baron das Papier und warf es auf den Boden. Dann musste er die Tradition eben übergehen und gleich heute Nacht mit dem Mädchen schlafen. Es ärgerte ihn, dass er sie nicht ganz langsam genießen durfte, sie betrachten, wie sie mit weit gespreizten Beinen auf dem Rücken lag, während seine Finger ihr Innerstes erkundeten. Stattdessen würde er sein hartes Schwert an die Öffnung ihrer Muschel drücken und dann tief und fest in sie stoßen.

Baron Tonda atmete tief durch. Dann rief er den Kurier herein. „Richten Sie Prinz Kira-sama aus, dass ich sofort ins Schloss Kawayami zurückkehre."

„Ja, Baron." Der Kurier verneigte sich mehrmals.

„Und Sie können ihm auch sagen, dass ich sie gefunden habe."

Der Mann hielt mitten in der nächsten Verbeugung inne und blickte verblüfft auf. „Entschuldigen Sie, Baron?"

Der Baron zögerte einen Moment. Doch er konnte der Versuchung nicht widerstehen. Noch heute Nacht würde er die Tat vollenden und triumphierend nach Tokio zurückkehren – warum sollte er dem Prinzen nicht jetzt schon die Nachricht überbringen lassen?

„Sagen Sie dem Prinzen, dass das blonde Mädchen, nach dem er sucht, tot ist. Hingerichtet durch mein Schwert."

13. KAPITEL

Der heiße Wasserdampf liebkoste meine Brüste, als ich meinen nackten Körper in das Becken senkte. Die Knospen richteten sich auf, während mir das warme Wasser zwischen meinen Schenkeln unsagbares Vergnügen bereitete. Ich seufzte, legte den Kopf zurück und schloss die Augen, als ob jeden Moment ein Wassergeist aus den Tiefen des Meeres auftauchen und mich lieben würde.

Verträumt öffnete ich ein Auge, um zu sehen, ob mich jemand beobachtete. Niemand. Die Götter meinten es gut mit mir. Ich ließ mich tiefer sinken und atmete die warme Luft ein. Dampfwolken füllten das Badehaus, man konnte nicht sehen, wer kam oder ging, also war nichts dagegen einzuwenden, mit geschlossenen Augen weiterzuträumen. Irgendwo in der Ferne erklang eine Harfe, die schöne Melodie schmeichelte meinen Ohren und ließ mich noch tiefer in meine Traumwelt eintauchen. Mit zitternden Fingern streichelte ich meine Brüste, meinen Bauch und meine Scham.

Nimm mich in die Arme, Reed-san, und berühre mich mit tausend Fingern und Lippen, zart, fast unmerklich zuerst, doch dann mit schamloser Dreistigkeit, die ein loderndes Feuer in mir entfacht.

Mein Gesicht brannte, ich nahm die kleine Teetasse von dem Tablett, das zusammen mit Rosenblüten und gelben Chrysanthemen auf dem Wasser schwamm. Ich atmete den Duft der Blumen ein und trank den Tee aus Ingwer und Sojasoße, der den Blutkreislauf anregen sollte und mich nur noch mehr erregte. Meine Hand bewegte sich zu meiner Mondgrotte, ich spürte wie sie vor Sehnsucht anschwoll.

Als ein Wasserspritzer mein Gesicht traf und mich aus meinem Tagtraum aufschreckte, blinzelte ich. Verärgert wischte ich mir das Wasser aus den Augen und blickte mich um. Verlegen war ich jedoch nicht, denn wer hätte mich in diesem Dampf schon beobachten können? Ich entdeckte Mariko, die am Beckenrand hockte und mich mit Wasser vollspritzte, um meine Aufmerksamkeit auf sich zu ziehen.

„Solltest du dir deine Energie nicht für Baron Tonda-sama aufheben?" zog sie mich auf und rieb sich ihre Arme und Beine mit einem mit Reiskleie gefüllten Seidenbeutel ab, damit ihre Haut schön weich wurde.

Ich nahm die Hände aus dem Wasser und drehte ihr die Handflächen zu, als wollte ich sagen: Warum denn nicht? Ich lächelte sie an. „Du kannst sicher sein, dass der Baron mit allen Mitteln versuchen wird, mir einen Höhepunkt zu bereiten, um sein Können zu bestätigen."

„Bestimmt wird der Baron dir erhabene Gefühle in deinem Blütenherz bescheren."

Entschieden schüttelte ich den Kopf. „Es ist mir ganz egal, ob er seinen blauen Drachen in diese oder jene Richtung schwenkt, ob er ihn vor und zurück bewegt, ich werde meine Hinterbacken nicht schütteln und mich ihm entgegenbäumen. Oder meine Füße hinter seinem Nacken verschränken oder seufzen oder wimmern oder *irgendetwas*", erklärte ich mit fester Stimme. Ich war sorgsam darauf bedacht, meinen Kopf über Wasser zu halten. Diese oft zu fest sitzende, immer furchtbar warme Perücke störte mich heute mehr denn je, aber nur so konnte ich ein Bad genießen, ohne meine blonden Haare zu zeigen.

Zumindest die blonden Haare auf dem Kopf. Lächelnd blickte ich an mir herab. Wenn ich aus dem Becken stieg, bedeckte ich meinen Samtmund mit einem kleinen Tuch. Es war üblich, dass man sich den Körper außerhalb des Beckens abseifte.

„Wenn es der gut aussehende Gaijin wäre, dieser Cantrell-san, der dir Vergnügen bereitet“, sagte Mariko, „dann würde meine künftige Geisha-Schwester bestimmt lauter schreien als alle anderen.“

Neckend spritze ich sie mit Wasser voll. „Ach ja? Ich glaube, wenn Hisa-don dich ins Wasser ziehen und mit seinem hoch geschätzten Jadestab in dein Blumenherz eindringen würde, würdest du noch viel lauter schreien.“

Mariko tat geschockt. „Nein, Kathlene-san, ich würde Hisa-don niemals auf diese Weise betrachten. Er ist …“

„Ein herrliches Exemplar der männlichen Spezies und besonders gut ausgestattet“, zog ich sie auf. Dann fügte ich mit gesenkter Stimme hinzu: „Ich habe gesehen, wie er dich anschaut, Mariko-san, voller Zärtlichkeit und zugleich voller Lust.“

Mariko antwortete nicht. Sie planschte weiter mit den Füßen im Wasser und erzeugte kleine Wellen, die das Tablett schaukeln ließen. „Ich wünschte, ich wäre so mutig wie du, Kathlene-san, und würde meinem Herzen folgen.“

Bei ihren Worten versteifte ich mich und sank tiefer ins Wasser. Mein verspieltes Lächeln verblasste, und mit Wehmut in der Stimme sagte ich: „Das stimmt nicht, Mariko-san. Ich bin doch auch eine Gefangene meiner Pflichten."

Marikos Augen wurden groß. „Was sagst du da?"

„Ich werde Reed-san nie mehr wieder sehen, nachdem der Baron seine sexuellen Gelüste an mir befriedigt hat."

„Deine Worte sind wie das Zirpen der Zikaden, Kathlene-san. Bedeutungslos. Der große Gaijin wird dich nicht im Stich lassen." Mariko stand auf, ihr schmaler Körper glänzte vor Schweiß. „Das weiß ich einfach tief in meinem Herzen."

Sie schnappte sich ein kleines Handtuch und drehte den Kopf von links nach rechts, als wäre sie auf der Suche nach jemandem.

Nach wem, fragte ich mich und folgte ihrem Blick. Ich sah, wie zwei junge Geishas das Badehaus verließen und eine Angestellte ihre nassen Handtücher in einen kleinen Korb warf. Von Mariko und mir abgesehen war dieses private Badehaus mit den beiden Becken, in denen die Geishas jeden Nachmittag badeten, verlassen.

Die Worte meiner Freundin verwirrten mich. „Wie kannst du so sicher sein, dass er zurückkommen wird, Mariko-san?"

Mariko schlüpfte ihn ihren dünnen Badekimono. „Hast du denn nicht bemerkt, meine künftige Geisha-Schwester, dass Cantrell-san dich liebt?"

Überzeugt war ich davon nicht. „Warum sagst du das?"

„Er möchte dich mit nach Amerika nehmen, oder nicht?"

„Ja, aber ich glaube kaum, weil er mich liebt." Ich zögerte, dann sprach ich aus, was mir auf dem Herzen lag. „Wenn mein Vater noch leben würde, Mariko-san, dann hätte ich keine andere Wahl, als nach Amerika zurückzukehren."

„Wenn du das Teehaus des Sehnsuchtsbaumes verlässt, dann wird mein Herz weinen wie meine Laute, wenn eine Saite reißt." Ihr rosiges Gesicht wurde auf einmal ganz blass. Doch schon in der nächsten Sekunde blitzten ihre Augen wieder hoffnungsfroh auf. „Was auch immer geschieht, Kathlene-san, du wirst immer meine Geisha-Schwester sein. Keine Schwester hätte mehr bedingungslose Treue und Hingabe beweisen können als du."

„Deine Worte rühren mich, Mariko-san, aber ich verdiene sie nicht."

„Es freut mich sehr, dass meine künftige Geisha-Schwester die Kunst der Bescheidenheit gelernt hat. Das war nicht immer so." Mariko schnürte den Kimono unter ihren Brüsten zu.

„Ich weiß nicht, wovon du sprichst."

„Ich weiß noch genau, als wir Reismehl- und Beifußklößchen an einem Stand in der Shoji-Straße gekauft haben, um den Frühlingsanfang zu feiern. Du hast darauf bestanden, jedem zu erzählen, dass wir sie selbst gemacht hätten."

„Mmm ... sie waren so köstlich."

„Oder als wir uns mit weißen, gelben und rosa Chrysanthemen beworfen haben, bis die Blüten auf den ganzen Bodenmatten verstreut waren."

„Wir hatten so viel Spaß an diesem Tag, obwohl Aisan mich angeschrien hat."

„Sie hat uns doch beide angeschrien", sagte Mariko lachend.

„Darum geht es doch unter Schwestern“, murmelte ich mit ernstem Gesicht. „Dass man zusammenhält.“

„Und loyal ist, Kathlene-san. Wie zu der Zeit, als Okâsan glaubte, ich sei in einem Teehaus in Kamishichiken besser aufgehoben, weil die Geishas dort züchtiger und stiller sind. Du hast sie angefleht, mich im Teehaus des Sehnsuchtsbaumes zu behalten.“ Sie verneigte sich tief. „Dafür werde ich dir für immer dankbar sein.“

Und doch sah ich, wie zwei Tränen über ihre Wangen liefen. Auch meine Augen wurden feucht. „Ich weiß nicht, was ich sagen soll, Mariko-san …“

Mariko lächelte, dann hauchte sie: „Ich muss gehen, Kathlene-san, und mich für die Zeremonie der Schwesternschaft vorbereiten. Es ist mir wichtig, dass wir Schwestern werden, bevor … bevor …“

Meine Freundin schluckte ihre Gefühle hinunter, was mich enttäuschte, weil ich gedacht hatte, sie würde langsam auch beginnen, sich auszudrücken, aber jetzt erkannte ich, dass sie sich ihrer Pflichten bewusster war, denn je. Doch ein Funkeln in ihren Augen zeugte davon, dass sie ihren Humor nicht verloren hatte.

„Vergiss nicht, Kathlene-san, wenn du zu viel Spaß in diesem Bad hast, dann nimmst du dem Baron die ganze Arbeit ab.“

Sie kicherte, legte eine Hand zwischen die Beine und tat so, als würde sie ihre Finger vor und zurück bewegen, hoch und hinunter. Ich warf mit einem kleinen Handtuch nach meiner Freundin, die lachend davonhüpfte, ihr Kichern schwebte durch den Dunst wie kleine Seifenblasen, die zerplatzten, dann war es wieder still und ich war allein. Die Angestellte und die

Harfenistin waren ebenfalls verschwunden. Eigentlich hätte ich auch gehen sollen, aber nicht gleich. Hatte ich mir nicht ein paar Minuten des Alleinseins verdient, um mich meiner liebsten Fantasie hinzugeben?

Langsam schloss ich die Augen, lehnte den Kopf zurück, nahm eine gelbe Chrysantheme zwischen die Lippen und saugte daran. Dann stellte ich mir vor, dass es Reed-san wäre, den ich mit meinen Lippen verwöhnte, mit meiner Zunge, meinen Zähnen, dann knabberte ich an den Blütenblättern und schluckte sie hinunter. Ich nahm eine weitere Handvoll Blumen und rieb ihre nassen, seidigen Blätter über meinen Hals, meine Brüste und die aufgerichteten Spitzen, die kaum aus dem Wasser ragten. Mit der anderen Hand streichelte ich meinen flachen Bauch und meine Schenkel. Ich öffnete die Beine, liebkoste die weichen Lippen meiner kostbaren kleinen Spalte mit den Blütenblättern. Ich keuchte leise, als das warme Wasser meine Lustperle kitzelte.

Ich sehne mich nach den Händen eines Mannes, den ich kaum kenne, und von dem ich tief im Herzen doch immer wusste. Reed-san, wirst du mich noch wollen, nachdem der Baron seine Lust an mir gestillt hat?

„Ich werde dich immer lieben", sagte er in meiner Fantasie. Ich wünschte so sehr er würde endlich verstehen, dass ich meinen Körper einzig und allein deshalb verkaufte, um das Leben einer Frau zu retten, die mir so unsagbar viel bedeutete.

Ich tue es für Okâsan. Sie war wie eine Mutter für mich, und ich würde sie niemals enttäuschen, genauso wenig wie meinen Vater.

Selbst wenn ich in dieser Nacht auf dem Futon liegen würde, mein Körper in edelstes Jasminparfüm gehüllt, mein Gesicht weiß angemalt, meine Perücke wie ein aufgeteilter Pfirsich frisiert, mein Kimono geöffnet, damit meine Muschel zu sehen war, würde ich mein Herz nur einem einzigen Mann schenken.

Reed-san.

Verliebt stellte ich mir vor, wie der hoch gewachsene Gaijin mich in einer festen Umarmung hielt und ich meine Beine um ihn schlang. Während meine Hand sich sanft bewegte, dachte ich an Reed-sans Jadestab und fragte mich, ob er die Antwort auf meine Träume war.

Reed versteckte sich hinter einem großen Müllhaufen. In der engen Gasse mit den Teehäusern und privaten Badehäusern war es still. Die Passanten gaben vor, die beiden abstoßend aussehenden Männer mit den Schwertern am Gürtel nicht zu sehen. Sie würfelten, um sich die Zeit zu vertreiben. Reed ließ sie nicht aus den Augen.

Der Amerikaner hatte zwei Möglichkeiten. Er konnte die Köpfe der beiden Männer gegeneinanderschlagen und sie außer Gefecht setzen. Oder hier sitzen und darauf warten, dass Kathlene wieder herauskam und *dann* ihre Köpfe gegeneinanderschlagen. Oder er konnte in das Badehaus stürmen, Kathlene über seine Schulter werfen und sie hier wegschaffen.

Im Zickzack rannte Reed von einem Torweg zum nächsten, duckte sich mal hinter einer Rikscha, mal hinter dem riesigen Schirm einer Frau, schließlich versteckte er sich hinter dem Vorhang eines Hauseingangs und war nur noch wenige Schritte von dem Badehaus entfernt, als er die ihm bekannte junge Maiko herauskommen sah. Sie konnte ihm helfen. Die beiden Schergen des Barons betrachteten sie kurz und würfelten dann weiter.

Die Maiko blickte die Straße hinauf und hinunter, ungewöhnlich neugierig für eine Japanerin. Sie schien enttäuscht, als sie zum Teehaus zurückeilte. Reed wartete, bis die beiden Männer wieder ganz auf ihr Spiel konzentriert waren, dann holte er sie mit wenigen großen Schritten ein.

„Nicht umdrehen", flüsterte er auf Englisch.

Das Mädchen blieb nicht stehen, offenbar war sie nicht überrascht.

„Cantrell-san!" rief sie jetzt. „Sie warten vor dem Badehaus?"

„Ja, aber ich komme nicht hinein. Diese beiden Schläger lassen nur Frauen hinein."

„Schläger?" wiederholte sie und kicherte dann. „Ich verstehe nicht."

„Die Männer des Barons. Ich komme nicht an ihnen vorbei."

„Sie müssen versuchen." Sie schwieg einen Moment. „Kathlene-san ist sehr einsam ohne Sie."

Ihre Worte bewegten ihn mehr, als er je für möglich gehalten hätte. Er versuchte, seine Aufregung zu verbergen. „Sind Sie da sicher?"

„Ja, Cantrell-san. Sie liebt Sie sehr."

Mehr brauchte Reed nicht zu hören. Schon spürte er, wie er wieder hart wurde, die Ausbuchtung seiner Hose ließ die kleine Maiko schmunzeln.

„Dann werde ich mein Glück versuchen und alles tun, um sie zu retten. Danke ... Wie heißen Sie?"

„Mariko."

„Danke, Mariko."

Er wollte gerade zum Badehaus zurückgehen, als sie ihre kleine aber kräftige Hand entschlossen auf seinen Arm legte.

„Warten Sie, Cantrell-san, ich helfe."

„Was können Sie schon tun?"

„Nur Geishas dürfen in das Badehaus." Sie blickte sich um. „Und Männer, die nicht sehen können ihre Schönheit."

Verwirrt fragte Reed: „Wie kann ein Mann ihre Schönheit nicht sehen?"

„Blinde Männer geben Geishas Massagen."

„Warum? Das verstehe ich nicht."

„Es ist japanische Art, für absolute Entspannung im Dunkeln zu massieren. Blinde Männer brauchen kein Licht. Geishas haben Massagen nach dem Bad." Sie wagte einen Blick auf ihn, ihre Augen funkelten schelmisch. „Sie gehen in Badehaus, Sie geben Kathlene-san Massage."

Reed grinste. Ihm behagte die Vorstellung, die schöne blonde Geisha zu massieren, aber da gab es immer noch das Problem, sich in einen ärmlichen, blinden Masseur zu verwandeln. „In diesen Kleidern gehe ich niemals als Masseur durch."

Mariko lächelte. „Ich besorge Kleider. Kommen Sie."

Ohne ein weiteres Wort lief die Maiko zurück zum Teehaus. Reed folgte ihr. Es war ein verrückter Plan, sich als blinder Masseur auszugeben, aber was für eine Wahl hatte er? Er wartete im kleinen Hinterzimmer des Teehauses, während Mariko mit einem jungen Mann sprach, den er als den Rikscha-Fahrer erkannte. Der Junge verneigte sich, betrachtete aber länger als schicklich die Rundungen der kleinen Maiko, die sich unter dem dünnen Kimono abzeichneten. Er verschwand und kam kurz darauf mit einem Arm voller Kleidern zurück.

„Für Sie, Cantrell-san", sagte Mariko.

Fünf Minuten später war Reed wieder beim Badehaus, vornüber gebeugt in einem langen braunen Kimono. Er trug Strohsandalen und einen Strohhut, der sein Gesicht verdeckte, und umklammerte ein Fläschchen Badeöl. Er kam sich lächerlich dabei vor, einen Kimono zu tragen, etwas, was er geschworen hatte, niemals zu tun. Doch für Kathlene war er zu allem bereit.

Leise knurrend bewegte er seinen Blindenstock von einer Seite zur anderen, stolperte zum Eingang des Badehauses und brachte die Würfel der beiden Männer durcheinander. Sie brüllten ihm viele Beleidigungen hinterher. Mit klopfendem Herzen betrat Reed das Badehaus.

Nasses Haar, nasser Körper. Harte braune Brustwarzen, mein Körper zuckte vor Verlangen als ich träumend auf dem Rücken lag. Ich fühlte mich eins mit den Göttern, völlig friedlich. Warum sollte ich zum Teehaus zurückeilen? Zumal es als unschicklich galt, sich im Badehaus zu hetzen.

Sanft legte ich die Hand auf meinen Bauch, genoss das Gefühl, zum Höhepunkt gekommen zu sein, seufzend und stöhnend, aber ich war nicht befriedigt. Etwas in mir schmerzte, ich sehnte mich nach einer anderen Erfüllung, nach mehr.

Früher hätte ich einen Harigata zur Hand genommen, aber das war, bevor ich den Mann meines Herzens getroffen hatte. Es gab eine Zeit, da ich glaubte, nur das warme, feuchte pilzförmige Leder könne meine goldene Blume öffnen. Doch nun brauchte ich etwas anderes, einen Jadestab.

Die alten Japaner glaubten, dass Jade getrockneter Drachensamen wäre und das Feuer aus dem Maul des Drachens die versteckte Perle in der Auster erwärmte.

Ich spielte mit dem krausen blonden Haar meines Samtmundes, drehte es zwischen den Fingern als könnte ich eine leibhaftige Version meines Drachens heraufbeschwören. Tief holte ich Luft, dann sprach ich seinen Namen aus wie ein Gebet: „Reed-san" und führte einen Finger in mein Blumenherz. Dann zwei, dann drei.

Hmm ... das fühlte sich gut an. Das musste reichen. Nackt lag ich neben dem Wasserbecken auf den Fliesen, allein. Daher wagte ich, die Perücke abzuziehen. Mein blondes Haar fiel auf meinen feuchten, glitzernden Körper. Ich fühlte mich frei, aber auch einsam und verlassen. Langsam drehte ich mich auf die Seite und schenkte mir noch ein paar Minuten, um alle meinen Mut für diese wichtige Nacht mit dem Baron zu sammeln. Allein das Wissen, dass ich vorher noch die Zeremonie der Schwesternschaft mit Mariko begehen würde, gab mir Kraft.

Gerade wollte ich mich von den kalten Fliesen erheben, als ich schlurfende Schritte hörte. Männerschritte. Würden die Männer des Barons es wirklich wagen, das Badehaus zu betreten? Ich öffnete ein

Auge und entdeckte schön geformte Füße in Strohsandalen. Wer war das bloß?

Ich blickte höher. Die Füße gehörten zu einem Mann in einem einfachen Hanfkimono mit einem großen Strohhut. Er hatte ein kleines Handtuch und eine Flasche Lavendelöl in der einen Hand, einen Blindenstock in der anderen. Also war es nicht nötig, mich zu bedecken. Er war blind. Ein Masseur.

„Ich habe keine Zeit für eine Massage“, sagte ich und stand auf.

Hörte ich tatsächlich, wie der Masseur scharf die Luft einsog? Nein, das musste ich mir eingebildet haben. Ich griff nach meinem Badekimono, doch der Mann knurrte einmal, dann noch einmal, offenbar verärgert.

„Ich komme zu spät, wenn ich jetzt nicht gehe“, sagte ich und machte mir nicht die Mühe, mein langes blondes Haar zu verbergen. Er konnte mich ja doch nicht sehen. Ich erschrak, als er neben mir auf die Knie sank und mit den Händen durch die Luft fuhr, bis er mein Haar erwischte, aber ich wich nicht zurück, als er seine Finger darin vergrub. Dennoch fühlte ich mich zu ihm hingezogen. Er knurrte wieder, lauter diesmal.

„Ich kann nicht bleiben, aber wenn Sie Geld für etwas zu essen brauchen“, bot ich ihm an, „dann kann ich Ihnen helfen …“

Bevor ich nach meiner Seidentasche greifen konnte, begann der Mann, meine Schultern zu massieren, mit Daumen und Zeigefinger übte er leichten Druck aus, und ich konnte ein Aufseufzen nicht unterdrücken. Ich leckte mir über die Lippen, erregt durch die Vorstellung, dass ein Mann seine sexuelle Energie in meine

Haut massierte. Ich entspannte mich, stellte mir vor, es wäre Reed-san, es wären seine Hände, die mich berührten, liebkosten und mir gaben, was ich wollte. Was ich brauchte.

Dann legte ich mich auf den Bauch, streckte meinen heißen Körper auf den kalten Fliesen aus. Wozu die Eile? Ich schloss die Augen, atmete tief und ruhig, genoss das langsame, rhythmische Streicheln über meinen Rücken. Er rieb mich mit süß duftendem Lavendelöl ein, besänftigte meine Haut mit seinen Fingern, drückte das feste Fleisch meines Hinterns. Dann strich er durch meinen Spalt.

Ich rührte mich nicht – konnte mich nicht rühren, als er meine Hinterbacken knetete und mir einen leichten Klaps gab. Noch einen und noch einen. Ein Schauer jagte durch meinen Körper.

„Ooooh, das fühlt sich gut an", murmelte ich als der Mann immer kühner wurde, noch mehr leichte Schläge auf meinen Hintern platzierte, und mich überkam ein Gefühl wie … wie …wie sollte ich es erklären? Als ob tausend Sternschnuppen auf einen Eismond stürzten, der explodierte und viele Tausende weitere Sterne in den Himmel schickte.

Ich drehte mich auf den Rücken, und der Mann begann, meine Brüste zu massieren und die Spitzen zu kneifen, bis ich meine Schenkel zusammenpresste, nass vor Verlangen.

Verträumt lächelte ich in mich hinein. „Berühre mich dort unten", flüsterte ich auf Englisch meinem eingebildeten Reed-san zu, wohl wissend, dass der blinde Masseur mich nicht verstehen konnte. „Wenn du der Mann meiner Träume wärst, wünschte ich, du würdest in meine Rosenknospen beißen und mich überall küssen. Und mir dein hochgeschätztes Schwert gewähren."

„Das wirst du bekommen, meine blonde Geisha."

Mein Herz setzte kurz aus, mein Mund wurde trocken. Ich konnte es nicht glauben.

„Reed-san!" flüsterte ich heiser, voller Verlangen, und öffnete die Augen. Dann zerrte ich seinen Kimono auseinander und entblößte seine haarigen, muskulösen Beine und seine geschwollene Männlichkeit. Ich betrachtete sein Schwert und lächelte. Sein geschätztes, außerordentlich *langes* Schwert. „Du Barbar!" zog ich ihn auf. „Wie bist du hier hereingekommen? Wie hast du das bloß angestellt?"

„Das erkläre ich dir später", sagte er, ließ seine Finger wieder über meine Brüste wandern und kniff dann hinein, so, wie ich es vorher lüstern gefordert hatte. „Zuerst habe ich hier noch etwas zu erledigen."

„Lass dich nicht aufhalten." Ich legte meine Hände über seine, als er meine Brustwarzen zwischen Daumen und Zeigefinger hin- und herrollte.

„Leg dich wieder hin." Er drückte mich zurück auf die kalten Fliesen. „Bevor der Baron es mit dir treiben wird, sollst du herausfinden, wie es ist, einen Mann zu lieben."

„Aber du sagtest, du wolltest nicht …"

„Das war, bevor ich wusste, dass du dich dem Baron hingeben musst. Ich will nicht, dass er dich verletzt."

„Du bist verrückt, Reed-san …"

„Ich werde nicht riskieren, dass du mir wieder davonläufst", sagte er und zog den Strohhut ab, damit ich endlich in sein Gesicht blicken konnte. Dieses außerordentlich hübsche Gesicht. In seinen Augen lag ein Ausdruck, den ich nie zuvor gesehen hatte. War das Liebe? Mein Herz wurde ganz warm bei der Vorstellung. Und eine köstliche Hitze fuhr durch meine pulsierende Mondgrotte.

„Und der Baron?“ fragte ich.

„Verdammt sei dieser Baron mit seinen Sexspielchen. Aber du hast gesagt, er wird erst in der siebten Nacht mit dir schlafen.“

„Ja, so will es die Tradition.“ Ich kniff die Augen zusammen. „Was schlägst du vor, zu tun, mein schöner Gaijin?“ Ich spreizte die Beine weit und spielte mit meinem blonden Schamhaar. „Möchtest du sieben Nächte lang mit mir schlafen?“

„Das könnte ich einrichten.“ Er holte tief Luft und versuchte, ein ernsthaftes Gesicht aufzusetzen. „Das würde mir Zeit geben, mit dem amerikanischen Konsul in Tokio Kontakt aufzunehmen und etwas für deine Mama-san zu tun.“

„Der Konsul? Was kann der schon machen?“ fragte ich und genoss, wie er meine Brüste streichelte.

„Ich werde ihn bitten, sich beim Kaiser für sie einzusetzen, damit ihr Schutz vor dem Prinzen und seinen Meuchelmördern gewährt wird.“

„Wäre das denn möglich?“ Ich wollte, dass er mich weiter berührte. Ich wollte es so sehr.

„Das ist zumindest mein Plan. Japan hat gegen China Krieg geführt und befindet sich in einer heiklen Situation“, erklärte Reed. „Japan braucht die Unterstützung der Vereinigten Staaten. Ich hoffe, das können wir zu unserem Vorteil ausnutzen.“

Ich schüttelte den Kopf. „Das wird womöglich nicht reichen, Reed-san. Prinz Kira-sama ist ein ungeheuer mächtiger Mann …"

Reed zog mich fest an sich, und ich konnte dem Wunsch nicht widerstehen, seinen Kimono weiter zu öffnen und mit den Fingern über seine harte, nackte Brust zu streichen. Wie stark er war. Ich schmolz dahin.

„Ich werde nicht zulassen, dass dir oder deiner Mama-san irgendetwas geschieht. Das verspreche ich. Ganz sicher würde dein Vater nicht wollen, dass du mit dem Baron schläfst, auch nicht ihr zuliebe."

„Und du denkst, er hätte nichts dagegen, wenn *du* mit mir schläfst?"

„Immerhin hat er mich geschickt, um dich zu finden, oder nicht?"

„Du hast auf alles eine Antwort. Und dem, was du sagst, kann man schwer widersprechen."

Reed beugte sich über mich, sein männlicher Duft vermischte sich mit dem des süßen Lavendelöls. „Keine weiteren Fragen mehr, denn nun werde ich …"

„Mich lieben?"

„Du lernst schnell."

Ich lächelte. „Dann bring es mir bei. Bring mir bei, wie man einen Mann liebt."

Reed blickte sich in dem leeren Badehaus um. „Bist du sicher, dass wir allein sind?"

Ich nickte. „Alle Geishas sind bereits gegangen. Davon abgesehen", ich leckte mir über die Lippen, „die Männer des Barons achten schon darauf, dass niemand hereinkommt."

Reed lachte. „Du blonde kleine Hexe, so nackt und

verführerisch. Ich werde dafür sorgen, dass du schreist vor Lust."

Ich knabberte lasziv an meiner Unterlippe. „Noch nicht. Zieh deinen Kimono aus."

Reed grinste, sah mich dann neugierig an. „Wozu?"

„Du musst mir schon voll und ganz vertrauen, mein schöner Gaijin."

„Ich bin es nicht gewöhnt, Befehlen von Frauen zu gehorchen."

„In Japan nennen wir die Menschen, die uns am nächsten stehen ‚nackte Bekannte', weil wir zusammen mit unseren Freunden baden."

„Trifft das auch für Liebhaber zu?"

„Selbstverständlich."

„In diesem Fall handelt es sich um einen Brauch, der mir gefällt", rief Reed, zog den Kimono aus und warf ihn in eine Ecke.

Ich konnte nicht verhindern, dass ich nach Luft schnappte und aufkeuchte, als ich seinen herrlich kräftigen Körper mit den breiten Schultern und der harten Brust sah. Die Muskeln seiner Arme bewegten sich wie Wellen auf stürmischem Meer. Flacher Bauch, feste Beine. Aber es lag an seinem hochgeschätzten Jadestab, der stark und aufrecht stand, der Kopf dunkel und glänzend, dass ich unwillkürlich die Hüften von dem kalten Boden hob. Ich spreizte die Beine noch weiter, öffnete die weichen Lippen meines Samtmundes und reizte ihn, indem ich mit mir selbst spielte.

Als er mich packen wollte, entschlüpfte ich ihm, ließ mich in das dampfende Wasser gleiten und forderte ihn mit einer Handbewegung auf, mir zu folgen. Breit grinsend stieg er ins Wasser, kleine Wellen schwappten gegen meine nackten Brüste. Heiße Funken fuhren über meine Haut, über meinen ganzen Körper.

„Bevor wir uns lieben, Reed-san, musst du dich heiß baden, um deine Seele zu reinigen", sagte ich.

„Ich kann nicht mehr heißer werden, Kathlene", sagte Reed, Schweißperlen liefen ihm übers Gesicht.

Doch ich versicherte ihm, dass er noch ungeahnte Höhen erreichen würde, wenn ich die Geheimnisse, die ich im Teehaus durch Beobachten gelernt hatte, an ihm ausprobierte. Ich erzählte ihm von Männern, die die Chrysantheme des Hinterns ihrer bevorzugten Geisha mit ihrem hochgeschätzten Schwert öffneten, während sie ihre Finger in ihrer Mondgrotte vergruben. Und wie der Samtmund der Geisha sich an seinen großen Hoden rieb, während er seinen Jadestab in sie stieß.

Reed lächelte, fasziniert von meinen Worten. Unter Wasser griff er nach meinem Hintern, aber lachend machte ich mich von ihm los und schwamm von ihm fort.

„Wir wollen sehen, mein schöner Gaijin, wie heiß du werden kannst."

Langsam bog ich meine Schultern nach hinten, dann bewegte ich meinen ganzen Körper in dem sinnlichen Rhythmus, der tief in meiner Lotusblume schlug, ein Trommelfeuer, das mir so selbstverständlich erschien wie atmen. Ich streichelte mit den Händen über meine nassen, vollen Brüste. Dann leckte ich jeden einzelnen Finger ab, langsam, nacheinander, und saugte daran. Als ich hörte, wie er aufkeuchte, spielte ich mit meinen Brustspitzen, drückte und drehte sie, ohne ihn eine Sekunde aus den Augen zu lassen.

„Ich kann nicht länger warten, Kathlene." Er kam zu mir, packte mich um die Schultern und wollte sich auf meine Lippen stürzen.

Behutsam legte ich einen Finger auf meinen Mund. „Noch nicht, Reed-san. Erst werde ich dich waschen."

„Mit einem Tuch?"

Ich schüttelte den Kopf und nahm ein kleines Stück Seife, das neben dem Becken lag, in die Hand. „Du wirst schon sehen."

Nachdem ich aus dem Wasser stieg, begann ich mich einzuseifen. Reed beobachtete mich, und als ich sein nun zur vollen Pracht erblühtes edles Stück betrachtete, wurden meine Augen groß. Beim Namen der Götter, es schien noch gewaltiger als zuvor!

Wir betrachteten einander, dann war Reed mit einem Satz bei mir, ich wölbte mich ihm entgegen, drückte meine Brüste gegen ihn.

„So bereiten die Geishas einem Mann Vergnügen?" fragte er, presste mich fest an sich, und ich wimmerte auf, als ich etwas Heißes und Angenehmes an meiner Mondgrotte spürte. Etwas Großes und Hartes.

„Ja", hauchte ich und rieb meinen Körper an seiner muskulösen Brust, seinen schmalen Hüften. Ich hätte schwören können, dass kleine elektrische Blitze in den Dampf um uns schossen.

Er ließ eine Reihe schneller, kleiner Küsse auf meinen Hals, meine Wangen und mein Kinn prasseln, quälte mich dann aufs Köstlichste, indem er mit der Zungenspitze ganz sacht meine Lippen berührte. Mit geschlossenen Augen wartete ich. Er knabberte an meinen Lippen, teilte sie vorsichtig mit seiner Zunge, und dann endlich küsste er mich, lang und leidenschaftlich.

„Liebe mich, Reed-san", wisperte ich und vergrub meine Fingernägel in seinen Armen. „Bevor ich die Kontrolle verliere und mich wie eine Kurtisane benehme, die mit den Hüften wackelt und dich anfleht, sie zu nehmen."

„Das Angebot klingt interessant ..."

„*Bitte,* Reed-san ..." Meine Stimme klang so verzweifelt und hungrig, dass ich sie kaum selbst erkannte und Reed mich leidenschaftlich in die Arme riss. Doch dann streichelte er sanft durch mein Haar, irgendetwas schien ihn zurückzuhalten.

„Meine süße Kathlene, du bis so voller Verlangen, dass jeder Mann alles dafür geben würde, dich lieben zu dürfen." Er klang so besorgt, dass ich zugleich überrascht und gerührt war. „Aber das darf ich nicht tun. Du bist noch Jungfrau. Unverdorben. Ich will dich nicht verletzen."

„Du wirst mich nicht verletzen", entgegnete ich. „Ich habe so lange auf diesen Augenblick gewartet. Ich habe so lange auf *dich* gewartet."

Er atmete tief durch. „Bist du dir sicher?"

„Ja, Reed-san, ich bin mir sicher."

„Ich werde dich nicht enttäuschen, Geliebte", murmelte er leise, schob meine Schenkel auseinander, tauchte seine Finger in mein Blütenherz und streichelte mich. „Ich werde dich so heiß und nass machen, dass du in deinem eigenen süßen Saft fast ertrinkst und du dich weit öffnest, um mich zu empfangen."

„Ja, ja, ja", rief ich. Wellen der Lust umspülten mich, als er meine Lustperle streichelte, ganz sanft, auf und ab, auf und ab. Aber noch ließ die Explosion auf sich warten. Ich war reif wie eine Pflaume, die es kaum noch an ihrem Ast hielt, aber nichts geschah. Weshalb? Was hielt mich zurück? Ich blieb vor dem Abgrund stehen und ließ mich nicht fallen wie sonst, wenn ich mich selbst berührte.

Wieder fragte ich mich, weshalb.

Ich erhielt die Antwort, als es tief in meinem Bauch zu zucken begann, während Reed-san weiter meine Perle rieb und mein Gesicht, meine Lippen, meinen Hals küsste. Aus dem Zucken wurden Krämpfe, mein Blütenherz öffnete und schloss sich auf wunderbarste Art und Weise. Ich stöhnte und stöhnte, als die pulsierenden Wände meiner Mondgrotte zu eigenem Leben erwachten, während das Blumenherz tief in mir aufblühte wie noch nie zuvor. Ich stand kurz vor etwas so Wunderbarem, dass ich nicht länger warten konnte …

„Jetzt bist du bereit, meine blonde Geisha", hörte ich Reed heiser flüstern. Er legte ein zusammengerolltes Handtuch unter meinen Rücken. Mit den Augen fragte ich nach dem Grund, und er erklärte, so könne er leichter in mich eindringen – und mir noch größeren Genuss bereiten.

Reed-san legte sich auf mich und stützte sich mit den Händen ab. Mit dem Kopf seines Stabes liebkoste er meine kostbare kleine Spalte. Dann drang er ein wenig in mich ein, zögerte und sagte: „Das könnte dir weh tun …"

„Ich bin bereit", sagte ich und flehte ihn an, nicht aufzuhören.

Als er langsam in mich stieß, tiefer und tiefer, rang ich nach Luft. Ein pochender Schmerz durchfuhr mich, heiße Tränen füllten meine Augen, nie hätte ich mir vorgestellt, dass es so weh tun könnte, und doch wollte ich nicht, dass er aufhörte. Er war vorsichtig, hielt sich zurück, doch dann plötzlich wurde er von seiner Leidenschaft mitgerissen. Er keuchte, als er die Barriere durchbrach, ein scharfer Schmerz ließ mich aufschreien, schärfer als alles, was ich je zuvor erlebt hatte, er ergriff meinen ganzen Körper von den Haarspitzen bis zu den Zehen.

Hatten die Götter mich verlassen?

„Ooooooh!“ Ich biss die Zähne zusammen, ich wusste, dass ich ohne diesen Schmerz niemals die Erlösung erfahren würde, nach der ich mich sehnte. Ich hielt die Luft an. Der Schmerz war gewaltig, aber kurz.

Reed bewegte sich langsam, küsste mein Gesicht und flüsterte, er würde aufhören, wenn ich es wolle. Doch das ließ ich nicht zu. Mit jedem Stoß legte sich der Schmerz mehr, meine Wangen wurden wieder rosig und ich begann, tief zu atmen.

Tränen der Erleichterung benetzten meine Wangen wie Tautropfen. Und dann schien ich mit einem Mal überzufließen, es war, als ob eine reife Pflaumenblüte von einem Sturm erfasst würde, aufplatzte und ihre Blütenblätter in alle Himmelsrichtungen verstreute.

Reed hielt mich, streichelte mich, sprach mit mir, küsste mich, während er unvermindert in mich stieß und den kleinen Punkt traf, der mir mehr Wonne bereitete, als ich jemals im Leben für möglich gehalten hätte. Ich wollte nicht, dass er aufhörte. Er war zugleich Realität und Fantasie, ein Gaijin und ein Gott. Er gab mir alles, was ich mir jemals von einem Mann hätte wünschen können.

Er bog meine Beine zurück, damit ich ihn noch intensiver spüren konnte. Als ich aufschrie und um mehr flehte, presste er eines meiner angewinkelten Beine gegen meine Brust und streckte mein anderes lang aus. Ich explodierte wieder und wieder, bis er mich bat, meine Beine um seine Hüfte zu schlingen, und ich erbebte noch lustvoller.

„Kannst du mich spüren?“ fragte er.

Ich nickte. „So tief, dass du ein Teil von mir bist.“

„So wie du ein Teil von mir bist“, flüsterte er und küsste meinen Nacken.

„Jetzt bin ich dran, dir Vergnügen zu bereiten“, sagte ich und entspannte meine Muskeln, als er noch tiefer in mich drang. Dann spannte ich sie wieder an, so wie ich es mit dem Harigata geübt hatte, umfing die Wurzel seines Jadestabs, reizte ihn wie ein zitternder Schmetterling, machte ihn verrückt mit den rhythmischen Bewegungen meiner Muskeln, bis er es nicht länger zurückhalten konnte. Mein Gott verströmte seine flüssige Jade in mir und ich wünschte, es würde niemals enden. Niemals.

Doch mein Gott war doch nur ein Mensch. Atemlos mit so laut pochendem Herzen, dass ich es in meinen Ohren dröhnen hören konnte, legte er sich neben mich, erschöpft, einen Arm beschützend um meine Schulter geschlungen, und küsste mich. Zart. Sanft.

So herrlich es war, hier zu liegen und meinen schönen Gaijin zu betrachten – es lagen noch viele Aufgaben vor mir. Als Frau fühlte ich mich ausgefüllt, aber nun rief die Pflicht.

Ich musste mich auf die Schwesternschafts-Zeremonie mit Mariko vorbereiten. Und dann musste ich den Baron glauben machen, dass ich noch immer Jungfrau war. Ein schwieriges Unterfangen, wie ich wusste. Dann berührte ich mich mit der Hand und sah sie an. Sie war voller Blut.

Ich war keine Jungfrau mehr.

Ein leises Schluchzen entrang sich meiner Kehle, es war aber zugleich auch ein halbes Seufzen. Es war wichtig, dass ich meinen Tränen freien Lauf ließ, wenn ich diesen Moment ganz und gar auskosten wollte. Einerseits sehnte ich mich nach meiner verlorenen Unschuld und Kindheit zurück, zugleich verzehrte ich mich nach der tiefen sexuellen Erfüllung, die gerade erst begonnen hatte.

Glücklich legte ich mich neben meinen schönen Gaijin, kuschelte mich in seine Arme und genoss dieses Gefühl.

Nun bin ich eine Frau.

Wer weiß, wo diese Reise endet?

14. KAPITEL

Mariko hörte, wie jemand durch den Garten rannte und lauschte. War es das Geräusch von Holzschuhen? Sie schob die Tür des Teehauses auf und betete zu den Göttern, dass es sich um Kathlene-san handelte.

Ihr Blick verdüsterte sich. Nein, es war Youki, die sie kalt und böse anblitzte. Mariko senkte schnell den Blick, sie fühlte sich dem älteren Mädchen wie immer nicht gewachsen.

„Wir sind alle verloren, Mariko-san", schrie Youki, kickte die Holzclogs von ihren Füßen und ließ sie in der Eingangshalle liegen. „Diese blonde Gaijin ist nirgends aufzufinden, und jetzt auch das noch!"

„Was ist denn los, Youki-san?" fragte Mariko leise.

Youki wedelte mit einer Papierrolle durch die Luft. Sie war mit einem roten Band verschnürt und einem beeindruckend aussehenden Wappen versiegelt. Mariko nahm ihre Laute hoch, setzte sich auf die Fersen und dachte nach. Natürlich wurde von ihr erwartet, dass sie Zurückhaltung üben und keine weiteren Fragen stellen würde, aber das konnte sie nicht. „Was ist das denn, Youki-san?"

„Eine Nachricht von Baron Tonda-sama. Die hat mir sein Kurier überreicht, als ich ins Teehaus kam. Übrigens nachdem Okâsan mich über eine Stunde lang nach diesem Mädchen hat suchen lassen." Sie schüttelte den Kopf. „Wir sind alle verloren."

Mariko runzelte die Stirn. „Du *weißt,* was in der Rolle steht?"

Es überraschte sie nicht, dass Youki lächelte und

den Kimono über eine nackte Schulter rutschen ließ. „Ein paar Minuten im Schatten des Weidenbaumes mit dem Kurier haben gereicht. Er durfte seine Hand unter meinen Kimono stecken, und das hätte die Zunge eines jeden Mannes gelöst."

Mariko ignorierte ihre Prahlerei. „Bitte, was steht in der Nachricht?"

Youki beäugte sie. „Baron Tonda-sama wird früher als erwartet im Teehaus ankommen."

Deswegen also hatte er heute Nachmittag all diese Geschenke geschickt.

„Und er wird jedem einzelnen von uns den Kopf abschlagen, wenn Kathlene-san nicht hier auf ihn wartet, parfümiert und mit gespreizten Beinen."

Mariko spähte durch die Bambusrollos aus dem Fenster, auf der Suche nach ihrer Freundin. „Sie wird zurückkommen, Youki-san. Ich weiß es einfach."

„Wieso bist du dir da so sicher? Habe ich dir nicht von Anfang an gesagt, dass sie uns nur Ärger bereiten würde?" Ihre Stimme klang so bitter, dass Mariko es mit der Angst zu tun bekam. Youki lamentierte weiter, dass ein Geisha-Haus einfach nicht der richtige Ort für jemanden wie Kathlene wäre, ein Mädchen, das auch nicht die geringste Ahnung hatte, wie man sich anständig benahm.

„Ich höre mir das nicht an, Youki-san", sagte Mariko, spürte aber, wie das scharfe Schwert der Enttäuschung ihr Herz durchbohrte. Sie würde dieses Schwert für immer mit sich herumtragen, falls ihre Freundin nicht zum Teehaus zurückkehrte. Mariko fragte sich, ob sie selbst die Schuld daran trug.

Schließlich hatte sie den gut aussehenden Gaijin

dazu verleitet, ins Badehaus zu gehen. Er hatte so glücklich ausgesehen. Mariko mochte ihn, und sie vertraute ihm von der ersten Sekunde an, als sie ihm im Kiomidzu-Tempel gesehen hatte. Auch wenn er eine barbarische Aggressivität an sich hatte, hinter seiner rauen Schale verbarg sich ein sehnsüchtiger und zärtlicher Mensch. Eine prächtige Partie für ihre Freundin. Die ganze Zukunft des Teehauses hing von Kathlene ab. Sie würde sie nicht hängen lassen.

Dann dachte Mariko über etwas Schöneres nach. Über etwas sehr viel Schöneres. Was war geschehen, nachdem Cantrell-san das Badehaus betreten hatte? Hatte er Kathlenes nackten Körper gesehen oder hatten die Männer des Barons ihn entdeckt? Nein, der Baron hätte diese Nachricht und all die Geschenke nicht geschickt, wenn Kathlene und der Gaijin zusammen erwischt worden wären.

Mariko zupfte an der untersten Saite der Laute, der tiefe Ton fuhr direkt in ihren Körper und brachte sie auf ungezogene Ideen. Ideen aus dem Kopfkissenbuch. Sie wünschte, sie wäre die Dampfwolke gewesen, die im Badehaus um die beiden Liebenden schwebte, und hätte gesehen, wie der Gaijin ihre Freundin auf die kühlen Steinfliesen legte, sein erhabener Stab dunkelviolett und funkelnd, bereit, sich in ihrer feuchten Spalte zu versenken. Sie stellte sich vor, wie die beiden einander erforschten wie zwei aufeinanderstoßende Wellen, auf denen sich im Moment der höchsten Lust weißer Schaum bildete, sich ihr femininer Duft des Ozeans mit seinem männlichen Duft des wilden Stieres vermischte.

Doch dann seufzte Mariko auf. Und wenn Kathlene mit dem gut aussehenden Gaijin davongelaufen war? Was dann?

Sie richtete ihre Aufmerksamkeit wieder auf Youki, die über die blonde Gaijin schimpfte, sie sei nicht mehr wert als eine Prostituierte der untersten Klasse.

Mariko entgegnete nichts. Dann stürmte Youki an ihr vorbei, um Okâsan die Schriftrolle zu übergeben.

Entmutigt und besorgt stimmte Mariko ein Lied auf ihrer Laute an. Was sollte sie nur tun? Sie hatte sich bereits für die Zeremonie der Schwesternschaft vorbereitet. Der Tradition nach würden sie abwechselnd Saké trinken, um ihre Verbindung zu festigen, deswegen hatte sie einen hübschen Wandschirm aufgestellt und die kleinen, rot lackierten Tassen mit warmem Saké gefüllt. Danach hatte sie ihren formellen schwarzen Kimono angezogen, ihr Haar mit Pomade zu großen Rollen geformt, die sie mit Stäbchen auf dem Kopf feststeckte. Doch Okâsan hatte nicht wie üblich den Wahrsager befragt, ob der heutige Tag überhaupt ein glückliches Datum war. Das war kein gutes Zeichen.

Eines stand fest. Ganz egal, was heute Nacht passierte, ganz egal, was Okâsan glaubte, das Leben im Teehaus würde nie mehr dasselbe sein. Deswegen hatte sie diesen Plan in Gang gesetzt. Cantrell-san ins Badehaus zu schicken, war der Anfang gewesen. Wenn er Kathlene so sehr liebte, wie Mariko glaubte, dann würde ihre Geisha-Schwester nun etwas von ihr brauchen, was sie nur ein einziges Mal geben konnte.

Mariko wusste, wie gefährlich ihr Plan war, und doch hatte sie ein warmes, sicheres Gefühl. Ihre Schwesterngabe an Kathlene wäre das ultimative Geschenk. Sie zupfte weiter an ihrer Laute und sang leise eine alte Ballade: *Eine Geisha ist wie eine Laute. Bring ihre drei Saiten zum Vibrieren, und sie wird deine Musik genießen.* Die junge Maiko sang die Worte wieder und wieder, lauschte aber gleichzeitig aufmerksam nach dem Klacken von Holzschuhen im Korridor.

Im Teehaus war es ruhig. Alle wussten, wie wichtig diese Nacht war. Die anderen Geishas würden heute Abend nur private Gäste unterhalten. In den Räumen duftete es nach Kamelienöl, Rosenblüten und Jasmin – und darunter lag das Aroma der Lust.

Okâsan war in ihrem Zimmer und genoss ihren vorgewärmten Harigata, wie Mariko wusste, weil sie zuvor heimlich durch ein Loch in der Tür gespickt hatte. Okâsan hatte den wie ein Matsutakepilz geformten Stab so tief in sich geschoben, bis sie ganz und gar ausgefüllt war.

So machten es die einsamen Frauen, die sich nach geliebten Männern sehnten, deren Stimmen sie nie wieder hören und deren Berührungen sie nie wieder spüren würden.

Eine Saite ihrer Laute riss.

Das bedeutete großes Unglück. Mariko saugte an ihrem Finger und blickte durch die Bambusjalousie nach draußen. Sie atmete schwer. Nein, heute würde im Teehaus des Sehnsuchtsbaumes kein Unglück geschehen. Die Götter lächelten auf sie herab. Hinter dem Weidenbaum tauchte eine Frau auf, die einen Blick auf jemanden warf, den Mariko nicht sah.

Es war Kathlene.

Erschrocken fuhr ich aus meinem Tagtraum hoch. Neben mir saß Mariko, die Töpfe mit verschiedenen Farben in den Händen hielt. Ich wusste nicht, wie lange ich schon auf dem blauen Seidenkissen saß, mit entblößtem Oberkörper, und mir immer wieder die Begegnung mit Reed-san vor Augen führte. Leise stöhnte ich bei der Erinnerung auf, wie er mein blondes Schamhaar gestreichelt hatte, dann vorsichtig meine Blumenherz geöffnet und seinen Jadestab hineingetaucht hatte. Sein Hunger nach mir erregte uns beide bis ins Unerträgliche, und als wir den Höhenpunkt erreichten, schrien wir unsere Lust in die Nacht hinaus.

All das stellte ich mir vor, während Okâsan Ölpaste in ihren Händen schmelzen ließ und auf mein Gesicht und meinen Hals strich, damit das Make-up sich gleichmäßig verteilte. Dann pinselte sie die weiße Farbe auf meinen Nacken. Die Schablone war wie eine dreigeteilte Zunge geformt. Dieses besonders erotische Symbol erinnerte an die zischelnde Zunge einer Schlange und sollte die kostbare kleine Spalte der Geisha darstellen. Deswegen war der Kimonokragen einer Geisha immer so weit nach unten gezogen, damit nackte Haut hervorblitzte und den Männern deutlich machte, dass eine lebendige nackte Frau unter dieser Alabaster-Maske steckte.

Maske. Das passende Wort. Als Geisha kreiert man Träume für Männer, man führt sie in eine andere Welt, in eine Welt der Illusionen. Doch ich hatte mir selbst die größten Illusionen gemacht: dass ich mich verlieben und glücklich sein könnte.

Heute Nacht durfte ich kein Herz haben. Alles, was ich fühlte, war das weiße Make-up – nicht das Bleiweiß, das Geishas so vorzeitig altern ließ – das über meinen Nacken, meinen Rücken und mein Gesicht gestrichen wurde.

Ich schloss die Augen und verschob mein Gewicht auf dem blassblauen Seidenkissen. Selbst nachdem ich so viele Jahre lang geübt hatte, auf den Fersen zu sitzen, verkrampften sich meine langen Beine immer noch. Ich schaukelte hin und her, und Okâsan murrte, als ein Klumpen weiße Farbe auf der Matte landete.

„Ich bin zutiefst betrübt." Ich benutzte die formellste Form, um mich zu entschuldigen, als ich aufsprang und mit einer Handvoll Papiertücher das Make-up wegwischte.

Okâsan rang heftig nach Atem und zupfte mehrmals an ihren Kimonoärmeln, bevor sie ihre Stimme allmählich fand. „Was ist das für ein roter Fleck auf dem Kissen, Kathlene-san?"

„Rot, Okâsan?" Ich wagte nicht, sie anzusehen, warf aber einen Blick auf das blaue Seidenkissen. Darauf waren tatsächlich kleine rote Flecken zu sehen. Blutflecken. Mein Blut. Mit zusammengepressten Knien ließ ich mich auf die Bodenmatte sinken. Hoffentlich erinnerte Okâsan sich nicht daran, dass ich bereits vor zwei Wochen meine Periode hatte.

Doch Simouyé ließ sich von meinem unschuldigen Getue nicht beirren. „Wie die Kirschblüte vom Ast fällt, so hat nichts Bestand. Nicht einmal der Frühling." Sie seufzte. „Ich habe schon vermutet, dass etwas geschehen ist. Dein Gesicht glüht und in deinen Augen liegt die Verträumtheit einer warmen Sommerbrise. Es ist dieser Gaijin, nicht wahr?"

Ich nickte. „Ich liebe ihn, Okâsan."

„Liebe?" rief Simouyé verärgert. „Du sprichst von Liebe und willst Geisha werden?"

„Ja, Okâsan."

„Dann bist du törichter als eine alte Frau, die glaubt, dass der Stoß des Harigatas ihr die Einsamkeit nehmen kann."

Ich verneigte mich, weil ich wusste, dass sie von sich sprach und dem Verlust des Mannes, den sie liebte.

Also waren wir beide töricht. Aber instinktiv spürte ich, dass ich die größere Närrin von uns beiden war. Ich hatte das Vertrauen dieser Frau missbraucht. Würde ich es jemals zurückgewinnen?

„Reed-san will Ihnen helfen, Okâsan."

„Mir helfen?" fragte Simouyé verständnislos. „Was kann er tun, um mir zu helfen?"

„Er ist zur Bahnstation gegangen und sendet dem amerikanischen Konsul in Tokio ein Telegramm mit der Bitte, Sie vor dem Prinzen zu schützen."

„Er kann nichts tun."

„Lassen Sie es ihn zumindest versuchen."

„Seine Welt ist nicht unsere Welt, Kathlene-san, wir haben kaum etwas miteinander zu tun."

„Wie meinen Sie das?"

„Er begreift nicht, dass die Welt der Geishas sehr raffiniert und sinnlich ist." Simouyé wählte ihre Worte mit Bedacht. „In dieser schwebenden Welt sind nicht Sex und Ausschweifungen tabu, sondern die Liebe."

„Aber *Sie* haben sich auch verliebt!"

„Und dafür einen hohen Preis gezahlt. Deswegen habe ich gehofft, dass das Kind, das mir so nahe steht wie eine eigene Tochter, nicht so töricht sein würde wie ich."

Unsere Blicke trafen sich. Simouyé konnte meinen Schmerz verstehen, sie, die ein Leben lang ihr Geheimnis ohne Klagen für sich behalten hatte.

„Es ist richtig, dass ich die Regeln gebrochen habe, Okâsan, aber ich bereue es nicht, meinen Köper und mein Herz diesem Mann geschenkt zu haben." Ich setzte mich aufrechter, schob stolz die Brust vor und sagte mit lauter Stimme: „Ich habe nichts Falsches getan, denn ich habe Baron Tonda-sama nicht freiwillig meine Frühlingsgabe verkauft."

„Und doch gibst du dich ohne Bezahlung einem anderen Mann hin ..."

„Liebe ist nicht käuflich."

„Ausgerechnet diesem Barbar!"

„Baron Tonda-sama ist der Barbar mit all seinen Drohungen und Befehlen. Ich kann nicht tun, was Sie von mir verlangen."

„Du musst es tun, Kathlene-san", sagte Simouyé sanft. „Dein Leben hängt davon ab."

Ich kniff die Augen zusammen. „Wie bitte? Was soll das alles bedeuten?"

„Hör mir sehr gut zu, Kathlene-san, während ich dich fertig schminke. Ich hatte geschworen, es dir nie zu erzählen, aber ich fürchte, wenn ich es nicht tue, wird der Prinz Rache an uns üben."

Ich setzte mich auf die Fersen und hörte mir an, was Okâsan zu sagen hatte. Während sie weißes Puder auf mein Gesicht stäubte, meine Augenbrauen mit roter Farbe nachzeichnete und meine Augen erst rot, dann schwarz umrandete, erzählte sie mir, was in der Nacht geschehen war, als mein Vater mich ins Teehaus des Sehnsuchtsbaumes brachte. Dass die Männer des Prinzen nach *mir* suchten, der Tochter von Edward Mallory, und mich vor den Augen meines Vaters einen grausamen Tod sterben lassen wollten.

Reglos saß ich da. Damals war mein Leben in Gefahr gewesen und heute wieder. Mariko bereitete die Lippenfarbe zu, indem sie einen roten Stift in heißem Wasser schmelzen ließ und Zucker für den Glanz hinzufügte. Danach bemalte Okâsan meine Unterlippe und besprenkelte sie mit etwas Goldpuder. Zwar hatte ich volle Lippen, aber es war wichtig, sie schmal aussehen zu lassen, das galt als äußerst reizvoll.

Nachdem ich einmal tief durchgeatmet hatte, verkündete ich: „Ich werde meine Pflicht heute Nacht erfüllen, Okâsan." Dann verneigte ich mich.

Simouyé nickte, setzte mir die Perücke auf, die im Shimada-Stil frisiert war: Die schwarzen Haare waren zu einem großen Knoten zusammengefasst, der aussah, wie ein zweigeteilter Pfirsich. Ein Stückchen Stoff – bei einer Maiko handelte es sich immer um rote Seide – wurde gut sichtbar in dem Schlitz befestigt. Es war, als könnte mein Verehrer einen Blick auf die bebende Rosenknospe zwischen meinen Beinen werfen. Doch die unterschwellige Erotik ließ mich kalt.

Der Anblick meines Kimonos allerdings ließ mir den Atem stocken. Er war so wunderschön. Zunächst legte ich einen Kimono aus hautfarbener Seidengaze mit silbernen Borten an und darüber einen ebenfalls transparenten Kimono, auf dem ein schwarzes Boot auf weißem Hintergrund gemalt war. Durch diese beiden Stoffe schimmerte meine rosafarbene nackte Haut.

Die steife grüne Seide der Schärpe war mit lila, silbernen und goldenen Fäden durchwirkt. Simouyé schob ein Stück pinkfarbene Seide unter die Schärpe, band dann eine goldene Kordel um meine Hüfte, an der sie eine schwere, goldene Brosche in Form einer Lotusblüte befestigte – ein Geschenk des Barons. Außerdem hatte er mir Elfenbeinnadeln und verschiedene Diamantenketten für mein Haar zukommen lassen. Vorsorglich steckte ich meinen silbernen Dolch unter die Schärpe.

Simouyé tat, als bemerkte sie nichts, als ich mein rotes Halsband unter den Kragen schob, das Zeichen, dass ich noch Jungfrau war. Eine Maiko wechselte ihr rotes Halsband gegen ein weißes aus, *nachdem* sie entjungfert worden war. Trotz der gefährlichen Situation musste ich lächeln. Ich hatte bereits mein Herz wie auch meine Jungfräulichkeit Reed-san geschenkt.

Okâsan zog und zerrte an meinem Kimono und der Schärpe, bis die beiden langen Enden absolut symmetrisch bis zu meinen Füßen hingen. Wenn ich lief, war der Effekt meiner beiden Kimonos faszinierend, als ob das Boot auf silbernen Wellen tanzte und der Bug immer wieder eine bestimmte Stelle meines Körpers berührte.

„Die *blonden* Haare meines Samtmundes!" rief ich erschrocken aus, als mir klar wurde, dass ich mich so verraten würde.

„Wir müssen sie schwarz anmalen", erklärte Simouyé, die die Spuren meiner verlorenen Jungfräulichkeit mit einem Papiertuch wegwischte. Dann nahm sie einen kleinen Pinsel und färbte mein lockiges Schamhaar sehr gewissenhaft blauschwarz.

„Meinen Sie, das funktioniert?" fragte ich.

„Selbst in dem gedämpften Licht wird es vielleicht nicht reichen, um dem Baron vorzumachen, dass er seine Finger in die Mondgrotte einer japanischen Maiko schiebt. Wenn dieses Geheimnis gelüftet wird, fürchte ich um uns alle."

„Entschuldigung bitte. Ich habe eine Idee, wie wir dein Geheimnis bewahren können, Kathlene-san."

Wir drehten beide den Kopf.

„Wie, Mariko-san?" fragte Simouyé neugierig.

„Sie haben uns gelehrt, dass unser Erfolg als Geisha davon abhängt, Geheimnisse bewahren zu können."

„Ja, aber ..."

„Ich bin noch Jungfrau. Ich werde den Platz von Kathlene-san einnehmen."

„Wie könntest du ..."

„Aber Okâsan, sind Geishas nicht für die Dunkelheit geschaffen, in der nur eine einzige Kerze flackert?"

„Ja, das ist wahr."

„Ich werde mich hinter dem Wandschirm verstecken und dann mit Kathlene-san den Platz tauschen, nachdem sie dem Baron genügend Saké eingeschenkt hat. Wenn ich einen Schleier über dem Gesicht trage und das Moskitonetz an meinem Körper herunterhängt, kann Baron Tonda-sama seine Finger in meine Mondgrotte stecken, sie jede Nacht ein wenig tiefer stoßen, bis hin zu meinem Blumenherz, und in der siebten Nacht wird er denken, es wäre das geöffnete Blumenherz von Kathlene-san, das sein Zepter empfängt."

Gerührt schüttelte ich den Kopf. „Das ist verrückt, Mariko-san. Das kann nicht funktionieren. Du bringst dich meinetwegen in Gefahr."

„Es muss aber funktionieren, Kathlene-san", sagte Simouyé, Hoffnung schwang in ihrer Stimme mit. „Nur so kannst du dich retten."

„Selbst wenn es uns gelingen würde, den Baron zu täuschen, kann ich nicht zulassen, dass Mariko-san das für mich tut! Ich kann nicht …"

Mariko legte eine Hand auf meinen Arm. „Wir sind dazu bestimmt, heute Abend Schwestern zu werden, Kathlene-san. Es ist meine Pflicht, dir zu helfen."

„Haben wir überhaupt noch Zeit für die Zeremonie der Schwesternschaft?"

Mariko beugte sich so weit vor, dass ihre Stirn den Boden berührte. „Ja, Kathlene-san, alles ist vorbereitet."

Aus den Augenwinkeln sah ich, wie Okâsan den Kopf neigte und sich ans Herz griff. War etwas nicht in Ordnung? Der Austausch der Saké-Tassen war der verbindlichste Teil einer Zeremonie, es war, als würde ich in die Gemeinschaft der Geishas einheiraten. Sollte ich irgendwann in der Zukunft jemals heiraten wollen, durfte ich nicht länger Geisha sein.

Mariko kicherte wie ein junges Mädchen, als sie zu beiden Seiten des Raumes goldene Wandschirme aufstellte und ein Tablett hervorzauberte, auf dem rote Tassen und eine alte Eisenkanne voll Saké stand. Ich blinzelte ihr zu, um ihr zu zeigen, wie erfreut ich war.

Feierlich kniete ich mich neben Mariko, erfüllt von unendlicher Zärtlichkeit gegenüber diesem Mädchen. Unter normalen Umständen hätte Okâsan mit uns getrunken. Doch in diesem Fall setzte sie sich zu meiner Rechten und agierte als Zeugin der Zeremonie.

Zunächst nahm Mariko eine der kleinen Tassen, trank sie mit drei Schlucken leer und reichte sie dann Okâsan, die sie auffüllte. Daraufhin nahm ich die Tasse. Der süße Duft des Reisweins füllte meinen Kopf, ich atmete ihn tief ein, doch meine Sinne benebelte er nicht. Im Gegenteil, in mir schien etwas zu erwachen. Ohne den Kopf zu heben trank ich aus derselben Tasse. Dann wiederholten wir die Zeremonie mit einer mittelgroßen Tasse, dann mit einer großen – drei Saké-Tassen, jeweils drei Schlucke.

Drei mal drei, neun Mal.

Tief bewegt dachte ich über die Bedeutung nach: Unsere beiden Schicksale waren nun untrennbar miteinander verbunden wie bei einer Hochzeit. Die ältere Schwester – Mariko – war der wichtigste Mensch in meinem Leben. Mit schlechtem Gewissen leerte ich die letzte Saké-Tasse, meine Augen füllten sich mit Tränen der Verwirrung. Ich blinzelte heftig. Meine Gefühle waren in höchster Verwirrung.

Ich liebe Reed-san, aber genauso sehr will ich Mariko-sans Geisha-Schwester sein.

Traurig drückte ich die Hände auf meine Brust, als könnte ich so den Schmerz lindern. Ich betete zu den Göttern, dass ich nicht zwischen einem Leben als Geisha und meiner Liebe zu Reed-san wählen müsste, ich flehte aus tiefstem Herzen darum, beides behalten zu dürfen und hob das Kinn.

Mariko strahlte vor Glück. Der Initiationsritus war vollendet, von diesem Moment an würde ich auf meinen Geisha-Namen hören: Kimiko.

„Es wird Zeit“, sagte Simouyé, und fügte dann mit einer Verneigung hinzu: „Kimiko-san.“

Ich nickte. Der Plan war, dass ich den Baron treffen, mich an in schmiegen, Sake einschenken und für ihn singen würde. Dann sollte Mariko meinen Platz auf dem Futon einnehmen. Mit bedecktem Gesicht und von der Hüfte an nackt würde sie sich seinen forschenden Fingern öffnen. Es war eine wahnsinnige Idee, aber die einzige Möglichkeit, unser aller Leben zu retten.

Ungläubig blickte ich in den großen Spiegel. Ich war kein Kind mehr, kein ängstliches blondes Mädchen. Der Spiegel zeigte das Gesicht einer Geisha, maskenhaft weiß, die Brauen hochmütig geschwungen, die zinnoberrot geschminkte Unterlippe trat deutlich hervor. Meine Augen waren schwarz und rot umrandet. Kleine Glöckchen waren an meiner Perücke befestigt, die leise klingelten, wenn ich den Kopf neigte.

Mein Herz pochte. Ich war mir selbst fremd. Diese raffinierte, schöne Frau war eine sinnliche, rätselhafte Kreatur, eine Verführerin, die alle Tricks kannte. Das war nicht Kathlene Mallory, die Tochter von Mallory-san, die ihren Vater so sehr vermisste und sich in den Mann verliebt hatte, der sie nach Hause bringen sollte.

Wer von beiden wollte ich sein?

Wer?

Meinem Schicksal konnte ich nicht entgehen. Heute Nacht musste ich eine Geisha sein. Diesmal reichte es nicht nur, davon zu träumen und in Fantasien zu schwelgen. Diesmal musste ich tatsächlich zu der Verführerin werden, die mit jedem einzelnen Atemzug und jeder Bewegung Lust erzeugte. Begleitet vom Knistern der Seide, machte ich einen Schritt nach vorn.

Der Gong an der Eingangstür erklang. Mir war klar, was das bedeutete. Baron Tonda-sama hatte das Teehaus des Sehnsuchtsbaumes betreten.

Ich lächelte und war zuversichtlich, dass ich mit dem Baron umgehen konnte, ich wollte ihn verführen und dann dazu bringen, dass er mich anflehte, mit ihm zu schlafen.

Schließlich war ich eine Geisha namens Kimiko, nicht wahr?

Das Telegrafenamt hatte geschlossen. Reed war wütend. Man hatte ihm gesagt, dass er am nächsten Morgen wiederkommen solle. Verärgert fuhr er sich mit den Händen durch sein dichtes, braunes Haar. Es musste einen anderen Weg geben. Seine Nachricht musste einfach nach Osaka gelangen!

Reed drückte sich in der Bahnstation herum, bis sich ein Japaner seiner erbarmte, Geld und Nachricht entgegennahm und versprach, einen Kurier zu Pferde nach Osaka zu schicken. Hoffentlich würde er die Nachricht nicht einfach in den nächsten Straßengraben werfen.

Er musste so schnell wie möglich zurück ins Geisha-Viertel, zurück in die engen, in rotes Laternenlicht getauchten Gassen, wo die Mauern so dick und abweisend waren wie Festungswälle. Niemand konnte ihn von Kathlene fernhalten und musste lächeln, als er daran dachte, wie sie sich unter dem Weidenbaum umgedreht und zurückgeschaut hatte.

Gott, wie sehr er sie begehrte, wie er sich danach verzehrte, ihre Brüste zu küssen, die Hände unter ihren Hintern zu schieben und vorsichtig mit dem Finger zwischen ihre Hügel zu gleiten. Er wollte ihre Nässe und ihre Leidenschaft spüren, ihre fest um seine Hüften geschlungenen Beine und wenn er sich in ihr verströmte, wollte er ihren Aufschrei hören.

Reed sah ihren nackten Körper auf den kalten Fliesen im Badehaus vor sich, ihre glitzernden, grünen, sehnsüchtigen Augen, und das Verlangen, das in ihnen aufleuchtete, als er in sie drang. Hörte, wie sie ihn um mehr bat. Und ihm mit sanfter Stimme sagte, dass sie ihn liebte. Schmerzhafte Zärtlichkeit durchfuhr ihn im selben Moment, ein Gefühl, das er nicht länger unterdrücken konnte.

Er liebte sie.

Reed hatte sie gebeten, mit ihm nach San Francisco zu kommen, aber sie hatte ihm keine Antwort gegeben. Er konnte das verstehen. Sie wusste nicht, ob ihr Vater tot war, und sie hatte ein Leben hier, wenn auch keines, das irgendein Vater sich für seine Tochter wünschte.

Nun war er am selben Punkt angelangt wie bei seiner Ankunft in Japan. Nichts hatte sich geändert. Aus Pflichtgefühl wollte sie dieses irrsinnige Ritual an sich vollziehen lassen – obwohl es um nichts anderes ging, als dass irgendein Schwert tragender Samurai es mit ihr treiben durfte.

Plötzlich hatte er ein ungutes Gefühl. Sein sechster Sinn meldete sich, ein Instinkt, der sehr hilfreich war, wenn man sich in feindlichem Gebiet aufhielt.

Zwei Männer.

Es gab keinen Zweifel, um welche beiden Männer es sich handelte. Die Samurais des Barons waren größer als die normalen Japaner und stämmig. Reed hatte den Eindruck, dass diese Männer nur aufgrund ihrer Größe und ihrer Fähigkeit, zwei Schwerter mit unheimlicher Präzision zu schwingen, ausgesucht worden waren. Offenbar hatten sie den Auftrag, ihn zu töten.

Schnell verließ er die Bahnstation, in der das Telegrafenamt untergebracht war, und eilte durch das Labyrinth der Aschenbahnen hinter den Häusern. Auf diese Weise konnte er zurück ins Gion-Viertel laufen, ohne auch nur eine einzige Straße überqueren zu müssen.

Er atmete die verschiedenen Gerüche ein. Strenge Gerüche, wenn auch angenehme. Nach Orangen, Jasmin und Gewürzen. Nach Leidenschaft. Lust.

Ob die Männer des Barons ihm gefolgt waren oder nicht, spielte keine Rolle. Eine Vorahnung überkam ihn, ein Gefühl, dass er sie niemals wiedersehen würde, wenn er sie nicht aus dem Teehaus des Sehnsuchtsbaumes retten konnte.

Das Herz einer Geisha

Er bat mich herein. Nackt.
Ich gehorchte, meine Hände bedeckten meine Brüste.
Ich sagte ihm, viele Männer könnten die Lust mit mir genießen,
aber das Herz einer Geisha wird nur ein einziges Mal verschenkt.

(Lady Jiôyoshi, 1867)

15. KAPITEL

Kurz vor der Abenddämmerung betrat Baron Tonda-sama das Teehaus des Sehnsuchtsbaumes durch den Haupteingang. Er zupfte an den Schwertern, die zu beiden Seiten seiner pochenden Männlichkeit hingen und entfernte den letzten Rest eines hartnäckigen Reiskorns mit einem silbernen Zahnstocher. Dann zog er seine Sandalen aus, eilte die Stufen hinauf in den ersten Stock und machte sich auf die Suche nach dem kleinen, lauschigen Raum, der für die Entjungferungszeremonie vorbereitet worden war. Lächelnd schnupperte er. Der Geruch im Teehaus gefiel ihm. Das gesamte Stockwerk duftete unverkennbar nach Lust und Leidenschaft. Was ihn nicht überraschte. Das Wort für Entjungferung, Mizu-age, bedeutete nichts anderes als „Eine Fracht Fisch entladen".

Ich werde das Mädchen nicht sofort töten. Erst werde ich mir den Genuss gönnen, mit ihm zu schlafen. Und auch wenn es für mich so nebensächlich ist wie eine Kirschblüte, die vom Wind fortgetragen wird – sein Duft wird bei mir bleiben und meine Träume nähren.

Simouyé flog die Stufen hinauf, nervös und mit geröteten Wangen, als wäre sie selbst die junge Maiko, die sich dem Ritual der Entjungferung unterziehen musste. Sie starrten einander an.

„Sie sind früher hier als abgesprochen, Baron Tonda-sama", sagte sie und verneigte sich tief.

„Haben Sie meine Nachricht nicht bekommen?" brummte er.

„Doch."

„Und die Geschenke?"

„Auch."

„Gut. Diese Geschenke gebe ich zusätzlich zu dem vereinbarten Preis. Ich denke doch, dass damit alle Unannehmlichkeiten, die mein Erscheinen bereiten, vergolten sind, Simouyé-san." Seine Worte duldeten keinen Widerspruch.

„Ich danke Ihnen, Baron Tonda-sama", sagte sie. „Ihr Blumengeld ist bereits eingegangen. Sie sind sehr großzügig."

Baron Tonda grunzte, dann schnaubte er laut. „Ist das Mädchen soweit?"

„Ganz nach Ihren Wünschen, mein Herr." Wieder verbeugte sie sich.

Er grinste sie an. „Sagen Sie dem Mädchen, dass ich hier bin und dass meine Finger jucken und es kaum erwarten können, ihre blutroten Lippen zu öffnen. Dann können Sie sich zurückziehen. Ich habe heute Abend keine Verwendung mehr für Sie."

Der Baron wartete.

Sie verneigte sich, ging aber nicht.

Er schnaubte wütend.

Doch sie blieb. „Ich möchte Sie nicht erzürnen, Baron Tonda-sama, aber ..." Simouyé zögerte. In ihrer Stimme schwang Nervosität mit. „Aber es ist unsere Tradition, dass ich hinter dem Wandschirm bleibe, damit das Mädchen Gewissheit hat, nicht allein zu sein."

„Sie stören die Harmonie mit Ihren Traditionen."

„Ich verstehe nicht."

„Ich soll Ihnen erlauben, meine Leistungsfähigkeit zu beobachten? Weshalb? Denken Sie, ich sei ein Scharlatan, ein Mann, der mit seinem Werkzeug der

Lust nicht umgehen kann?“

Simouyé schüttelte lächelnd den Kopf. „Ich habe oft genug in den Teehäusern gehört, dass Baron Tonda-sama ein großartiger Liebhaber ist.“

„Selbstverständlich. Ich bin dafür bekannt, dass ich mehrere Frauen in einer Nacht nehmen kann, ohne Liebestränke zu benötigen oder einen Ring über meinen Jadestab schieben zu müssen.“

„Dann verstehen Sie sicher, wie wichtig es für Ihr eigenes Vergnügen ist, dass ich in der Nähe bin, Baron Tonda-sama. Für den Fall, dass Sie mich brauchen.“

„Wie?“

„Womöglich erregt es Sie, die Spalte der jungen Maiko zu erforschen und Sie benötigen sofortige orale Erfüllung.“ Sie verbeugte sich noch ein wenig tiefer. „Ich stehe zu Ihren Diensten.“

„Sie, Simouyé-san?“

„Es heißt, Jungfrauen haben feuchte Mondgrotten und trockene Münder, während bei den älteren Geishas genau das Gegenteil der Fall ist.“

Der Baron lachte, verwundert über den neckischen Blick, den sie ihm zuwarf. Diese einstmals schöne Teehausbesitzerin war das, was er als *trockenen Fisch* bezeichnete, sexuell frustriert.

Er wog seine Möglichkeiten ab. Ihrem Vorschlag, seine Jadeflöte in den Mund zu nehmen und in gekonntem Rhythmus daran zu saugen, war er nicht abgeneigt. Er stellte sich vor, wie sie mit geschickten Fingern seine Pflaumen liebkosen würde, bis seine feurige Flüssigkeit in ihren Mund spritzte und über ihr Kinn lief wie salzige Tränen.

Erfreut rieb er sich über den Bauch. Diese Nacht

stand tatsächlich unter einem guten Stern. „Dann bleiben Sie für alle Fälle hinter dem Wandschirm. Ich zweifle nicht daran, dass ich Ihre Dienste benötige, bevor die Nacht zu Ende geht."

„Ich danke Ihnen, Baron Tonda-sama. Ich werde Ihnen das Mädchen umgehend schicken. Und vergessen Sie nicht, Baron Tonda-sama, wenn Sie hinter dem Wandschirm das Rascheln von Seide hören, dann bin ich es, die sich auf den ehrenwerten Moment vorbereitet, Ihre Flöte zu spielen."

Anmutig trotz ihres Alters – oder vielleicht gerade deswegen? – ging sie ihm voraus, schob eine Papiertür auf, bat ihn, einzutreten und schloss die Tür wieder. Seine Augen brauchten einen Moment, um sich an das gedämpfte Licht zu gewöhnen. Ein feuerroter Futon lag auf dem Boden, links und rechts davon stand eine Öllampe. Das flackernde Licht warf einen goldenen Schein auf den Seidenfuton.

Auf einem niedrigen, schwarzen Lacktisch lagen drei Räucherstäbchen ordentlich in einer Reihe. Eines davon brannte, anhand der Glut konnte man die Zeit messen, die er mit der Maiko verbrachte. Vier Räucherstäbchen bedeuteten eine Stunde. Da ihm nur drei Stäbchen gewährt wurden, sollte er das Ritual offenbar so schnell wie möglich vollziehen und dann gehen.

In der hinteren Ecke des Raumes stand ein großer Wandschirm. Mit Interesse betrachtete er die ungewöhnliche Zeichnung: Ein Reisfeld in der Abenddämmerung übersät mit Glühwürmchen. Die phosphoreszierenden Farben ließen die Glühwürmchen im Licht der Öllampen hell aufblinken.

Baron Tonda konnte schon das Rascheln von Seide

und Brokat hinter dem Schirm hören, versuchte aber zu vergessen, dass die Teehausbesitzern dort auf einen Wink von ihm wartete. Er schob das grüne Moskitonetz auseinander und entdeckte sofort die rohen Eier und die verschiedenen Papiertücher auf der Decke.

Der Baron ließ sich im Lotussitz auf das Kissen nieder, schwang die beiden Schwerter neben seine Beine und ließ seine Arme auf den Lehnen ruhen. Über die Regel, dass Samurais ihre Waffen eine Treppe tiefer abgeben mussten, hatte er sich hinweggesetzt. Er würde sich überhaupt über *jede* Regel hinwegsetzen und die schöne Maiko einfach in Besitz nehmen. Der Samurai nahm ein rohes Ei, ließ die Finger über die weiche, kalte Schale wandern und fühlte sich merkwürdig unwohl. Warum, wusste er selbst nicht. Verwirrt zerdrückte er das Ei in der Hand und starrte das goldene Dotter und das klebrige Eiweiß an, als ob er darin die Erklärung für seine Unruhe fände. Schnell schluckte er das Eigelb und wischte sich die Hände mit einem Papiertuch sauber.

Es lag nicht an seinem Plan oder an seiner Gier nach der schönen Maiko, dass er so ein ungutes Gefühl hatte. Es musste einen anderen Grund dafür geben.

„Der Barbar!" murrte er plötzlich.

Seine Männer hatten ihm gesagt, dass ein Gaijin in der Nähe des Badehauses gesichtet worden war und kurz darauf, als die Maiko es verlassen hatte, war er wieder in unmittelbarer Nähe entdeckt worden. Nach Aussagen seiner Männer hatte derselbe Mann auch im Tempel mit ihr gesprochen. Er hatte seine Männer darauf angesetzt, ihn zu verfolgen, aber er war ihnen entkommen. Daher fühlte er sich unbehaglich.

Weshalb interessierte der Barbar sich so sehr für das Mädchen? Hatte er auch guten Grund zu glauben, dass es sich um die blonde Geisha handelte? Erregt schlug er mit den Fäusten auf die Armlehnen. Dieser Gaijin durfte ihm auf keinen Fall in die Quere kommen …

Ein würziger und zugleich blumiger Duft riss ihn aus seinen Gedanken.

Sie war hier.

Als er sich umdrehte, entdeckte er sie vor der Schiebetür, sie trug einen durchsichtigen Kimono, durch den man die weichen Haare erkennen konnte, die sich verführerisch um ihren Samtmund kräuselten.

Er sah noch einmal hin.

Dunkles Haar, so schwarz wie die Nacht und seine Seele.

Schwarz, nicht blond.

Hatten seine Augen ihn betrogen, als er sie auf der Veranda tanzen sah?

War sie doch nicht die blonde Geisha?

„Jede Frau hat zwei Herzen, meine wunderschöne Maiko“, sagte der Baron. „Heute Nacht wähle ich das untere, in den ich meinen Dolch stoßen werde.“

Mein Herz begann zu rasen, und ich versteifte mich. Solche Worte hatte ich nicht erwartet. Ich war wie vom Donner gerührt.

Was wollte er damit sagen? Der Tradition zufolge musste er bis zur siebten Nacht warten, bevor er mit seinem Jadestab in mich eindringen durfte.

Lächelnd und mit gesenktem Kopf entgegnete ich. „Vergessen Sie nicht, Baron Tonda-sama, selbst mit einem prall gefüllten Bauch und einem steinharten Jadestab kann man vor Hunger *und* Liebe sterben."

„Solch einen wundervollen Tod zu sterben wäre ein Geschenk der Götter."

„Sie sprechen heute Abend so anders, Baron Tonda-sama", sagte ich vorsichtig. „Ich glaube, vor diesem Mann habe ich mehr Angst als vor dem anderen."

Das Lachen des Barons jagte mir einen Schauer über den Rücken. Ich kniete vor ihm nieder und stellte das Tablett mit Saké und Essen ab. Der durchsichtige Kimono machte mich nicht verlegen. Ich verbeugte mich so tief, dass meine Stirn den Boden berührte. Als ich den Kopf wieder hob, sah ich, dass der gut aussehende Samurai mich anstarrte. Dieser Blick war intimer als wenn er meine Beine gespreizt und die inneren Lippen meines Blumenherzes geküsst hätte.

Sorgfältig schenkte ich Saké ein. Es wurde von einer Geisha erwartet, mit dem Kunden zu trinken, allerdings niemals mit ihm zu essen. Ich reichte ihm eine kleine Schale mit Wachtelsuppe, dazu auf Owari-Tellern rohen Fisch, Rettich- und Ingwerscheiben und eine Schüssel dampfenden Reis.

Mein Körper sollte das Hauptgericht sein.

Die lüsternen Worte des Barons beunruhigten mich noch immer. Was hatte er damit gemeint, dass er seinen Dolch in mich stoßen wolle? Drohte er damit, heute Nacht bereits mit mir zu schlafen? Oder bedrohte er mein Leben?

Oder *beides?*

Obwohl es in dem kleinen Raum heiß und stickig war – die Türen zur Veranda waren fest verschlossen – schien ein kalter Wind zu wehen. Ich füllte seine Tasse erneut und reichte sie ihm, er nahm sie erst , nachdem er meine Finger gestreichelt hatte. Welches Spiel spielte er?

Der Baron lächelte mich anzüglich an. Ganz offensichtlich erregten ihn meine Nähe und der Anblick meines nackten Körpers unter dem Kimono, ganz besonders die aufgerichteten Brustspitzen, die sich unter der Seide abzeichneten.

„Berühre deine Brüste“, befahl er, schlürfte den warmen Reisewein und leckte sich die Lippen. „Drücke deine Knospen.“

Ich tat, worum er mich bat, liebkoste meine rosige Haut und zog dann an meinen braunen Brustwarzen. Dabei zwang ich mich, keine Lust zu empfinden, keinen Schauer, der durch meinen Bauch fuhr, sah aber, wie sehr ihm gefiel, was ich tat.

„Mit welcher Zärtlichkeit du deine Brüste zwischen deinen Händen wärmst. Das gefällt mir, denn du wirst meinen Dolch mit derselben Zärtlichkeit streicheln.“

„Sie schmeicheln sich selbst, Baron Tonda-sama. Ich werde meine Schenkel spreizen und Ihnen erlauben, mit Ihren Fingern in meine Mondgrotte zu dringen und meinen tiefsten Lustpunkt zu berühren, aber ich werde Ihnen niemals Liebe schenken.“

Der Baron blieb unbeeindruckt. „Du wirst nicht in der Lage sein, den Stößen meines Jadestabes zu widerstehen“, sagte er. „Viele Frauen wurden allein beim Anblick ohnmächtig.“

Ich konnte weder ein stilles Lächeln noch einen kleinen ironischen Kommentar unterdrücken. „Nicht die Größe des Stabes ist wichtig, Baron Tonda-sama, sondern die Zauberkraft.“

Die Reaktion des Barons kam so schnell, so unerwartet, dass ich blinzeln musste. Er warf die Saké-Tasse quer durch den Raum, sie zerschellte an dem Wandschirm in winzige Stücke. Ich brauchte all die Jahre der Übung, um Haltung zu bewahren und nicht aufzuschreien, als der Wandschirm gefährlich wackelte.

Ich schloss die Augen und betete. Der Wutanfall des Barons hatte Mariko erschreckt, wobei er ja glaubte, dass es sich um Okâsan handelte.

Damit der Baron meine Nervosität nicht bemerkte, führte ich die Saké-Tasse an meine bebenden Lippen. Ich musste mich an den Geisha-Kodex halten und ihm gefällig sein. Meine Gefühle durften den Ausgang des Abends keinesfalls gefährden.

„Wie ich sehe, neigt der Baron wie ich dazu, seinen Worten Ausdruck zu verleihen, indem er mit Gegenständen wirft. Somit haben wir von diesem Augenblick an etwas gemeinsam."

„Du erheiterst mich, Schönheit. Du besitzt all den Charme und Witz, den ich von einer Geisha erwarte." Seine Stimme hatte nun einen sehr verführerischen Klang angenommen.

Ja, ich war eine Geisha, aber das hatte nur wenig mit der märchenhaften Vorstellung zu tun, die ich mir immer gemacht hatte. Jetzt wusste ich, dass die Geisha nur eine Fantasiegestalt in einer Traumwelt war, die Männern Freude bereiten sollte. Während ich einen Mann wollte, einen Mann brauchte, den ich lieben konnte.

Ich wollte Reed-san.

„Ich danke Ihnen", sagte ich mit leiser Stimme und spielte nun die Rolle der schüchternen Maiko. Auch das schien dem Baron zu gefallen. Er beugte sich zu mir und strich mit kalten Fingern über meinen Nacken und erschauerte.

„Bevor wir mit den abendlichen ... Freuden fortfahren“, flüsterte er mir lüstern ins Ohr, „sag mir eines, Dame dieses Schlafgemachs. Wie ist dein Name?“

„Kimiko“, wisperte ich und verneigte mich.

Seine Augen blitzten auf. „Tanz für mich, jetzt sofort, Kimiko-san.“

Überrascht sah ich auf. „Ohne Musik?“ Jegliches Selbstvertrauen hatte mich mit einem Schlag verlassen. Ich spürte, dass er mich verunsichern, meinen Willen brechen wollte. Als ich den Raum in diesem durchsichtigen Kimono betrat, hatte *ich* Oberhand. Doch nun unterstand ich seinen Befehlen.

„Das Lied des Kopfkissens ist das einzige, das wir brauchen, Kimiko-san“, entgegnete der Baron rasch.

„Das ist eine sehr ungewöhnliche Bitte, Baron Tonda-sama. Meinem Verständnis nach wird in der ersten Nacht der Entjungferungszeremonie die Maiko mit dem Eiweiß von drei Eiern ...“ Mein Blick fiel auf die Bettdecke. *Zwei* Eier. Ich blickte mich suchend um. Wo war das dritte Ei?

„Zwei Eier werden reichen, um die Wände deiner Mondgrotte zu salben“, rief der Baron. „Meine Finger sind begierig, mit der Übung zu beginnen, aber meine Augen sind noch begieriger, dich hier vor mir tanzen zu sehen.“

Hatte ich eine andere Wahl?

Nachdenklich schenkte ich ihm Saké nach. Jede falsche Bewegung konnte seinen Verdacht wecken. Aus den Augenwinkeln sah ich, dass der Baron keinen Anreiz mehr brauchte. Die Ausbuchtung zwischen seinen Beinen war riesig. Ich fragte mich, wie ich diese Scharade eine ganze Nacht lang durchhalten sollte, ganz zu schweigen von sieben Nächten.

Stolz hob ich das Kinn. „Ich werde für Sie tanzen, Baron Tonda-sama."

Knurrend befahl er mir, mich zu beeilen.

Um wieder Oberhand zu gewinnen, nahm ich keine Notiz von ihm und ließ mir Zeit. Anmutig erhob ich mich mit einem Knie genau zwei Fingerbreit über dem anderen – in vollendeter Perfektion. Dann nahm ich Haltung an, stellte mir die Klänge der Laute vor und zog den zusammengefalteten Fächer aus meiner Schärpe, wobei ich darauf achtete, dass der kleine Silberdolch zwischen den Falten unentdeckt blieb.

Auf die Öllampen fächerte ich etwas Luft, das Licht wurde dunkler und die Glühwürmchen auf dem Wandschirm schienen aufzufliegen und zu funkeln wie winzige Sterne. Als ich den Baron, der den starken süßen Reiswein hinunterschüttete, ansah, musste ich schlucken. Sein hochgeschätzter Jadestab ragte riesig und zuckend aus seinen Seidenhosen heraus. Auf den Zehenspitzen eines Fußes drehte ich eine Pirouette, klatschte in die Hände, machte einen Knicks vor dem Baron und hielt meinen Fächer in den verschiedensten Positionen.

Der geschlossene Fächer symbolisierte eine Flöte.

Seinen Jadestab.

Der halb geöffnete Fächer stellte eine Laterne da.

Die Lippen meines Samtmundes.

Der offene Fächer war der aufsteigende Mond.

Mein pochendes Blumenherz, das bereit war, seinen Jadestab zu empfangen.

Jede einzelne Bewegung war eine Andeutung, ein Versprechen, eine Verweigerung, wobei ein scharfes Lustgefühl durch mein Innerstes zuckte. Ich tanzte schneller und schneller, Schweiß lief mir über den Nacken, über mein Gesicht, über den Rücken, über die Schenkel, als ob Regen meinen süß duftenden Pfirsich benetzte.

Jeden einzelnen Schritt führte ich präzise aus, so, wie ich es in den letzten Jahren gelernt hatte. Der Tanz war verführerisch und hinreißend, Blicke und Bewegungen bedeuteten alles. Schließlich zog ich den Seidenschal unter meiner Schärpe hervor, die Wolke, die den Mond verschleierte.

„Tanz schneller", rief der Baron.

Schneller? Ich kniff die Augen zusammen und nahm die Herausforderung an. Ich drehte mich, die langen Ärmel flatterten im Halbkreis um meinen Körper, bis ich ein einziger Wirbel aus Licht und Schatten zu sein schien.

Silberne Fäden schimmerten durch meinen transparenten Kimono, umschlangen meine schlanken Beine, meine Schenkel. Das dunkle Haar um meinen Samtmund funkelte unter den silbernen Blitzen, meine Brustwarzen brannten vor Lust, das Begehren stieg in meinen Hals und höher in mein blasses Gesicht. Mit glühenden Augen sah ich ihn an.

Mit glühenden, *grünen* Augen.

Mein Herz setzte einen Moment lang aus. Ich bekam keine Luft. Was hatte ich getan?

Sofort hörte ich auf zu tanzen, ließ mich auf die Matte fallen und drückte die Stirn auf den Boden. In meiner Ekstase hatte ich meine grünen Augen ganz und gar vergessen. In der Vergangenheit hatte ich immer den Blick gesenkt gehalten, wenn ich Fremde traf. Wieso hatte ich nun den Baron direkt angesehen, das Gesicht beleuchtet von der goldenen Flamme der Öllampe? Es war ein dummer, trotziger Blick gewesen.

Ich zitterte. Solange er glaubte, ich wäre eine Geisha namens Kimiko, hatte ich nur ein wenig Angst vor ihm gehabt. Doch nun fragte ich mich, welcher Tod mich erwartete, wenn er herausfand, dass ich Edward Mallorys Tochter war.

„Er weiß, wer ich bin, Mariko-san", flüsterte ich hinter dem Wandschirm.

„Bist du sicher?"

„Ja, unser aller Leben ist in Gefahr."

„Ich bin nicht in Gefahr. Du könntest fliehen, während der Baron …"

„Nein. Ich werde dich mit diesem Wahnsinnigen nicht allein lassen."

„Du musst, Kathlene-san! Bitte, ich möchte das für dich tun."

Wir standen in der Dunkelheit hinter dem Wandschirm, nicht allzu weit entfernt vom Baron, der sich nun selbst Saké nachschenkte. Ich fragte mich, welche Regel er als Nächstes brechen würde. Mariko klammerte sich an mich.

Am Ende des Tanzes hatte ich mich tief verneigt und den Baron gebeten, mich ein paar Minuten zu entschuldigen, damit ich den schweißnassen Kimono wechseln könne, bevor wir mit der Zeremonie begannen. Der Baron, der sich gerade den rohen Fisch mit Ingwer gönnte, rülpste laut und knurrte seine Zustimmung.

„Lass mich nicht allzu lange warten, Kimiko-san", brummte er mit Fischstückchen zwischen den Zähnen. „Ich hungere nach dem Geschmack deines Erwachens, wenn ich meine Finger in dich einführe. Ich beabsichtige deinen kleinen Kieselstein so lange zu polieren, bis ich meine Finger in deinem heißen Saft baden kann."

„Warum habe ich mich von dir nur überreden lassen, Mariko-san."

„Ich weiß warum."

„Warum?"

„Weil wir Geisha-Schwestern sind."

Heiße Tränen schossen mir in die Augen. „Wir waren immer schon Schwestern, Mariko-san, vom ersten Tag an, als ich das Teehaus des Sehnsuchtsbaumes betrat." Liebevoll drückte ich ihre Hand.

„Ja, so ist es", wisperte Mariko.

Und dann, bevor ich es verhindern konnte, trat Mariko hinter dem Wandschirm vor.

Gekleidet in einen hautfarbenen, durchsichtigen Kimono, das Haar genauso frisiert und geschmückt wie meines, das Gesicht hinter einem Schleier verborgen, verneigte sie sich vor dem Baron. Dann legte sie sich auf den Futon unter das Moskitonetz und öffnete die Beine weit, bereit, meine Rolle bei der Zeremonie zu übernehmen.

Reed hoffte, sich unentdeckt in das Teehaus schleichen zu können. Vorsichtig lief er seitlich an der hohen Mauer entlang. Über den Kiesweg. Je näher er dem Eingang kam, desto bewusster wurde ihm, dass es zu einfach war, zu still, dass ihm irgendjemand auflauerte.

Seine Augen versuchten, sich an die Dunkelheit zu

gewöhnen, als er hinter sich plötzlich das Knacken eines Zweiges hörte. Ihm blieb nur der Bruchteil einer Sekunde, um sich auf den Boden zu werfen, bevor ein Schwert so nah an seinem Kopf vorbeisauste, dass er den Windstoß spüren konnte.

Unbeirrt ging der Samurai weiter auf ihn los. Reed rappelte sich hoch, packte eine Handvoll Steine und Schmutz und warf sie seinem Angreifer ins Gesicht. Dann sprang er nach rechts, weg von der Mauer und versteckte sich hinter der Steinstatue einer Gottheit, die er nicht kannte. Wieder verfehlte ihn das Schwert nur knapp, donnerte auf den Boden neben ihm und zerstörte den sorgfältig angelegten kleinen Steingarten. Der Samurai schnaubte und fluchte und hieb mit dem Schwert in alle Richtungen.

Es war ihm offenbar egal, wen oder was er damit in kleine Stücke hackte.

Reed wirbelte herum und versetzte dem Samurai einen Kinnhaken. Dann drückte er ihn gegen den Baum und schlug erneut zu. Und wieder. Sein Herz hämmerte, er atmete schwer. Seine Hände waren verschwitzt und blutig. Schließlich hielt er inne, und der Samurai rutschte bewusstlos auf die Erde.

Reed bückte sich nach dem Schwert. Es war lang und schwer und an der Spitze gebogen. Erst jetzt wurde ihm klar, dass er beinahe zum zweiten Mal in wenigen Stunden seinen Kopf verloren hätte. Da hörte er wieder ein Geräusch, er drehte sich schnell um und richtete das Schwert auf den unbekannten Angreifer.

Der Rikscha-Junge. Er lächelte.

Wo ist der andere Samurai, fragte Reed ihn mit den Augen, und das Lächeln des Jungen sagte ihm, dass er sich um den zweiten Mann keine Gedanken zu machen brauche.

Reed nickte dankbar, bedeutete dem Jungen, zu warten, und lief zum Eingang des Teehauses. Das dunkle Holzhaus schien tiefer in Geheimnisse gehüllt zu sein als sonst. Er schob die Tür auf, unterließ es, die Schuhe auszuziehen, trat damit direkt auf die Bodenmatten und blickte sich suchend um. Wo war Kathlene?

Hier bestimmt nicht. In allen Teehäusern war er immer in den ersten Stock gebracht worden.

Der Amerikaner nahm zwei Stufen auf einmal und betete, dass der ohnmächtige Samurai in nächster Zukunft nicht aufwachen würde. Oben angekommen überwältigte ihn ein würziger, erdiger Geruch. Räucherstäbchen. Die Nächte, in denen er Teehäuser durchsucht und in kleine, runde Gesichter gestarrt hatte, machten sich nun bezahlt. Er wusste, was das Abbrennen von Räucherstäbchen bedeutete: Jemand bezahlte für die Leistungen einer Geisha. Oder, in diesem Fall, für die Entjungferung eines Mädchens.

Reed tastete sich durch den dunklen langen Korridor, hörte hinter dicken, geschlossenen Reispapiertüren Gekicher oder lautes Stöhnen. Irgendwo spielte jemand die Bambusflöte.

Reed zögerte.

In welchem Raum würde er Kathlene finden?

Hinter welcher Tür?

16. KAPITEL

Mit rasendem Puls stand ich hinter dem Wandschirm und wischte mir mit dem Ärmel die vielen Schweißperlen von meiner Stirn.

Das leise Stöhnen des jungen Mädchens, das sanfte schmatzende Geräusch ihrer heißen Säfte. Seine langen Finger berührten sie, erforschten sie, nicht zu fest, nicht zu sanft. Im perfekten Rhythmus schob und drehte er seine mit dem Eiweiß benetzten Finger in die Mondgrotte der kleinen Maiko.

Ein Schauer lief mir über den Rücken. Eigentlich hätte ich es sein sollen, die sich aufbäumte, während der Baron die roten Lippen meines Samtmundes teilte. Ich sah, wie er sich in ihr versenkte, immer tiefer und tiefer, wie sie sich krümmte und wand.

Und in der siebten Nacht, wenn er die jungfräuliche Wand durchbrach, würde er den Schmetterling in eine neue Welt entlassen. In eine Welt voller Lust und tiefer Seufzer, wenn der Schmetterling seine Flügel um seinen Jadestab schlang und …

Nein! Ich würde nicht zulassen, dass der Baron mit Mariko schlief. Ich konnte es einfach nicht. Zwar konnte ich nicht mehr ändern, was diese Nacht geschah und auch nicht in den folgenden, so war es von den Göttern bestimmt.

Aber in der siebten Nacht würde ich nicht zusehen wie dieser Wahnsinnige meine Geisha-Schwester quälte, ihre Beine spreizte, in sie stieß und tief in sie schlängelte wie ein Aal, wie er an ihr saugte wie ein Blutegel.

Vor Wut brach mir kalter Schweiß aus. Ich schob

erneut die Papierklappe des Guckloches hoch – in diesem Land gab es keine Wandschirme ohne ein Guckloch – und beugte mich vor.

Überrascht riss ich die Augen auf. Blinzelte. Blinzelte erneut. Was war denn das?

Marikos Gesicht glitzerte vor Schweiß, ihre Augen tränten. Diese Qual, sich zu unterwerfen – und zugleich diese unerträgliche Lust.

Der Baron kniete neben ihr, sein riesiger, steifer Speer entblößt. Sein hübsches Gesicht war gerötet, seine dunklen Augen funkelten teuflisch, sein Atem ging stoßweise – hässlich.

Ich konnte sehen, dass ein Räucherstäbchen schon fast vollkommen abgebrannt war. Als hätte er meine Gedanken gelesen, zündete der Baron das nächste an und legte es neben das Moskitonetz. Innerhalb von Sekunden erfüllte ein verführerisch fruchtiger Duft den Raum. Erleichtert atmete ich auf. Dass er noch ein Räucherstäbchen anzündete, konnte nur eines bedeuten.

Er war noch nicht fertig.

Da sah ich, dass noch ein Ei auf der Bettdecke lag, ich berührte mich zwischen den Beinen und stellte fest, dass meine Finger nass wurden. Von Schweiß? Oder war ich selbst erregt? Ich schwor mir, mich nicht von meinen Empfindungen davontragen zu lassen. Auf keinen Fall wollte ich in einer Sturzflut der Lust untergehen, wollte seine Hüfte nicht mit meinen Beinen umklammern oder sie auf seine Schultern legen.

Energisch wischte ich mir die Finger am Kimono ab. Dass ich so leicht der Versuchung erliegen konnte, beunruhigte mich.

Nun sah ich, wie der Baron das letzte Ei nahm,

während Mariko laut seufzte und ihr Gewicht auf dem Futon verlagerte.

„Wie ich sehe, sehnt sich meine kleine Maiko nach weiteren Freuden“, sagte er. „Das gefällt mir. Meine Finger kribbeln noch immer, so heftig hat deine Perle unter meinen Berührungen gebebt.“

Er zerbrach das Ei in seiner Hand.

Mit zurückgeworfenem Kopf schluckte er das Eigelb und leckte sich dann über die Lippen.

Mariko stieß ein weiteres Stöhnen aus.

Stöhnte sie aus Lust oder Angst? Oder beides?

Mariko kämpfte sich hoch, bevor er ihre Beine noch weiter spreizen konnte. Ich sah, wie die Leidenschaft sie geschwächt hatte. Ihr Körper hinterging sie, ich befürchtete, dass sie die Erlösung durch den Jadestab des Teufels persönlich erfahren würde, dem Dämon, der in Meifumado, dem dunklen Reich der Hölle herrschte.

Der Rauch des Räucherstäbchens trug den Duft ihrer Hingabe zu mir hinter den Wandschirm. Am liebsten hätte ich geschrien, meine Freundin gewarnt, konnte es aber nicht. Ich konnte nur leise aufkeuchen, als ich die Worte des Barons vernahm:

„Deinem lüsternen Stöhnen nach vermute ich, dass meine Dame des Schlafzimmers nicht auf die siebte Nacht warten will, bis mein goldener Pirol an ihrem Pfirsich pickt.“ Er grunzte. „Und ich auch nicht.“

Wie bitte? Er wollte bereits heute Nacht in sie eindringen?

Ich musste ihn aufhalten. Unkontrollierbar zitterte ich und rang um Luft.

„Bitte entschuldigen Sie“, hörte ich Mariko flüstern. „Ich … ich … bitte Sie …?“

„Du bittest mich?“ unterbrach der Baron sie. Vermutlich war er überrascht über den furchtsamen Klang ihrer Stimme. „Ich werde jetzt meine Finger abwischen und dann deine Beine spreizen. Keine Sorge, es wird schnell gehen. Mein Jadestab ist dick geschwollen und begierig darauf, dein jungfräuliches Tor aufzustoßen.“

„Bitte, Sie müssen warten ...“

„Warten? Worauf? Ich bin Baron und tue, was mir gefällt!“ schrie er laut, als ob der gefährliche Gott des Donners, Raiden, der vom Himmel fegte und Frauen gewaltsam nahm, in ihn gefahren wäre.

„Nein“, flehte Mariko. „Bitte!“

Er kniete sich hin und riss ihr die Beine auseinander. Ich ballte und öffnete meine Fäuste. Wie sollte ich ihn aufhalten?

„Lieg still!“ brüllte er. „Und hör auf, dich zu winden. Was ist denn los mit dir? Warum zeigst du mir dein Gesicht nicht?“

Ich hörte Mariko wimmern und schniefen.

Seine Erektion. Ich musste ihn treffen, solange er verwundbar war.

Mit hoch erhobenem Kopf trat ich hinter dem Wandschirm hervor. „Es ist *mein* Gesicht, dass Sie zu sehen wünschen, Baron Tonda-sama“, sagte ich, schwang verführerisch mit den Hüften und bewegte meine Füße so, als würde ich mit den Zehen etwas wegkicken wollen. Gleitender Gang, so nannten wir das. „Und es ist mein Blumenherz, das Sie teilen wollen, damit Ihr Tau seine geöffneten Blätter benetzen kann.“

„Was für eine List der Götter ist das?“ bellte er, grinste aber zugleich breit, als ob er mich erwartet hätte.

„Das ist keine List, Baron Tonda-sama. Ich werde

nicht zulassen, dass Sie meiner Geisha-Schwester Gewalt antun."

Der Baron taxierte mich, starrte den durchsichtigen Kimono und meine Brustspitzen an, die aufgerichtet gegen die Seide drückten. „Du weckst mein Interesse, Kimiko-san. Du erinnerst mich an die Zauberschachtel, die ich als Junge hatte, mit all den winzigen Schlüsseln, die in versteckte Schlösser passten." Er schwieg einen Moment. „Und heute beabsichtige ich, meinen Schlüssel in *alle* deine Löcher zu stecken."

Ich ließ mich nicht von ihm einschüchtern. „Lassen Sie Mariko-san gehen. Wenn nicht, sorge ich dafür, dass Sie Ihren Schlüssel in keine Frau mehr stecken."

„Du, eine niedere kleine Maiko, nicht mehr als eine gewöhnliche Prostituierte, wagst es, mir zu drohen, mir, einem Baron, einem Samurai?"

Er warf den Kopf in den Nacken und begann zu lachen, doch ich bemerkte, dass er eine Hand auf sein Schwert legte. Ich hielt die Luft an in Erwartung, dass er die Waffe ziehen würde. Stattdessen nahm er einen Fächer aus seinem Taillenband, öffnete ihn und begann sich Luft zuzufächeln, als ob er sich über mich lustig machen wollte. „Du dummes Ding. Weißt du nicht, dass ich es bin, der über dein Schicksal bestimmt?"

Wie meinte er das?

„Sie haben heute Abend die Tradition gebrochen, Baron Tonda-sama", sagte ich und versuchte, mir etwas einfallen zu lassen, was ihn verwirrte. „Sie müssen bis zur siebten Nacht warten, bis Sie Ihren Pfeil in mich stoßen dürfen."

„Ich kann keine sieben Nächte warten, meine Schöne. Der Prinz hat mich zurück nach Kawayami Castle beordert." Er zögerte kurz, „Aber ich habe ihm bereits die Neuigkeit übermittelt, auf die er so lange gewartet hat."

„Neuigkeit? Wovon sprechen Sie?"

„Ich habe meinen Daimiô wissen lassen, dass sein Sohn gerächt und das blonde Mädchen tot ist." Er ließ den Fächer zusammenschnappen. „Wobei ich die Tat natürlich erst noch ausführen muss."

Er wusste es. Er wusste, wer ich war.

„Ich weiß nicht, wovon Sie sprechen, Baron Tonda-sama", sagte ich unschuldig.

„Genug gespielt, Kimiko-san. Du kannst dich nicht vor mir verbergen, egal, welchen Namen du benutzt. Dieses Mal wirst du dem Zorn des Prinzen nicht mehr entkommen."

Vorsichtig ließ ich meine Hand unter die Schärpe gleiten. „Ich habe Sie gewarnt, Baron Tonda-sama. Nun werde ich tun, was ich tun muss." Ich zog den Silberdolch hervor, fiel auf die Knie und hielt ihn gefährlich nah an seinen Speer, der durch den Schlitz seiner Hosen lugte.

Der Baron schrie auf, packte meinen linken Arm und drückte ihn so fest, dass mir der Dolch aus der Hand fiel. Dann riss er mich hoch, zerrte mich hinter sich her und warf mich gegen den Wandschirm. Er schlug mir ins Gesicht. Ich schrie, der Wandschirm wackelte, ich taumelte und stürzte auf die Matte.

Ich hörte Mariko kreischen, als der Baron sich auf mich warf, er schien mindestens vier Hände zu haben, mit denen er meine Brüste drückte und in die Spitzen kniff. Seine Berührung bereitete mir keine Lust, nur Schmerz. Dann riss er an dem Kimono, schob eine Hand darunter und versuchte, mich mit seinen Fingern aufzuspießen. Ich biss ihm fest in die andere Hand.

„Dummes Mädchen“, rief er und zog seine Hand weg. „Ich werde dir zeigen, wie ein Samurai eine Frau vögelt.“

„Ich werde mich Ihnen niemals unterwerfen, Baron Tonda-sama …“

„Kimiko-san, sieh nur!“ schrie Mariko.

Hinter der Papiertür erkannte ich einen Schatten. Wer befand sich auf dem Korridor? Ich konnte nur beten, dass es sich um Okâsan handelte. Andererseits, wie hätte sie mir helfen können? Der Baron hatte für meinen Körper bezahlt, für meine Jungfräulichkeit, von mir wurde erwartet, mich zu fügen und wie eine wohlgesittete Konkubine die Stöße seines Schaftes hinnehmen.

Ich hörte, wie Seide zerriss. Der Baron zerfetzte meinen Kimono, zerrte an der Schärpe und versuchte zugleich, meine Hände festzuhalten. Er war zu beschäftigt, um etwas zu bemerken.

Ich musste ihm entkommen. Er wollte mich vergewaltigen, mich mit seiner Lust verschlingen und dann töten.

„Bevor ich deine Beine spreize und deinen Samtmund mit meiner Milch tränke, will ich sehen …“, er riss mir die Perücke vom Kopf und schleuderte sie durchs Zimmer, „… wie dein Haar aussieht.“

„Nein!“ schrie ich, als mein langes blondes Haar über meine Schultern fiel, meine Brüste bedeckte, meine Blöße.

„Aaaaah … ich hatte Recht. Du bist wirklich die blonde Geisha!“

Tränen traten mir in die Augen, alles verschwamm,

ich hörte, wie Papier riss, als ob jemand mit einem einzigen Hieb die Tür geteilt hätte.

Reed!

Er richtete ein langes Samurai-Schwert auf den Baron.

Woher hatte er das?

„Runter von ihr, du verdammter, feiger Scheißkerl ..." Er schrie die Worte auf Englisch, und der Baron kannte deren Bedeutung nur zu gut. Nun zog auch er sein langes Schwert.

„Raus!" brüllte er den Gaijin an. „Das geht Sie nichts an."

„Sie irren sich. Dieses Mädchen geht mich sehr viel an."

Mir schlug das Herz bis zum Halse, der Baron griff in meine Haare, zog mich auf die Beine und verdrehte mir den Arm auf den Rücken.

„Ich habe eine horrende Summe bezahlt, um es mit ihr treiben zu dürfen, und Sie Barbar werden mich nicht davon abhalten. Und anschließend werde ich ihr vor Ihren Augen den Hals durchschneiden."

„Vorher ramme ich dieses Schwert in Ihren Bauch."

Entsetzt beobachtete ich, wie Reed sich auf den Baron stürzte, der mich nun zur Seite schleuderte. Ich hörte, wie Stahl auf Stahl traf, das Moskitonetz fing an einem Räucherstäbchen Feuer und fiel auf die Matte, wo Mariko-san noch immer ungläubig lag. Nun sprang sie verängstigt auf.

„Kimiko-san!"

„Hilf mir, das Feuer zu löschen, Mariko-san."

Wir hoben den Futon an, aber es ging alles furchtbar schnell. Die Flammen schlugen hoch, die hölzernen Dachbalken des Teehauses begannen sich zu biegen, als wollten sie verhindern, dass die rotgoldenen Flammen sie berührten wie die Zungen der Dämonen.

Kreischende Frauen liefen durch den Korridor und die Treppe hinunter, manche riefen die Götter an, einige weinten, andere schimpften. Eine Lampe explodierte, ein Kohlebecken fiel um und der Rauch wurde immer undurchdringlicher. Das Holz knackte. In dem blendend hellen Feuerschein konnte ich Reed und den Baron mit den Schwertern kämpfen sehen, blaue Funken sprühten, wenn die Schwerter aufeinander trafen. Endlich schafften Mariko und ich es, die Flammen auszuschlagen, weißer Rauch hüllte die beiden Kämpfenden ein.

„Sie kämpfen gut", brüllte der Baron. „Für einen Barbaren."

„Ein Barbar mit einer Seele, die Sie schon vor langer Zeit verloren haben."

„Es wird nicht meine Seele sein, die die Beine dieser Hure spreizt und sie dann vögelt …"

„Sie vögeln überhaupt niemanden auf Ihrem Weg in die Hölle, Baron."

„Das werden wir noch sehen!"

Baron Tonda hieb mit dem Schwert auf Reeds Schulter, zerfetzte dabei den Ärmel seiner Jacke, aber nicht seine Haut. Dann schlug er erneut zu. Dieses Mal duckte Reed sich, senkte den Kopf und schwang sein eigenes Schwert.

Der Samurai ging in die Hocke, zog die Schultern ein und umklammerte mit beiden Händen sein langes Schwert. Der Amerikaner stürzte mit einem gewaltigen Sprung auf ihn zu, und der Baron flog durch die

Reispapiertür auf die Veranda. Reed sprang hinterher, der Kampf ging weiter.

Ich musste ihm helfen und würde nicht zulassen, dass er getötet wurde.

„Kimiko-san!"

Am anderen Ende des Raumes sah ich Okâsan und einige Geishas starr vor Schreck in der Tür stehen. Schluchzend riefen sie unsere Namen. „Mariko-san, Kimiko-san, wo seid ihr?"

„Wir sind hier", schrie ich, als jemand die Öllampe umwarf und der Futon, den Mariko und ich noch immer hochhielten, sich entzündete. Sofort war ich von lodernden Flammen umzingelt. Mariko drückte mich auf die Matte und riss mir die Schärpe vom Leib.

„Kimiko-san, deine Schärpe! Sieh nur!"

Die silbernen und goldenen Fäden hatten Feuer gefangen und kringelten sich wie eine ausgetrocknete Lotusblüte. Ein scharfer Geruch drang in meine Nase. Erst konnte ich mich nicht rühren, dann schleuderte ich das, was von dem Kimono noch übrig war, in eine Ecke. Ich fürchtete mich davor, meine Hände zu betrachten, weil ich glaubte, sie wären verbrannt. Doch die Götter waren gütig, meine Hände waren nur schwarz vor Ruß.

Nackt riss ich die Hände vor den Mund und färbte meine Lippen mit feinem, grauem Ruß. Ich musste mich irgendwie bedecken, aber womit? Alles war verbrannt.

„Kimiko-san!" hörte ich eine Frau rufen. Sofort blickte ich zum anderen Ende des Raumes, wo die Geishas mit alten Kimonos und Wassereimern dafür sorgten, dass das Feuer nicht wieder losbrach. Okâsan hielt einen mauvefarbenen Kimono in den Händen. Ich konnte nicht zu ihr laufen, ohne mir auf der angesengten Matte die Fußsohlen zu verbrennen.

„Werfen Sie ihn mir zu!“ schrie ich.

Der Stoff flog durch die Luft, ich fing ihn auf, bevor er auf dem Boden landete. Schnell streifte ich den Kimono über. Am liebsten hätte ich nach Reed gerufen, der nach wie vor auf der Veranda mit dem Baron kämpfte, aber ich wollte seine Aufmerksamkeit nicht ablenken. Also rannte ich durch die zerfetzte Papiertür hinaus auf die Veranda. Meine eigene Sicherheit war mir nicht so wichtig wie die des Gaijins, eher würde ich mich zwischen die beiden werfen als zulassen, dass der Baron ihn tötete.

Ich suchte nach etwas, das ich werfen konnte – einen Eisentopf, eine Öllampe – konnte aber nichts finden. Leicht taumelnd ging ich auf die beiden zu, als der Baron mich entdeckte. Grinsend hob er das Schwert.

„Verschwinde, Kathlene, du musst dich sofort in Sicherheit bringen!“

Nie werde ich vergessen, was dann geschah. Der Baron ließ sein Schwert mit einer einzigen Bewegung niedersausen. In letzter Sekunde machte Reed einen Satz nach hinten, das Schwert drang in den zersplitternden Holzboden, Reed warf sich mit geballter Faust nach vorne. Der Baron wich mit bemerkenswerter Eleganz und Anmut dem Schlag aus, Reed schwang das Schwert, zielte auf den Kopf des Barons und verfehlte ihn um Haarsbreite. Das Schwert blieb im Holzboden stecken.

Jetzt war der Baron eindeutig im Vorteil. Auf und nieder springend, den Körper in perfekter Haltung, schrie er: „Nun werden Sie sterben!"

Er flog durch die Luft, knallte gegen Reeds Brust und warf ihn zu Boden. Reed rollte ans Ende der Veranda, setzte sich schwer atmend auf, riss sein Schwert aus dem Boden und sprang auf die Füße.

„Ihr letztes Stündlein hat geschlagen, Baron." Reed ließ sein Schwert nach unten sausen, verpasste knapp die Schulter des Barons, zerschnitt ihm das Hosenbein und riss ihm eine tiefe Wunde.

Der Baron schrie auf, starrte sein blutiges Bein an, zog das kürzere Schwert und richtete es auf Reed.

„Einem Barbar werde ich mich niemals ergeben!" rief er. „Wie die Kirschblüte werde ich in Ehre sterben, ohne je eine Niederlage kennen gelernt zu haben."

„Sie werden sterben, Baron, aber nicht in Ehre", brüllte Reed. „Schande wird Ihr Leichentuch sein."

Benommen vom Reiswein und dem Blutverlust, blieb der Baron stocksteif stehen, taumelte auf Reed zu, doch dann stürzte er nach hinten. Die Holzplanken gaben unter seinem Gewicht nach, er stürzte von der Veranda auf den harten Boden unter dem Teehaus, direkt auf das Ufer des Flusses Kamo.

Schnell rannte ich zum Geländer und blickte nach unten. Der Abend war hell genug, dass ich den Baron sehen konnte, sein Schädel war eingeschlagen, das kürzere Schwert hatte sich durch seinen Bauch gebohrt. Mit der rechten Hand umklammerte er noch immer das lange Samurai-Schwert, dessen Spitze abgebrochen war.

Während ich den Kimono fester um mich zog, riss ich mich von dem schrecklichen Anblick los.

„Es ist vorbei, Kathlene", sagte Reed.

Erst jetzt merkte ich, dass er neben mich getreten war und einen Arm um meine Schultern gelegt hatte. Fest umklammerte ich seine Hand, die warm und klebrig vor Blut war.

„Du blutest!" wisperte ich.

Er zwang sich zu einem Lächeln. „Das ist nichts. Nicht die Spur einer Verletzung. Wichtig ist nur, dass es dir gut geht." Er strich mir über mein Gesicht und hinterließ eine dünne rote Blutspur auf meinem weißen Make-up. „Bleib hier. Ich habe noch etwas mit dem Baron zu klären."

„Reed-san, du glaubst doch nicht, dass er noch lebt?"

„Nein, aber falls doch: Ich würde nicht mal ein Tier wie ihn einfach verbluten lassen."

Reed ließ sich an dem langen Seil herab, dem Seil, das mehr als nur ein Kunde nach einer langen, sinnlichen Nacht mit einer Geisha benutzt hatte.

Ich dachte an Mariko, die bereit gewesen war, alles zu geben, um nicht nur mich sondern auch die Geheimnisse der Geisha-Welt zu beschützen. Warum hatte ich das nicht schon vorher begriffen? Mariko war der Inbegriff einer Geisha. Sie war eine Künstlerin, die zu ihrem eigenen Kunstwerk wurde, perfekt darin, sich den Regeln der Tradition zu unterwerfen, ohne, dass ihre eigenen Wünsche ihre Kunst gefährdeten.

„Das Feuer ist gelöscht", hörte ich Mariko hinter mir sagen.

Ich drehte mich um und nahm sie fest in die Arme. „Bist du verletzt, Mariko-san?"

Sie schüttelte den Kopf." Nein, aber ich zittere wie ein Ahornblatt im Wind. Ist Baron Tonda-sama …?"

Ihre Stimme bebte.

„Ja, Mariko-san, er ist tot. Reed-san hat ihn am Bein verletzt, er stürzte über die Brüstung auf den Hafendamm unter dem Teehaus. Er fiel auf sein Schwert."

„Ein passendes Ende für einen grausamen Mann."

„Ich wünschte, ich hätte noch Gelegenheit gehabt, ihm mein Knie in den Unterleib zu rammen und seinen hoch geschätzten Jadestab hinauf in den ..."

Eine Glocke ertönte.

„Der Feueralarm!" rief Mariko und packte meinen Arm. „Die Wachleute mit ihren Leitern und Handpumpen werden jeden Moment hier sein."

„Sie werden die Leiche des Barons sehen und ... Reed-san." Sofort kroch mir erneut die Angst über den Rücken. Ich blickte hinab zu dem Gaijin, der die Leiche des Barons weiter vom Wasser wegzog, ohne zu ahnen, in welcher Gefahr er sich befand.

„Sie werden glauben, dass Cantrell-san den Baron getötet hat."

„Wir müssen ihn warnen."

Wäre ich nicht von dem Geschehenen so erschüttert gewesen, hätte ich meine Aufmerksamkeit auf das gerichtet, was um mich herum geschah – und ich hätte begriffen, dass der letzte Akt dieses bizarren Dramas erst begonnen hatte.

17. KAPITEL

Einhundert Jahre lang hatte das Teehaus des Sehnsuchtsbaumes in einer aus Gold- und Silberfäden gesponnenen Märchenwelt existiert. In einer Welt, die funkelte wie polierte Haarspangen und die nach Jasmin und Rosenblättern duftete. Wo Schmetterlinge ihre Kimonoflügel ausbreiteten, Honigbienen den Nektar aus zarten Pflaumenblüten saugten und sich eine schlanke Weide im Wind bog.

In dieser heißen Augustnacht löste sich diese Märchenwelt auf und machte einer böseren Realität Platz. Ich saß neben Reed auf einem mit Ruß bedeckten Seidenkissen, und hatte nur einen Gedanken: Ich musste sein Leben retten. Zugleich wusste ich sehr gut, dass ich ihn dadurch verlieren würde.

Haben die Götter mir ein solches Schicksal bestimmt? fragte ich mich. Hast du ihn mir deshalb geschickt, Papa? Damit ich auch ihn verliere?

Dumme Gedanken. Egoistische Gedanken. Kindische Gedanken.

Während ich auf den Fersen saß, fächerte ich mir Luft zu, ohne darauf zu achten, den Daumen immer hinter dem Fächer verborgen zu halten. Wozu sollte das noch wichtig sein? Ich wollte meine Gedanken nicht länger nur durch Andeutungen und Hinweise äußern. Reed-san musste unbedingt begreifen, dass sein Leben auf dem Spiel stand. Er musste das Teehaus des Sehnsuchtsbaumes umgehend verlassen und ohne mich nach Amerika zurückkehren.

Ja, ich liebte ihn, aber nachdem nun vom Prinz keine Gefahr mehr ausging, konnte ich meinen Kindheitstraum verwirklichen und meinen Platz in der Welt der Geishas einnehmen. Ich konnte an den River-Kamo-Tänzen teilnehmen, wichtige Regierungsmitglieder bei Festessen unterhalten, konnte ein Star in der Geisha-Welt werden, die schönsten Kimonos und Schärpen tragen und Männer dazu verleiten, sich in mich zu verlieben. Als Geisha wäre ich unabhängig und ein schlichtweg entzückendes Mitglied in der Welt der Blumen und Weidenbäume.

Und das hatte ich doch immer gewollt, oder vielleicht nicht?

Neben mir saß Okâsan, die sich ebenfalls – allerdings deutlich diskreter – Luft zufächelte. Die Autorität, die sie wie alle älteren Geishas ausstrahlte, schien Reed zu beeindrucken, und doch hörte er nicht auf das, was wir ihm sagten. Er konnte nicht verstehen, welch ein Sturm in mir tobte.

Ich wollte die Verantwortung für das Geschehene übernehmen, ich war dazu verpflichtet, Okâsan in dieser schwierigen Zeit zur Seite zu stehen. Daher konnte ich das Geisha-Haus nicht einfach verlassen, so wie Reed es von mir verlangte. Wenn ich ihn heiratete, müsste ich das Leben als Geisha aufgeben, eine Vorstellung, die mich schmerzte. Zumal das Wort Heirat bisher noch gar nicht gefallen war. Was sollte ich nur tun? So lange hatte ich darauf gewartet, endlich die Welt der Blumen und Weidenbäume betreten zu dürfen, dass ich nicht bereit war, diesen Traum einfach so aufzugeben.

Traurig seufzte ich. Reed-san musste begreifen, dass ich genauso ein Teil des Teehauses war wie alle anderen Geishas.

„Der Baron ist tot, Kathlene“, sagte er jetzt. „Aber

der Prinz wird andere Männer schicken, um dich zu finden …"

Sorgenvoll schloss ich die Augen. Wann würde er endlich begreifen, dass er es war, der in Gefahr schwebte?

„Nein, Reed-san, der Baron hat dem Daimiô die Nachricht übermitteln lassen, dass er bereits Rache geübt hat, dass ich tot bin. Bitte, hör mich an, *dein* Leben ist in Gefahr. Die Männer des Barons wissen, wer du bist. Und sie werden dem Prinz von dir berichten."

„Ich habe keine Angst vor ihm, Kathlene, und ich habe keine Lust, dir länger zuzuhören. Ich will, dass du mit mir nach Amerika kommst und diese verrückte Welt aufgibst, in der du deinen Körper an Männer verkaufen musst."

Waren alle Gaijins so dickköpfig? Den Gedanken, dass ich selbst eine Gaijin und ehemals ebenso widerspenstig gewesen war, schob ich zur Seite. Denn das war, bevor ich meine Ausbildung zur Geisha beendet hatte. Mit wachsender Verzweiflung sagte ich: „Du verstehst nicht, Reed-san, dass wir einfach anders sind als ihr. Meine Welt der Blumen und Weidenbäume unterscheidet sich von deiner …"

„Dann wechsle die Welt."

Entschlossen schüttelte ich den Kopf. „Das ist unmöglich."

„Weshalb?"

„Weil … weil ich eine Geisha bin."

„Und wenn du keine Geisha wärst? Würdest du dann mit mir kommen?"

Was versuchte er mir zu sagen? Wollte er mich heiraten? Und falls ja, warum fragte er mich dann nicht?

Was würde ich antworten, wenn er es täte?

Ich verneigte mich und flüsterte: „Ich bitte dich, den Weg, den ich gewählt habe, zu respektieren."

„Du wärst niemals in einem Geisha-Haus gelandet, wenn der Prinz nicht dein Leben bedroht hätte." Reed streckte eine Hand nach mir aus, aber ich kam ihm nicht entgegen.

„Ich wollte schon immer eine Geisha werden, Reed-san", erklärte ich fest. „Und es ist mir gelungen, meinem Traum zu folgen und Mitglied eines Teehauses zu werden."

„Aber deinem Herzen folgst du nicht? Du liebst mich, ich weiß, dass du mich liebst."

Ja, Reed-san, ich liebe dich, dachte ich, aber ich kann meinen Traum nicht aufgeben, nicht, nachdem ich so hart dafür gearbeitet habe, Geisha zu werden.

„Die Leute des Daimiô werden jeden Moment hier sein. Sie werden sicherlich nicht so einfach Simouyés Erklärung akzeptieren, dass der Baron von der Veranda stürzte, als er das Leben einer Geisha retten wollte."

Diese Lüge, diese dumme Lüge hatte Okâsan gegenüber den Behörden und Wachmännern verkündet, um den Ruf des Barons zu retten.

„Noch nie habe ich so eine lächerliche Geschichte gehört, Kathlene, und nie hätte ich mir vorstellen können, dass du bei einer solchen Lüge mitmachst." Reed berührte seinen verbundenen Arm und zuckte zusammen.

„Wie ich bereits sagte, Reed-san, du verstehst nicht."

Betont anmutig stand ich auf, hob den Kimono nach Geisha-Manier mit der rechten Hand, darauf bedacht, alles richtig zu machen. Ich musste Reed zeigen, dass ich alle Eigenschaften einer perfekten Geisha besaß.

Voller Sehnsucht blickte ich hinaus auf die Veranda. Die anderen Teehäuser, die entlang des Flusses lagen, schickten einen verträumten Schimmer in die Nacht. Ich wünschte, es würde regnen, um die Spannung, die ich und alle anderen spürten, zu lösen.

Die anderen Geishas schwirrten durch das Haus, rollten die verbrannten Matten zusammen und versuchten in Erfahrung zu bringen, was in dem Privatquartier von Okâsan gesprochen wurde. Es war kein Geheimnis, dass Simouyé den Gaijin vor den Wachleuten versteckt hatte. Nachdem das Feuer komplett gelöscht worden war, hatten wir ihn nach oben gebracht, seine Wunden versorgt, ihm zu essen und eine saubere Seidenjacke gegeben: Und nun versuchten wir, ihn mit allen Mitteln davon zu überzeugen, dass er das Teehaus verlassen musste, um sein Leben zu retten.

Warum nur hörte er nicht auf uns?

„Bitte, Cantrell-san, Kimiko-san hat Recht", sagte Simouyé. „Sie müssen sofort gehen. Sobald der Prinz erfährt, dass Sie für den Tod von Baron Tonda-sama verantwortlich sind, wird er seine Männer ausschicken, um Sie zu finden." Sie machte eine Pause. „Und zu töten."

Reed schien nicht besorgt zu sein. „Sie können nicht überall zur selben Zeit sein. Ich werde heute Nacht den Zug nach Tokio nehmen und von dort aus nach Yokohama reisen."

„Und was wirst du dort tun?" fragte ich mit größerer Neugier, als ich eigentlich zeigen wollte.

„Es gibt dort einen alten Shinsengumi Samurai, der mir helfen wird, eine Schiffspassage nach Amerika zu bekommen."

Simouyé klatschte in die Hände, für sie war das Gespräch beendet. „Es ist spät, Cantrell-san. Bevor der Wachmann seine nächste Runde macht, müssen Sie verschwunden sein."

Er war weg.

Ich sah die Rikscha in der engen Gasse mit den gesichtslosen Häusern und verschlossenen Toren verschwinden. Die roten Laternen wiegten sich im Wind und leuchteten den Weg.

Endlos marterte ich mich mit der Frage, ob ich anders entschieden hätte, wenn er die Frage gestellt hätte, die ich hören wollte. Doch er hatte sie nicht gestellt, und deshalb würde ich meinen Traum weiter verfolgen.

„Okâsan sagt, ich darf meinen Kragen wenden und das weiße Band einer Geisha tragen", sagte ich zu Mariko, die neben mir stand.

„Ist es das, was du dir wünschst, Kimiko-san?"

„Ja, Mariko-san, genau das wünsche ich mir."

Warum klangen meine Worte so hohl? Weil der Gaijin fort war und mein Herz mitgenommen hatte? Für eine Geisha war es doch tabu, sich zu verlieben.

„Geishas sind erhabene freie Geister, Kimiko-san, zugleich aber auch eingesperrte Vögel", sagte Mariko ermunternd. „Und das ist es, was uns so anziehend für Männer macht."

„Nein, Mariko-san, Geishas sind unabhängige Frauen, die so leben, wie sie es wollen", behauptete ich. Dann fügte ich noch hinzu: „Solange wir uns nicht verlieben."

Wir liefen durch das Tor zurück in den Garten. Die

Luft hatte sich merklich abgekühlt, der Wind rauschte durch die Blätter der großen Weide. Bald würde es regnen.

„Eine Geisha muss ihre Augen mit einem Schleier bedecken, wenn sie einen Mann sieht, der ihr Herz höher schlagen lässt", sagte Mariko. „Sie darf nichts sehen, nichts hören, nichts sagen."

„Aber du hast doch tiefe Gefühle für Hisa-don." Ich blieb unter dem Sehnsuchtsbaum stehen. „Ist das keine Liebe?"

„Ja, ich liebe ihn, aber bald werde ich eine Geisha sein. Ich habe gelernt, keine Freude, Schmerzen oder Liebe zu zeigen, sondern anmutig meinem vorgegebenen Weg zu folgen. Ich muss warten, bis Okâsan einen Wohltäter für mich auswählt." Nach kurzem Zögern fuhr sie fort: „Du hast das unerschrockene Herz eines Mannes, Kimiko-san, und das ehrliche Herz einer Geisha. Aber das reicht nicht."

Scharf blickte ich sie an. „Was willst du damit sagen, meine Geisha-Schwester?"

„Ich glaube, um wirklich glücklich zu werden, musst du deinem Herzen folgen."

Ihre Unterlippe bebte, sie biss heftig darauf, was dadurch, dass nur diese rot geschminkt war, noch dramatischer wirkte. Aber die Farbe konnte den Blutstropfen nicht verbergen.

„Deine Lippe blutet, Mariko-san." Ich zog ein Taschentuch aus meinem Kimonoärmel.

„Nein, Kimiko-san." Mariko versuchte ein Lächeln. „Es ist nur so, dass ein Rotkehlchen versucht hat, eine Kirsche von meinen Lippen zu picken."

Mit einem wehen Gefühl betrachtete ich sie. Meine

Geisha-Schwester hatte mir den Weg gezeigt, obwohl sie wusste, dass ich ihn allein gehen würde. Ohne sie.

Wir standen vor dem Sehnsuchtsbaum, die langen Äste erinnerten mich an das Winken einer Geishahand, die ihrem Liebsten Lebewohl sagt. Ich kann in dem Teehaus des Sehnsuchtsbaumes bleiben, dachte ich, und die Geisha eines mächtigen Mannes werden. Aber ich werde ihn niemals lieben. Eine Geisha verschenkt ihr Herz nur ein einziges Mal, und meines war bereits vergeben. An Reed-san.

Ich spürte eine Hand auf meinem Arm. „Worauf wartest du, Kimiko-san? Beeil dich oder du wirst ihn für immer verlieren."

„Ich darf ihn nicht verlieren."

„Dann lauf ihm hinterher, meine Geisha-Schwester. Lauf!"

Schnell kickte ich die Holzschuhe von den Füßen und rannte los, rannte und rannte und rannte. Ich glaubte, meine Lungen müssten jeden Moment platzen, mein Herz aussetzen, aber meine Seele war befreit. Plötzlich hörte ich jemanden schreien, dachte, es wäre Mariko und begriff dann, dass es meine eigene Stimme war. Ein dicker Regentropfen platschte auf meine Nase und erinnerte mich daran, dass es in der Nacht, in der ich das Teehaus des Sehnsuchtsbaumes zum ersten Mal betrat, auch geregnet hatte. Es war höchste Zeit, dass ich es verließ und meinem Herzen folgte.

„Halt! Halt!" schrie ich Hisa an. Er verlangsamte seinen Schritt, drehte den Kopf und nickte zustimmend. Atemlos erreichte ich das Ende der engen Gasse.

„Was zum ..." hörte ich Reeds Stimme.

„Ich lasse dich nicht ohne mich gehen, Reed-san", schrie ich.

Barfuß, außer Atem und schwitzend stand ich vor der Rikscha. Reed zog den Vorhang zur Seite und strahlte mich an. „Bist du sicher, dass du mit mir kommen willst, Kathlene?"

„Ja, *ja!* Ich bin sicher. Ich ... ich möchte bei dir sein."

Reed grinste. „Ich hatte so gehofft, dass du deine Meinung noch änderst. Und falls ja ..."

Er beugte sich nach vorne und zog meinen kleinen Koffer hervor. Überrascht schlug ich eine Hand vor den Mund. Es war derselbe Koffer, den ich vor drei Jahren in das Teehaus des Sehnsuchtsbaumes mitgebracht hatte.

„Woher hast du diesen Koffer?" fragte ich.

„Von deiner Mama-san. Sie hat ihn für dich gepackt. Ausweis und Kleider, alles, was du brauchst."

„Und wenn ich meine Meinung nicht schließlich doch noch geändert hätte?"

„Dann hätte dir der Rikscha-Junge den Koffer zurückgebracht." Er beugte sich vor und wisperte: „Aber das konnte ich mir nicht vorstellen, so, wie wir uns im Badehaus geliebt haben."

„Du Barbar!"

„Hättest du es gerne anders?"

Ich lachte. „Nein. Simouyé-san wusste, dass ich nicht im Teehaus bleiben konnte. Sie wusste, dass ich zu dir gehöre."

„Ja, sie wusste es, aber ich hatte bis heute keine Ahnung, wie viel es dir bedeutete, eine Geisha zu sein, Kathlene. Ich konnte dich nicht bitten, das alles für mich aufzugeben. Aber jetzt frage ich dich: Willst du meine Frau werden?“

Überglücklich hob ich meine Arme, die weiten Kimonoärmel spreizten sich wie Flügel des Schmetterlings. „O ja, Reed-san. Ja!“

„Steig ein, Kathlene, damit ich dich in meine Arme nehmen kann. Außerdem hat es angefangen, zu regnen. Auch wenn ich es sehr genieße zu sehen, wie die Knospen deiner wunderschönen Brüste hart werden und sich gegen den Stoff deines Kimonos drücken, würde ich dich doch viel lieber festhalten und tief in dich …“

„Reed-san! Es muss doch nicht ganz Ponto-chô hören, welche Wünsche du hast.“

„Das stimmt.“ Seine heisere Stimme jagte einen Schauer durch meinen Körper, als ob ich noch immer nackt auf den kalten Fliesen des Badehauses läge. „Ich möchte dir lieber zeigen, wie sehr ich dich liebe.“

„Du willst mich doch nicht etwa in der Rikscha lieben?“

„Finde es heraus.“

Ich lächelte. „Das werde ich.“

Die Luft fühlte sich so frisch an, als Hisa die Achse der Rikscha sinken ließ und Reed mir hinauf half. Dann fuhren wir durch diese rätselhafte Nacht, entfernten uns aus der Geisha-Welt, in die ich vor drei Jahren hineingeworfen worden war. Eine neue Welt erwartete uns.

Reed hielt mich fest in seinen Armen. „Ich liebe dich, Kathlene. Du gehörst zu mir, für immer.“

„Und ich liebe dich, Reed-san.“

Ich spürte seine harten Muskeln, seine breite Brust.

Aber es lag an seinem harten Jadestab, der sich an meinen Bauch presste, dass ich feucht vor Lust wurde. Leise stöhnte ich auf.

„Du wirst immer meine schöne Geisha sein, mein Schmetterling", flüsterte er.

„Selbst ein Schmetterling braucht einen Ort, an dem er sich ausruhen kann." Glücklich legte ich meinen Kopf an seine Schulter. „Und ich habe meinen gefunden."

– ENDE –

Alison Kent
Chili extra hot

Eine Hand voll abenteuerlustiger Single-Mädels und eine bizarre Partywette – die perfekte Lektüre für laue Sommerabende.

Band-Nr. 95014
nur 5,00 € (D)
ISBN: 978-3-89941-626-8
304 Seiten

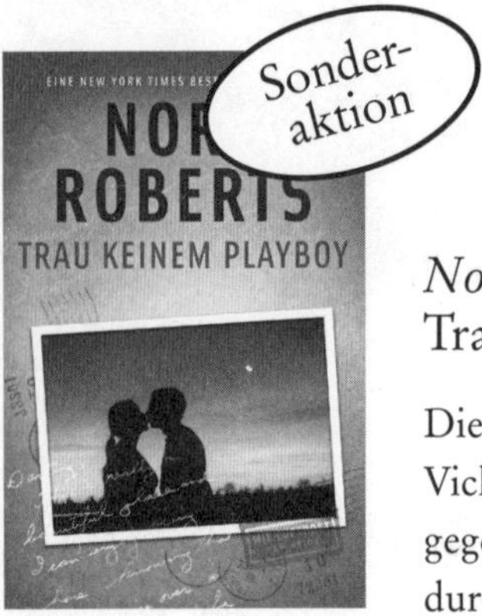

Nora Roberts
Trau keinem Playboy

Die schöne Gesetzeshüterin Vicky Ashton weiß, wie man sich gegen raubeinige Verkehrssünder durchsetzt. Aber den Geboten ihres Herzens muss auch sie sich beugen …

Band-Nr. 95013
nur 5,00 € (D)
ISBN: 978-3-89941-625-1
304 Seiten

Sandra Brown
Nur wer Liebe lebt

Band-Nr. 95012
nur 5,00 € (D)
ISBN: 978-3-89941-624-4
304 Seiten

Tess Gerritsen
Angst in deinen Augen

Band-Nr. 95015
nur 5,00 € (D)
ISBN: 978-3-89941-627-5
256 Seiten

Lisa Jackson
Nie wirst du vergessen

Band-Nr. 95016
nur 5,00 € (D)
ISBN: 978-3-89941-628-2
304 Seiten

Jina Bacarr
Das Aktmodell

Band-Nr. 35012
8,95 € (D)
ISBN: 978-3-89941-398-4
432 Seiten

Lori Foster
sexy³

Band-Nr. 25383
8,95 € (D)
ISBN: 978-3-89941-620-6
480 Seiten

Carly Phillips
Fang schon mal ohne mich an!

Band-Nr. 25384
8,95 € (D)
ISBN: 978-3-89941-621-3
336 Seiten